BASTEI
LÜBBE

JUDE DEVERAUX

Heimliche Wünsche

Aus dem Amerikanischen von
Bodo Baumann

BASTEI LÜBBE

BASTEI-LÜBBE-TASCHENBUCH
Band 11635

1. Auflage 1990
2. Auflage 1992

Deutsche Erstveröffentlichung
Titel der Originalausgabe: Wishes

Printed in Germany
Einbandgestaltung: Adolf Bachmann
Titelfoto: Agentur Luserke
Satz: Fotosatz Prechtl, Passau
Druck und Bindung: Ebner Ulm
ISBN 3-404-11635-6

Der Preis dieses Bandes versteht sich einschließlich
der gesetzlichen Mehrwertsteuer

Kapitel 1

Später hieß es, man hätte seit vielen Jahrzehnten keine so gut angezogene Leiche aus den besseren Kreisen mehr gesehen wie Berni. Natürlich wollten nicht viele von den Trauergästen, die ihrem Begräbnis beiwohnten, zugeben, daß sie schon etliche Jahrzehnte auf der Welt waren, um sich dafür persönlich verbürgen zu können, was sie auch nicht nötig hatten angesichts der Wundertaten der modernen Schönheitschirurgie.

Sie schoben sich an dem teuren Sarg vorbei und blickten Berni staunend an. Da war nicht eine Falte in ihrem Gesicht. Jede Unebenheit der Haut, sogar einige Poren, waren mit subkutaner Gelatine eingeebnet. Ihre mit Silikon gefüllten Brüste zeigten selbst im Tod noch himmelwärts. Die Haare waren nach einem kostspieligen Verfahren getönt, die Wimpern dauerhaft gefärbt, die Nägel manikürt, die Taille auf jungendliche dreiundzwanzig Zoll getrimmt, der Körper in ein Sechstausend-Dollar-Kleid gehüllt: Sie sah im Tod nicht weniger gut aus als im Leben.

So mancher Seufzer der Bewunderung wurde in der Trauergemeinde laut, und sie hofften alle, daß sie eines möglichst fernen Tages im Sarg ebenso schön aussehen mochten wie sie. Nur zwei Trauergäste vergossen auch Tränen über Bernis Hinscheiden — beide männlichen Geschlechts. Der eine war ihr Friseur. Er würde Berni als Kundin vermissen, aber auch ihre scharfe Zunge würde ihm fehlen und all die pikanten Klatschgeschichten, die sie ihm regelmäßig zugetragen hatte. Der andere, dem das Wasser reichlich aus den Augen schoß, war Bernis vierter Ex-Gatte, und die Tränen, die er vergoß, waren Tränen der Freude, denn er mußte nun nicht länger ein Heer von Arbeitskräften unterhalten, das erforderlich war, um eine Fünfzigjährige wie eine Siebenundzwanzigjährige aussehen zu lassen.

»Fahren Sie mit auf den Friedhof?« fragte eine Frau eine andere.

»Das würde ich zu gern; aber ich kann leider nicht«, erwiderte die zweite. »Ich habe eine dringende Verabredung. Ein Notfall, wissen Sie?« Janine, ihre Maniküre, hatte ihr nur noch um zwei Uhr nachmittags einen Termin geben können, und sie mußte *unbedingt* ihren eingerissenen Fingernagel reparieren lassen.

»Das gleiche gilt für mich«, meinte die erste und warf dabei einen kurzen verstohlen-gehässigen Blick auf Berni im Sarg. Erst letzte Woche hatte sie das gleiche Modell gekauft, in dem Berni nun beerdigt wurde, und nun würde sie es wieder zurückschicken müssen. Es war typisch für Berni, bei *jeder* Veranstaltung immer in der neuesten und teuersten Garderobe nach der letzten Mode zu erscheinen. Wenigstens würde das nun nicht mehr passieren, dachte die Frau und konnte dabei nur mühsam ein Lächeln unterdrücken. »Ich wünschte, ich könnte ihr bis zum Grab das Geleit geben. Berni und ich standen uns ja im Leben so nahe, wissen Sie?« Sie zupfte eine Falte aus ihrem seidenen Hosenanzug von Geoffrey Beene. »Ich muß mich jetzt leider wieder verabschieden.«

Es dauerte nicht lange, bis ein allgemeines Gemurmel unter der Versammlung anhob, daß dringende Termine woanders wahrgenommen werden mußten, so daß schließlich nur Bernis Friseur in einer Limousine zum Friedhof fuhr. Insgesamt waren es zwanzig Limousinen, die dem Wagen mit dem Sarg zum Friedhof folgten — Berni hatte ihr Begräbnis bereits im voraus arrangiert und bezahlt —, aber neunzehn von ihnen waren lediglich mit Chauffeuren besetzt.

Endlich war das letzte (von Berni verfaßte) Wort gesprochen, die letzte (ebenfalls von Berni vorgeschriebene) Note gespielt und gesungen, und der einzige Trauergast hatte sich vom Friedhof nach Hause begeben. Das Grab wurde zugeschaufelt, mit neuem Rasen abgedeckt, sodann Blumenschmuck kunstvoll um den geschmackvollen Grabstein herum verteilt, und die Sonne begann über Bernis Grab unterzugehen.

Vier Stunden nachdem man ihren Sarg verschlossen hatte, dachte niemand mehr an die Frau, die einen so großen Raum in jedermanns Leben eingenommen hatte. Man hatte an ihrem Tisch gesessen, an ihren Gesellschaften teilgenommen, endlos mit ihr — oder über sie — geklatscht; doch nun, wo sie das Zeitliche gesegnet hatte, vermißte sie keiner. Kein einziger.

Die Küche

Berni hatte das Gefühl, als habe sie verschlafen, und öffnete mit einem Ruck die Augen. Ihr erster Gedanke war, daß sie zu spät zu Janine zum Maniküren kommen würde, und diese Person konnte sehr zickig werden, wenn sich eine Kundin verspätete. Janine würde ihr erklären, sie wäre für die kommende Woche bereits ausgebucht und sie, Berni, für die Verspätung tagelang mit grauenhaft aussehenden Fingernägeln büßen lassen. Aber dann werde ich es ihr besorgen, dachte Berni. Ich werde Diane erzählen, daß Janine mit ihrem Mann gepennt hat. In Anbetracht von Dianes Temperament durfte Janine froh sein, wenn sie am Leben blieb.

Lächelnd schickte sich nun Berni an, ihr Bett zu verlassen, ehe sie begriff, daß sie gar nicht im Bett lag. Erst in diesem Moment wurde ihr allmählich bewußt, daß da etwas nicht stimmte. Sie lag gar nicht im Bett — sie stand. Sie trug auch nicht ihr seidenes rotes Christian-Dior-Nachthemd, sondern ihr neues weißes Seidenkostüm von Dupioni — das gleiche Modell, das Lois Simons bei der Modenschau gekauft hatte. Bernie hatte sich vorgenommen, das Kostüm als erste zu tragen, damit Lois ihres nicht mehr anziehen konnte; sie würde versuchen, es zurückzugeben, was man ihr nicht erlauben würde, und bliebe dann auf einem Viertausend-Dollar-Kostüm sitzen, das im Kleiderschrank verstaubte. Bei diesem Gedanken mußte Berni lächeln.

Aber ihr verging das Lächeln, als sie um sich blickte. Da war überall Nebel, und das einzige, was sie in dieser weißen Brühe erkennen konnte, war ein goldfarbenes Licht in einiger Entfernung. Nanu, dachte sie, und drückte die Lider zusammen, um besser sehen zu können; obwohl sie dank einer Augenoperation im vergangenen Jahr nicht einmal eine Brille tragen mußte.

Sie rückte einen Schritt vor, und der Nebel lichtete sich über einem Pfad. Sie wollte schon die Stirn runzeln, verzichtete aber noch rechtzeitig darauf (so was macht nur Falten).

Vielleicht war das irgendeine dumme Idee von ihrem letzten Liebhaber. Das war ein zwanzigjähriger Muskelprotz, den sie vor ein paar Monaten am Strand aufgelesen hatte, und sie wurde seiner allmählich überdrüssig. Er redete dauernd davon, daß er Filmproduzent werden wollte, und Berni sollte ihm die Karriere finanzieren. Vielleicht war dieser Nebel sein Werk, damit sie endlich das Scheckbuch zückte.

Sie wanderte ein paar Minuten den Pfad hinunter, ehe sie etwas sah. Unter dem goldenen Licht stand ein großer

Schreibtisch, und dahinter saß ein gutaussehender grauhaariger Mann.

Als Berni den Mann sah, wurde sie sofort munter und drückte die Schultern nach hinten, damit ihre hohen Brüste spitz nach vorne zeigten.

»Hallo«, sagte sie mit einer rauchigen Stimme, die auf Männer erotisierend wirkte.

Der Mann blickte zu ihr hoch und dann auf die Papiere auf seinem Schreibtisch.

Berni war stets beunruhigt, wenn Männer nicht spontan auf ihre Schönheit reagierten. Vielleicht sollte sie gleich für nächste Woche einen Termin mit ihrem Schönheitschirurgen vereinbaren. »Gehören Sie und Lance zusammen?« fragte sie, sich auf ihren Muskelprotz-Liebhaber beziehend.

Der Mann behielt den Blick auf seine Papiere gerichtet und gab ihr keine Antwort, und so sah Berni auf den Schreibtisch hinunter. Sie versuchte ihre Betroffenheit nicht zu zeigen; denn der Schreibtisch bestand aus vierundzwanzigkarätigem Gold. Vor geraumer Zeit hatte Berni schon ein so gutes Auge für Schmuck entwickelt, daß jeder Juwelier stolz darauf gewesen wäre. Sie konnte mühelos und prompt zwölfkarätiges von achtkarätigem und dem puren vierundzwanzigkarätigen Gold unterscheiden.

Sie streckte die Hand aus, um den Schreibtisch zu berühren; zog sie aber wieder zurück, als der Mann hochsah.

»Bernadina«, sagte er.

Berni zuckte zusammen. Sie hatte diesen Namen schon seit vielen Jahren nicht mehr gehört. Er klang so alt, wie sie sich bemühte, nicht auszusehen. »Berni«, sagte sie, »mit ›i‹ am Ende.«

Sie sah zu, wie der Mann einen altmodischen Füllfederhalter in die Hand nahm und eine Eintragung machte, und dann begann der Ärger sich in ihr zu regen. »Hören Sie«, sagte sie, »nun ist es aber genug. Wenn das ein Spiel ist, das Sie und Lance sich ausgedacht haben, werde ich . . .«

»Sie sind tot.«

». . . ihn dennoch vor die Tür setzen. Ich bin keinesfalls gesonnen, seinen Lebensunterhalt zu bestreiten, und . . .«

»Starben gestern nacht im Schlaf. Ein Herzanfall.«

». . . und was seine haarsträubenden Berufspläne anlangt, so halte ich . . .« Sie hielt inne und starrte den Mann an. »Ich bin — was?«

»Gestern nacht im Schlaf gestorben und befinden sich nun in der Küche.«

Berni stand da, blinzelte ein paarmal, und dann begann sie zu lachen. Sie vergaß, daß sie damit ihren Teint verdarb und wie unattraktiv eine Frau wirkte, wenn sie lachte, und daß nur ein verschämtes Lächeln dem Sex-Appeal nicht schadete. »Ein großartiger Witz«, sagte sie, »aber der zieht nicht, lieber Mann. Ich weiß, daß das nur ein Trick ist, damit ich Lance das Geld gebe, was er von mir verlangt. Sie können Ihre Nebelmaschine ruhig wieder abschalten und . . .«

Sie verstummte, weil der Mann ihr gar nicht zuhörte. Er nahm einen großen Stempel, der sich auf seinem Schreibtisch befand, knallte ihn auf das Papier und deutete dann nach rechts. Im gleichen Moment trat eine Frau aus dem Nebel heraus, die im gleichen Alter wie Berni sein mußte — nicht in Bernis scheinbarem, sondern *wahrem* Alter — und ein langes Kleid mit Spitzen an den Ellenbogen trug. Sie sah aus, als wäre sie einem Bühnenstück über Martha und George Washington entsprungen.

Berni konnte jetzt nur noch an eines denken — was ihrem Liebhaber blühen würde, wenn sie nach Hause käm und ihn noch dort vorfand.

»Komm mit«, sagte die Frau, und Berni folgte ihr.

Der Nebel hüllte sie noch immer ein, aber er teilte sich, sobald sie sich in Bewegung setzten. Nach einer Weile hielt die Frau vor einem Torbogen an, der ebenfalls aus vierundzwanzigkarätigem Gold bestand. Über dem Bogen stand mit goldenen Lettern »Ungläubigkeit« geschrieben.

»Ich glaube, du hast das nötig«, sagte die Frau und wich einen Schritt zurück.

Widerstrebend ging Berni in den Nebel hinein, der den Torbogen ausfüllte, und in den Raum dahinter.

Es dauerte eine Weile, bis sie den Raum wieder verließ. Ihr Blick war nicht mehr zornig, sondern ein mit Angst vermischtes Staunen sprach aus ihren Augen. Sie hatte Bilder von ihrem Tod geschaut, von ihrer Beerdigung; ja, sogar die Bestattungsunternehmer beim Einbalsamieren ihres Körpers beobachtet.

Die Frau erwartete sie am Ausgang des Raumes.

»Fühlst du dich jetzt besser?« fragte sie Berni.

»Wer bist du?« flüsterte Berni. »Ist das der Himmel oder die Hölle?«

Die Frau lächelte. »Ich bin Pauline, und das hier ist weder Himmel noch Hölle. Es ist die Küche.«

»Die Küche? Ich bin soeben gestorben und werde in die *Küche* versetzt?« ereiferte sich Berni.

Pauline schien Bernis Betragen keineswegs zu beeindrucken. »Die Küche ist ein . . . ein Bereich zwischen draußen und drinnen. Eine Art Durchgangsstation, wie man das wohl in deiner Zeit genannt haben würde. Ein Raum zwischen Himmel und Hölle. Er ist nur für Frauen bestimmt — nicht für schlechte Frauen, nicht für gute Frauen, sondern für Frauen, die weder die Hölle noch den Himmel recht verdienen.«

Berni war sprachlos, blickte die Frau mit offenem Mund an.

»Es ist ein Ort für Frauen, die . . .« Pauline dachte einen Moment nach. »Zum Beispiel für alle jene religiösen Frauen, die Bibelverse zitieren und sich für besser halten als jede andere. Sie sind nicht im eigentlichen Sinne des Wortes schlecht gewesen, und so kann man sie nicht in die Hölle schicken; doch andrerseits wieder so dünkelhaft, daß man sie auch nicht geradewegs in den Himmel versetzen könnte.«

»Und so werden sie also hierher geschickt? In die Küche?« wisperte Berni.

»Richtig.«

Pauline schien nicht bereit, ihr weitergehende Erklärungen zu geben, und Berni hatte sich noch immer nicht von der Nachricht ihres eigenen Todes erholt. »Ein hübsches Kleid«, war alles, was sie nun zu sagen wußte. »Von Halston?«

Pauline lächelte, hatte entweder nicht die Boshaftigkeit verstanden, die hinter Bernis Bemerkung steckte, oder ging großzügig darüber hinweg. »Die Frauen, die sich hier aufhalten, entstammen den unterschiedlichsten Epochen. Du wirst hier Frauen aus jedem Zeitalter begegnen. Es gibt eine Menge Puritanerinnen in der Küche.«

Berni schwindelte der Kopf von all diesen Neuigkeiten. »Gibt es hier irgendwo etwas zu trinken?«

»Oh, ja. Was trinkt man denn jetzt so auf der Erde? Badewannen-Gin, nicht wahr?«

»Das war vor meiner Zeit«, erwiderte Berni, als sie sich nun in Bewegung setzten und der Nebel sich vor ihnen lichtete.

»Was du auch trinken möchtest oder dir wünschst — du wirst es hier finden.«

Kurz danach hielt Pauline vor einem kleinen Tisch an, auf dem ein hohes, mit Frost beschlagenes Glas Sangrita stand. Dankbar setzte Berni sich an den Tisch und nahm einen kräftigen Schluck, während Pauline ihr gegenüber Platz nahm.

Als Berni von ihrem Glas hochsah, sagte sie: »Warum nennt man diesen Ort die Küche?«

»Das ist nur ein Spitzname. Ich bin sicher, daß er anders heißt: aber niemand erinnert sich noch an seinen wahren Namen. Die Bezeichnung Küche soll an das Leben der Frauen auf Erden erinnern. Wenn du stirbst, glaubst du in den Himmel zu kommen — wie man als Frau ja auch glaubte, mit der Eheschließung das Paradies auf Erden zu haben. Statt dessen wirst du in beiden Fällen in die Küche versetzt.«

Berni wäre hier fast an ihrem Drink erstickt. Sie hätte über diesen Vergleich lachen können; aber dann weiteten sich ihre Augen vor Entsetzen. »Willst du damit sagen, daß ich die Ewigkeit damit verbringen muß, am Herd zu stehen oder . . . oder den Kühlschrank auszuwaschen?« Sie fragte sich, ob eine tote Person Selbstmord begehen könne.

»Oh, nein, nichts dergleichen. Dies ist ein sehr angenehmer Ort. Überaus angenehm. Tatsächlich fühlen sich hier viele Frauen so wohl, daß sie ihn nie mehr verlassen möchten. Sie führen ihre Aufträge nie richtig aus und weilen schon seit Jahrhunderten in der Küche.«

»Was für Aufträge?« fragte Berni mißtrauisch, immer noch erschüttert von der grauenhaften Vorstellung, daß sie jahrelang Böden schrubben, Ausgüsse und Öfen reinigen und zu jedem Erntedankfest einen verdammten Truthahn würde braten müssen.

»Jeder Frau in der Küche wird von Zeit zu Zeit eine Aufgabe zugewiesen. Sie muß jemandem auf der Erde helfen. Die Aufgaben sind immer unterschiedlicher Natur. Einmal muß eine Frau einem Menschen helfen, der Kummer hat, ein andermal einem, der vor einer wichtigen Entscheidung steht. Es gibt da so viele Möglichkeiten, daß ich sie gar nicht alle aufzählen könnte. Wenn du versagst, bleibst du hier.«

»Und wenn es einem gelingt, einem Menschen zu helfen — was bekommt man dafür?«

»Letztendlich den Himmel.«

»Ist der Himmel auch voller Nebel?«

Pauline zuckte mit den Achseln. »Ich weiß es nicht. Ich bin nie dort gewesen; aber ich denke, er ist ein besserer Ort als dieser hier.«

»Schön«, sagte Berni, vom Tisch aufstehend, »dann führe mich zu meiner ersten Aufgabe. Ich möchte nicht an einem Ort bleiben, der auch nur den *Namen* Küche trägt.«

Pauline erhob sich von ihrem Stuhl, und sogleich waren der Tisch, die Stühle und das leere Glas verschwunden. Sie setzte sich in Bewegung, und Berni folgte ihr.

Sie dachte angestrengt über alles nach, was Pauline ihr erzählt hatte. »Ich soll jemandem auf der Erde helfen?« murmelte sie und blieb dann stehen.

Pauline verhielt mitten im Schritt und blickte zu ihr zurück.

»Sind wir«, sagte Berni, »sind wir etwa so etwas wie eine gute Fee?«

»Mehr oder weniger ja«, erwiderte Pauline lächelnd und setzte ihren Weg fort.

Berni beeilte sich, zu ihr aufzuschließen. »Willst du damit sagen, daß *ich* für jemanden *die gute Fee* spielen soll? Mit einem Zauberstab herumlaufen und Wünsche erfüllen muß?«

»Es steht dir frei, die Aufgabe so zu lösen, wie du es für richtig hältst.«

Wenn Bernis mit Kollagen ausgepolstertes Gesicht sich hätte in Falten legen können, wäre dies jetzt geschehen. »Mir gefällt das nicht«, sagte sie. »Ich habe mein eigenes Leben zu führen. Ich möchte nicht irgendeine dicke, grauhaarige Lady sein, die ›Simsalabim‹ sagt und Kürbisse in Kutschen verwandelt.«

Pauline blinzelte ratlos, da sie Bernis Anspielung nicht verstand. »Daß du dein eigenes Leben geführt hast, ist vermutlich der Grund, weshalb du nicht in den Himmel, sondern hierher versetzt wurdest.«

»Was willst du damit sagen? Ich habe in meinem Leben niemandem etwas getan.«

»Aber auch niemandem geholfen. Du hast nur für dich selbst gelebt. Nicht einmal als Kind hast du die Wünsche anderer Menschen berücksichtigt. Du hast vier Männer ihres Geldes wegen geheiratet, und als sie sich beklagten, hast du dich von ihnen scheiden lassen und ihnen die Hälfte ihres Besitzes weggenommen.«

»Aber so leben doch alle im zwanzigsten Jahrhundert.«

»Nicht alle. Deine Garderobe war dir wichtiger als jeder deiner Ehemänner.«

»Meine Kleider machten mir auch mehr Freude als meine Männer«, erwiderte Berni. »Zudem haben sie ja alle bekommen, was sie sich wünschten. Und sie waren an ihrer Scheidung nicht unschuldig. Hätten sie mir gegeben, was ich brauchte, wäre ich ja bei ihnen geblieben.«

Pauline wußte darauf nichts mehr zu sagen. Sie war im achtzehnten Jahrhundert aufgewachsen und hatte keine Ahnung, daß Bernis Worte das Produkt jahrelanger intensiver psychotherapeutischer Behandlung waren. Berni ging nur zu Therapeuten, die sie fragten: »Was erwarten *Sie* sich vom Leben?« »Was sind *Ihre* Bedürfnisse?« »Was sind *Ihre* wichtigsten Ziele im Leben?« Berni hatte immer jemanden gefunden, der ihr zu einer Rechtfertigung ihres Glaubens verhalf, daß das, was sie sich wünschte, wichtiger sei als das, was andere sich wünschten.

Pauline wandte sich mit einem leisen Seufzer wieder ab und ging weiter. »Ich habe den Eindruck, daß du diesen Ort nicht so rasch verlassen wirst«, sagte sie leise.

Berni folgte ihr und dachte dabei, daß sich Pauline anhörte wie ihre vier Ehemänner. Die waren durch und durch egoistisch, klagten ständig darüber, daß Berni nichts für sie übrig habe und ihre Wertschätzung sich danach richtete, was sie ihr zu bieten hatten.

Pauline blieb stehen, und Berni folgte ihrem Beispiel. Der Nebel um sie her lichtete sich, und Berni vermochte nun zu erkennen, daß sie sich in einem kreisrunden Raum befand, von dem Torbögen abgingen. Über diesen Bögen befanden sich Tafeln mit verschiedenen Aufschriften: »Romantik«, »Phantasie«, »Kleider«, »Bankette«, Müßiggang«, »Luxus«, »Gesellschaften«.

»Wähle«, sagte Pauline.

»Was soll ich wählen?« fragte Berni, die sich im Kreis herumdrehte und die Inschriften las.

»Du mußt warten, bis man eine Aufgabe für dich gefunden hat, und die Wartezeit wirst du in einer dieser Hallen verbringen.« Pauline merkte, daß Berni sie noch immer nicht verstand. »Was würdest du jetzt am liebsten tun?«

»Zu einer Party gehen«, erwiderte Berni ohne Zögern. Vielleicht würde eine Party, auf der es laut und lebhaft zuging, ihre Gedanken von ihrem eigenen Begräbnis und all dem Gerede von ihren Ex-Gatten ablenken.

Pauline wandte sich dem Torbogen mit der Überschrift »Gesellschaften« zu, und Berni folgte ihr. Sobald sie den Torbogen passiert hatten, sah Berni einen weiteren, von Nebel erfüllten Durchgang zu ihrer Rechten, über dem eine Tafel mit der Aufschrift »Elisabethanisch« befestigt war.

Pauline wandte sich dorthin, und Berni folgte ihr in den Nebel hinein.

Sogleich sah sie sich mitten in ein Stück von Shakespeare versetzt. Männer in Umhängen, die Beine mit eng anliegenden Strumpfhosen bekleidet, führten Frauen in Korsetts durch die komplizierten Schrittfiguren eines Tanzes aus dem sechzehnten Jahrhundert.

»Möchtest du dich unter diese Leute mischen?« fragte Pauline.

»Das ist nicht *meine* Vorstellung von einer Party«, erwiderte Berni befremdet.

Pauline führte sie wieder durch den Bogen aus dem Saal heraus und dann zu einem Durchgang an der gegenüberliegenden Seite.

Sie hatten so alles in allem bei einem halben Dutzend Parties hineingeschaut, ehe Berni eine erblickte, die ihr halbwegs zusagte.

Es war eine Regency-Party mit Frauen in Musselin-Kleidern, die Tee aus Untertassen tranken und sich über die jüngsten Eskapaden von Lady Caroline Lamb unterhielten. Da gab es eine Quadrille mit Cowboys, eine viktorianische Party mit Pfänderspielen, ein Fest im dreizehnten Jahrhundert mit ein paar gutaussehenden jungen Akrobaten, die Berni durchaus reizen konnten; eine japanische Tee-Zeremonie und einen erstaunlichen Tanz aus Tahiti; aber letztendlich entschied sie sich doch für eine Party der sechziger Jahre. Die dröhnende Musik der Stones, die leuchtend farbigen Miniröcke, die Nehru-Jacketts, der Duft von glimmendem Haschisch, die sich windenden Körper langmähniger Tanzpaare erinnerten sie an ihre Jugend.

»Ja«, flüsterte sie und trat in den Saal. Im nächsten Moment trug sie schon ein Mikro-Mini-Kleid, ihre Haare waren lang und glatt, und ein Junge kam auf sie zu und bat sie um einen Tanz. Sie blickte sich nicht ein einzigesmal um, um zu sehen, was aus Pauline geworden war.

Berni hockte mit einem Dutzend anderer Blumenkinder zusammen, rauchte Marihuana und hörte zu, wie sich Frank Zappa mit Suzie Creamcheese unterhielt, als Pauline kam, um sie zu holen. Als Berni zu ihr hochsah, wußte sie, daß sie die Party verlassen mußte. Widerstrebend löste sie sich von der Gruppe aus Blumenkindern und folgte Pauline aus dem Raum.

Sobald sie den goldenen Torbogen passiert hatten, hüllte der Nebel den Raum dahinter ein und verschluckte alle Gestalten und Geräusche. Bernis Perlenhalsband, buntscheckiges Hemd und Kopfband verschwanden, und sie trug wieder den seidenen Hosenanzug, in dem sie beerdigt worden war.

»Ich bin doch eben erst zur Party gekommen«, beklagte sich Berni, »und fing gerade an, mich zu amüsieren.«

»Nach irdischer Zeitrechnung hast du vierzehn Jahre mit Partyfeiern verbracht.«

Berni konnte Pauline nur sprachlos anblinzeln. Vierzehn Jahre? Und dabei hatte sie das Gefühl, als habe sie erst vor wenigen Minuten den Partyraum betreten. Sie hatte zwar gemerkt, daß ihre Kleidung sich hin und wieder veränderte; aber sie konnte doch unmöglich vierzehn Jahre in dem einen Raum verbracht haben! Sie hatte weder geschlafen noch etwas gegessen, kaum einen Schluck getrunken und nicht ein einziges Gespräch mit den übrigen Partygästen geführt. Sie hatte sich zwar vorgenommen, mit ihnen über die Küche zu reden und über ihre Aufträge; aber es schien sich nie eine Gelegenheit zu so einer Unterhaltung geboten zu haben.

»Es liegt ein Auftrag für dich vor«, sagte Pauline.

»Großartig«, erwiderte Berni und lächelte. Wenn sie diese Probe bestand und in den Himmel versetzt wurde — was für Freuden erwarteten sie dort wohl? Der Himmel mußte ja ein Superplatz sein, wenn er noch besser war als die Küche.

Pauline führte sie einen Korridor hinunter, an mehreren goldenen Torbögen vorbei, die Berni nur zu gern erkundet hätte. Über einem stand »Harems-Phantasie«, über einem anderen »Piraten«.

Endlich wandte sich Pauline einem Durchgang zu, über

dem »Betrachtungszimmer« geschrieben stand. Dies war ein großer Raum mit einer Reihe im Halbkreis angeordneter Sofas, die mit pfirsichfarbenem Samt überzogen waren. Um diese Sitzgelegenheiten herum wallte dicker weißer Nebel.

»Mach es dir bitte bequem.«

Berni ließ sich in die weichen Samtpolster fallen und sah dorthin, wo auch Pauline hinschaute — auf die nebelverhangene Wand gegenüber. Binnen Sekunden teilte sich der Nebel, und eine Szene kam zum Vorschein. Es war wie in einem Kino, aber viel plastischer, oder wie in einem Bühnenstück, jedoch viel realistischer.

Eine junge Frau, schlank, hübsch, mit hellbraunen Haaren, die sie straff aus dem Gesicht gekämmt hatte, stand vor einem bis zum Boden reichenden Spiegel. Sie trug ein langes Kleid mit mächtigen Puffärmeln aus dunkelgrüner Seide, über dem Busen mit glänzenden schwarzen Perlen bestickt, und das Oberteil war in der Taille so eng geschnürt, daß es ein Wunder war, wie sie in diesem Ding noch atmen konnte. Auf dem Boden standen drei Hutschachteln, und die Frau probierte gerade einen Hut nach dem anderen an. Das Zimmer war hübsch anzusehen, eingerichtet mit einem Bett, einem Schrank, einer Frisierkommode und einem Flickenteppich vor dem Kamin. Aber ein Zimmer in einem Schloß war es sicherlich nicht. Auf dem Kaminsims lagen geöffnete Billetts.

»Ich nehme doch nicht an, daß sie uns sehen kann«, sagte Berni.

»Nein, sie ahnt nicht, daß sie beobachtet wird. Ihr Name ist Terel Grayson. Sie ist zwanzig Jahre alt und lebt in Chandler in Colorado. Man schreibt das Jahr 1896.«

»Willst du damit sagen, daß ich aus einem antiken Mädchen ein Aschenputtel machen soll? Ich bin in Geschichte nicht bewandert. Ich brauche jemanden aus meiner eigenen Zeit.«

»In der Küche sind alle irdischen Zeiten gleich.«

Berni sah wieder zu dem Bildschirm hin und seufzte. »Also gut. Und so steckt der Prinz? Und wo die böse Stiefschwester?«

Pauline gab ihr darauf keine Antwort, und Berni verfolgte stumm die Szene auf dem Bildschirm. Terel bewegte sich rasch im Zimmer hin und her, betrachtete die Einladungen in den geöffneten Umschlägen und kramte dann in dem großen Kleiderschrank aus Mahagoni. Sie seufzte und musterte verdrießlich die Kleider, ehe sie diese aufs Bett schleuderte.

»Sie benimmt sich genauso wie ich«, sagte Berni lächelnd. »Ich bekam auch Berge von Einladungskarten und war dann immer in Verlegenheit, was ich anziehen sollte. Natürlich brauchte ich mir in dieser Hinsicht keine Sorgen zu machen. Ich hätte selbst in Lumpen erscheinen können und wäre dennoch Ballkönigin geworden.«

»Ja«, sagte Pauline leise. »Terel ist dir sehr ähnlich.«

»Ich könnte ihr schon ein wenig auf die Sprünge helfen«, sagte Berni. »Mit einigen Kosmetika und einem Haartönungsmittel. Sie braucht nicht viel. Sie ist zwar nicht so hübsch, wie ich in ihrem Alter war; aber attraktiv genug. Jedenfalls braucht sie sich mit dieser Figur nicht zu verstecken.« Sie blickte Pauline an. »Wann soll ich mit der Betreuung anfangen?«

»Ah«, sagte Pauline, »hier kommt Nellie.«

Berni blickte auf den Schirm zurück. In diesem Moment öffnete sich die Zimmertür, und herein trat eine zweite Frau, älter als Terel und in der Taille ungefähr doppelt so schwer.

»Fett«, meinte Berni, als sie die Neuangekommene ins Auge faßte. Sie hatte wie jede schlanke Frau einen Horror vor Korpulenz, und die Tatsache, daß sie ein Leben lang hungern mußte, um schlank zu bleiben, hatte ihre Angst vor der Fettleibigkeit fast zu einem Alptraum entwickelt.

Insgeheim war sie davon überzeugt, daß sie Nellies Umfang erreichen würde, wenn sie auch nur den kleinsten Diätfehler machte. »Zweihundert Pfund, über den Daumen gepeilt«, murmelte Berni.

»Tatsächlich wiegt sie einhundertundzweiundsechzig Pfund«, entgegnete Pauline. »Nellie ist Terels ältere Schwester, achtundzwanzig Jahre alt und noch ledig. Sie versorgt Terel und ihren Vater. Ihre Mutter starb, als Terel vier war und Nellie zwölf. Nachdem seine Frau gestorben war, nahm Charles Grayson Nellie aus der Schule, damit sie sich um Terel kümmern und ihnen beiden den Haushalt führen sollte. Für Terel ist Nellie gewissermaßen die Mutter gewesen, soweit sie zurückdenken kann.«

»Ich verstehe«, sagte Berni, »böse Schwester und Mutter in einer Person. Arme Terel. Kein Wunder, daß sie eine Fee als Hilfe braucht.« Sie blickte wieder Pauline an. »Bekomme ich einen Zauberstab für diesen Job?«

»Wenn du gern einen haben möchtest? Wir können dich mit jedem Zauber versorgen, den du verlangst; aber die Weisheit mußt du selbst beisteuern.«

»Das wird nicht schwer sein. Ich werde dafür sorgen, daß Terel alles bekommt, was sie verdient, und ich werde nicht zulassen, daß ihre fette Schwester sie daran hindert, sich alles zu holen, was das Leben ihr bietet. Wußtest du eigentlich, daß ich eine fette ältere Schwester habe? Sie war schrecklich eifersüchtig auf mich, versuchte sich stets in mein Leben einzumischen.« Berni spürte, wie der Zorn, den sie damals empfand, gleichsam als Erinnerung in ihr aufstieg. »Meine Schwester haßte alles an mir. Sie war so eifersüchtig, daß sie *alles* getan hätte, um mir das Leben so sauer wie möglich zu machen. Ich habe es ihr aber besorgt.«

»Wie hast du es ihr besorgt?« fragte Pauline leise.

»Mein erster Gatte war ihr Verlobter gewesen«, erwiderte Berni lächelnd. »Tatsächlich war er der langweiligste Mann, den man sich vorstellen kann, aber er hatte ein bißchen Geld. Also machte ich ihn auf mich aufmerksam.«

»Du hast ihn verführt, nicht wahr?«

»Mehr oder weniger. Aber er brauchte das. Meine Schwester war — ist — so eine fade Person und . . .« Sie blickte scharf zu Pauline hin. »Nun schau mich nur nicht so entsetzt an. Dieser Mann hatte mehr Spaß mit mir in den fünf Jahren, die wir verheiratet waren, als er ein Leben lang mit meiner fetten, langweiligen, stumpfsinnigen Schwester gehabt hätte. Zudem hat sie ja auch noch einen gefunden. Sie ist verheiratet und hat ein paar fette Kinder. Sie waren alle recht glücklich auf ihre beschränkte Art.«

»Ich bin überzeugt, daß jeder sehr glücklich war. Du am allermeisten.«

Berni gefiel der Ton dieser Frau nicht so recht. Aber ehe sie etwas erwidern konnte, sagte Pauline: »Wollen wir den beiden jetzt zuschauen?«

Berni blickte wieder auf die Szene mit den beiden Frauen im Schlafzimmer und lehnte sich in die Polster zurück. Sie mußte sich überlegen, wie sie der schlanken hübschen Terel helfen konnte.

Chandler, Colorado

1896

Nellie ging im Zimmer herum, hob Terels Kleider auf und hängte sie in den Schrank zurück. Sie sammelte auch die Hüte ein, die Terel achtlos überall im Zimmer verstreut hatte, und packte sie sorgsam wieder in die dazugehörigen Schachteln.

»Ich kann mich einfach nicht entschließen«, meinte Terel schmollend. »Warum müssen wir auch in dieser gottverlassenen Stadt leben? Warum können wir nicht in Denver oder St. Louis oder New York wohnen?«

»Vaters Geschäft befindet sich nun einmal hier«, erwiderte Nellie begütigend und strich eine Feder auf einem Hut glatt. Die Hüte gehörten nicht ihnen, sie waren nur von einer Hutmacherin ausgeliehen. Es tat ihr leid, daß sie sich nur einen davon leisten konnten und die anderen zurückgegeben werden mußten. Doch sie wollte keinesfalls, daß die Hüte, die Terel nicht haben wollte, mit Schmutzflecken an die Hutmacherin zurückkamen.

»Geschäft!« rief Terel und warf sich aufs Bett. »Das ist alles, wovon man hier in der Stadt redet. Geschäfte. Warum gibt es hier nicht wenigstens eine Gesellschaft?«

Nellie glättete den Filz an einem Hut und strich über die Federn des ausgestopften Kolibris, der auf der Hutkrone thronte, ehe sie den Hut samt Putz in die Schachtel zurücklegte. »Erst letzte Woche haben Mr. und Mrs. Mankin eine sehr hübsche Gartenparty veranstaltet, und der Erntedankfestball wird diesmal von Mr. und Mrs. Taggert ausgerichtet.«

Terel schnaubte: »Ein so hübscher Batzen Geld in den Händen einer so ungehobelten Familie. Jeder weiß, daß die Taggerts nicht viel besser sind als gemeine Grubenarbeiter.«

»Sie scheinen mir durchwegs nette Leute zu sein.«

»Oh, Nellie, in deinen Augen sind alle Menschen nett.« Terel stützte sich auf einen Ellenbogen und sah zu, wie ihre Schwester ihre Kleider wegräumte. Erst letzte Woche, wohl zum tausendsten Mal, hatte sie jemanden sagen hören, was für ein außergewöhnlich hübsches Gesicht Nellie habe und daß es ein Jammer wäre, daß sie so dick sei. Terel hatte sogar beobachtet, wie Marc Fenton Nellie verstohlen betrachtete. Marc war gutaussehend und reich. Und wenn er schon jemanden ansah, dann sollte das sie, Terel, sein.

Terel stand vom Bett auf, ging zur Frisierkommode, zog eine Schublade auf und entnahm ihr eine Schachtel Pralinen. »Ich habe ein Geschenk für dich, Nellie«, sagte sie.

Nellie drehte sich um und lächelte ihre geliebte kleine Schwester an. »Du solltest mir nichts schenken. Ich habe alles, was ich brauche.«

Nellie strahlte über das ganze Gesicht, wenn sie lächelte. Terel hatte eine Frau sagen hören, Nellie könnte mit ihrem Lächeln ein ganzes Zimmer zum Leuchten bringen. »Du willst doch nicht etwa ein Geschenk von mir zurückweisen?« fragte Terel, ihre Unterlippe zu einem hübschen Schmollmund vorschiebend. Sie hielt ihrer Schwester die Pralinenschachtel hin, und Nellies Gesicht sah nun ein bißchen bedrückt aus. »Du willst es nicht haben«, rief Terel, den Tränen nahe.

»Doch, natürlich möchte ich es haben.« Nellie nahm ihrer Schwester die Pralienschachtel aus der Hand. »Ich hatte mir nur vorgenommen, weniger zu essen, um abzunehmen.«

»Du brauchst nicht abzunehmen«, sagte Terel. »Für mich siehst du schön aus.«

Das Lächeln kehrte auf Nellies Gesicht zurück. »Vielen Dank, Liebes. Es tut gut, daß ich einen Menschen habe, der mich so mag, wie ich bin.«

Terel legte ihren schlanken Arm um Nellies plumpe Schultern. »Laß dir nur von keinem einreden, daß du dich ändern sollst. Du bist schön, so wie du bist, und die Tatsache, daß die Männer dich nicht mögen, hat überhaupt keine Bedeutung. Was wissen die denn schon? Vater und ich lieben dich, und wenn wir auch die einzigen sind, die dir dieses Gefühl entgegenbringen, ist das vollkommen in Ordnung. Wir mögen dich so sehr, daß wir dir damit die Liebe aller Männer dieser Welt ersetzen.«

Nellie spürte plötzlich großen Hunger. Sie wußte nicht,

warum Terels liebevolle Worte dieses Hungergefühl in ihr auslösten. Aber es war nun einmal so. Ihr erschien das widersinnig, doch offenbar bestand irgendein Zusammenhang zwischen Zuneigung und Essen. Wenn Terel zu ihr sagte, sie würde sie lieben, bekam Nellie sofort Hungergefühle.

»Ich denke, ich werde doch mal eine von deinen Pralinen kosten«, sagte Nellie, und ihre Hände zitterten, als sie den Deckel von der Schachtel nahm. Und dann steckte sie gleich drei von diesen Köstlichkeiten gleichzeitig in den Mund.

Terel wandte sich ab und lächelte. »Was soll ich nun heute abend anziehen?«

Nellie bediente sich noch rasch mit einer vierten Praline. »Was du gerade anhast, ist wunderbar«, sagte sie, das gefüllte Stück Schokolade hinunterschluckend. Sie spürte, daß sie ihre Hungergefühle wieder beherrschen konnte.

»Diesen schrecklichen alten Fetzen? Nellie, ich habe das Kleid nun schon ein halbes Dutzend Mal getragen. Jeder kennt es inzwischen.«

»Zweimal«, sagte Nellie nachsichtig und verschloß die letzte der drei Hutschachteln. »Und unser Gast heute abend kennt dich noch gar nicht. Also kann er auch das Kleid nicht gesehen haben.«

»Wahrhaftig, Nellie! Du verstehst einfach nicht, wie man sich fühlt, wenn man eine attraktive Frau und so jung ist wie ich und das ganze Leben noch vor einem liegt. Deine Jugend liegt doch noch nicht *so* lange zurück, daß du dich nicht daran erinnern könntest.«

Nellie spürte nun abermals Hungergefühle. »Terel, ich bin nicht so alt, wie du zu glauben scheinst.«

»Natürlich bist du nicht *alt*. Du bist nur . . . nun, Nellie, ich will ja nicht unfreundlich sein, aber du bist einfach nicht mehr auf dem Markt. Ich bin es aber. Und ich muß so gut aussehen wie nur irgend möglich.«

Nellie verspeiste nun vier weitere Pralinen.

In diesem Augenblick wurde kurz an die Tür geklopft, und Anna, die einzige Bedienstete im Haus der Graysons, trat ins Zimmer.

Anna war jung und kräftig; aber auch schlau, und sie verwandte ihre beschränkte Intelligenz fast ausschließlich darauf, Mittel und Wege zu finden, sich vor der Arbeit zu drücken. Jedesmal, wenn Nellie sich beschwerte, daß Anna ihr nicht genügend im Haushalt hülfe, gab ihr Charles Grayson zur Antwort, er könne sich keine neue oder zweite Dienstmagd leisten und Nellie habe sich eben mit diesem Zustand abzufinden.

»Er ist da«, sagte Anna, und dabei fielen ihr die Haare aus der Haube.

»Wer?« fragte Terel.

»Der Mann, der zum Dinner eingeladen ist. Er ist hier, aber Ihr Vater nicht.«

»Na, so was!« schnaubte Terel. »Was denkt sich dieser Mann nur? Er ist eine Stunde zu früh gekommen, und ich bin noch nicht einmal angezogen. Und — Nellie, ist das Dinner schon fertig?«

»Ja«, antwortete ihre ältere Schwester. Sie hatte den ganzen Nachmittag am Kochherd verbracht, und nun verdeckte ihre schmutzige Schürze ihr schmutziges braunes Hauskleid. »Anna, führen Sie ihn in den Salon und sagen Sie ihm, daß er warten soll, bis wir bereit sind, ihn zu empfangen.«

»Nellie!« rief Terel entsetzt. »Du kannst doch einen Mann nicht eine Stunde lang allein im Salon sitzen lassen. Vater würde außer sich sein. Vater sagte, der Mann habe ihm das Leben gerettet, und nun versuchen sie, miteinander Geschäfte zu machen. Du kannst ihn nicht so behandeln.«

»Terel, schau mich doch an. Ich komme gerade aus der Küche. So kann ich ihn unmöglich empfangen. Aber du siehst so schön aus — wie immer. Du gehst zu ihm, sobald ich . . .«

»Ich?« fiel ihr Terel ins Wort. »Ich? Aber ich muß mich doch noch umziehen und mir die Haare richten. Nein, Nellie, du bist die ältere; du bist die Gastgeberin unseres Vaters. Du gehst hinunter und redest mit diesem Mann, und wenn ich mich angekleidet habe, kannst du dich umziehen. Das ist die einzig mögliche Verfahrensweise. Und was sollte *ich* denn überhaupt mit so einem alten Mann reden? Du kannst viel besser mit älteren Leuten umgehen als ich. Du kannst ihn zum Garnaufwickeln einspannen oder so etwas Ähnliches. Vater sagt, er sei Witwer; also kannst du dich vielleicht mit ihm über das Zubereiten von Marmelade unterhalten. So *muß* es sein, Nellie, und ich denke, du wirst mir recht geben, wenn du die Sache uneigennützig betrachtest.«

Abermals wurde Nellie von einem fast unbezähmbaren Hungergefühl geplagt. Sie wußte, daß Terel recht hatte. Sie *war* die Gastgeberin für ihren Vater, und sie konnte in der Tat sehr gut mit Leuten umgehen, die so alt waren wie ihr Vater, während Terel in der Gesellschaft von älteren Menschen zum Gähnen neigte. Nellie mochte diesen Mann nicht vor den Kopf stoßen, da ihr Vater ihn dazu überreden wollte, sein Fuhrgeschäft zu leiten.

»Sagen Sie ihm, ich käme so schnell wie möglich hinunter«, meinte sie nun, an Anna gewandt. Nellie wollte schon wieder das Zimmer verlassen, als Terel sie am Arm faßte.

»Du bist mir doch nicht böse, nicht wahr?« sagte Terel, ihre Hände auf Nellies Schultern legend. »Es ist doch gar nicht wichtig, wie du aussiehst; weil jeder dich mag. Sie würden dich auch mögen, wenn du so groß wärest wie ein Elefant. Aber ich muß immer gepflegt und schön aussehen. Bitte, Nellie, sei nicht böse mit mir. Ich könnte das nicht ertragen.«

»Nein«, erwiderte Nellie mit einem Seufzer. »Ich bin dir nicht böse. Nimm dir Zeit beim Umziehen und mach dich hübsch. Ich werde mich inzwischen um den Gast unseres Vaters kümmern.«

Terel lächelte und küßte Nellie auf die Wange. Als Nellie nun durch die Tür auf den Flur hinaus wollte, drückte Terel ihr noch die Pralinenschachtel in die Hand. »Vergiß mein Geschenk nicht.«

Nellie nahm die Schachtel und stopfte sich draußen im Flur noch einmal sechs Pralinen in den Mund, ehe sie ihre Schürze abnahm und die Treppe zur Halle hinunterstieg.

Terel blieb lächelnd in ihrem Zimmer zurück und ging zu ihrem Schrank. Was sollte sie nun also zum Dinner mit dem Gast ihres Vaters tragen? Als sie die Kleider betrachtete, fand sie den Gedanken, sich umzuziehen, auf einmal langweilig. Nellie hatte recht. Was sie anhatte, paßte ausgezeichnet für ein Dinner mit einem alten Mann — einem Mann, der nicht sie, sondern ihren Vater besuchen wollte. Was spielte es da schon für eine Rolle, was sie anhatte? Er war vermutlich schon viel zu alt, um überhaupt noch etwas zu sehen.

Sie hob die Tagesdecke auf ihrem Bett an, schob die Hand unter die Matratze und zog einen Liebesroman hervor, den sie dort versteckt hatte. Wenn sie sich nicht umzog, hatte sie bis zum Dinner noch eine Stunde Zeit zum Lesen.

Kapitel 2

Nellie hielt am Fuß der Treppe an, um noch rasch einen Blick in den Wandspiegel zu werfen. Ihre kastanienbraunen Haare sträubten sich im Nacken; im linken Mundwinkel saß ein Schokoladenfleck, und an ihrem Kragen klebte etwas Grünes — vermutlich Spinat. Sie mochte gar nicht erst hinunterblicken auf ihr altes braunes Baumwollkleid; denn sie wußte, daß der Saum speckig war und ein Fleck auf dem Rock saß, den sie auch mit Seifenlauge nicht mehr herausbekam.

Terel lag ihr immer in den Ohren, daß sie, Nellie, neue Kleider brauchte, hatte ihr sogar angeboten, bei der Auswahl einer neuen Garderobe zu helfen; aber Nellie schien nie Zeit für die Besorgung von Kleidern zu finden. Da sie kochen mußte und nachbessern, wo Anna nicht richtig saubergemacht hatte, und Terel helfen mußte, damit sie mit ihren zahlreichen Verabredungen zurechtkam, schien nie genug Zeit übrigzubleiben für so frivole Sachen wie neue Kleider.

Nun mußte sie sich nicht nur um das Dinner kümmern und Anna Anweisungen geben, damit sie wenigstens halbwegs richtig das Essen servierte, sondern auch noch einen Gast unterhalten, der eine Stunde zu früh gekommen war.

Was hatte ihn schon so früh hierhergeführt? fragte sie sich.

Sie ging in den Salon, und er stand mit dem Rücken zu

ihr am Fenster und blickte ins Freie hinaus. Sie wußte sofort, daß er kein alter Mann war.

»Mr. Montgomery«, sagte sie, auf den Gast zugehend.

Er drehte sich um, und Nellie hielt einen Moment den Atem an. Er sah *gut* aus. *Sehr* gut sogar. Terel würde eine angenehme Überraschung erleben, wenn sie zum Dinner herunterkam.

»Es tut mir so leid, daß ich Sie so lange warten ließ, aber ich . . .«

»Ich bitte Sie! Sie brauchen sich doch nicht zu entschuldigen.« Er hatte eine Stimme, die perfekt mit seiner Gestalt und seinem Gesicht harmonierte. Er war ziemlich groß, schlank, muskulös und hatte dunkle Haare und Augen. »Es ist eine fast unverzeihliche Grobheit von mir, schon so früh in Ihrem Haus zu erscheinen, und ich . . .« Er blickte auf seine Hände nieder.

Nellie hatte schon immer ein Gespür für andere Menschen gehabt, eine Hellsichtigkeit für das, was sie bedrückte. Er ist einsam, dachte sie, und lächelte. Dieser so gutaussehende Mann war lediglich einsam. Ein gutaussehender Mann, der gekommen wäre, um sie zu besuchen, hätte Nellie in eine peinliche Verlegenheit versetzt. Aber ein einsamer Mann, ob hübsch oder häßlich, jung oder alt, war eine Sache, die sie zu meistern wußte. Sie vergaß ihr schmutziges Kleid.

»Wir freuen uns, Sie bei uns zu haben, egal, um welche Zeit Sie kommen«, sagte Nellie und lächelte ihm zu. Und dieses Lächeln verwandelte ihr bereits hübsches Gesicht in das einer Schönheit. Sie bemerkte nicht, wie Mr. Montgomerys Miene sich veränderte. Er hörte auf, sie mit der Verlegenheit eines Mannes zu betrachten, der eine Stunde zu früh gekommen war, und fing an, sie als Frau zu sehen.

Wäre Nellie auf diesen Wechsel in seinem Mienenspiel aufmerksam geworden, hätte sie dennoch nicht gewußt, was er bedeutete. Hübsche Männer betrachteten Terel, aber nicht sie. Immer noch lächelnd, fuhr sie fort: »Wir haben einen wunderschönen Garten«, sagte sie, »und dort ist es viel kühler. Vielleicht möchten Sie ihn einmal sehen?«

»Nur zu gern«, antwortete er, ihr Lächeln erwidernd. Er hatte ein Grübchen in der rechten Wange.

Sie führte ihn aus dem Salon, durch die Halle und dann aus einer Seitentür hinaus in den Garten hinter dem Haus. Der Garten war einer von Nellies heimlichen Freuden. Ihr Vater meinte, Blumen anzupflanzen wäre eine Vergeudung von Zeit und Boden; aber Nellie hatte darauf bestanden, daß man ihr in der Gestaltung des Gartens freie Hand lassen müsse.

Die späte Herbstsonne ging gerade hinter dem Garten unter, und er war wunderschön. Zwischen hohen Maispflanzen wuchsen Ringelblumen, und Chrysanthemen blühten neben Kohlköpfen. Der Zaun am Ende des Grundstücks verschwand förmlich hinter Mohnblüten, und unmittelbar vor ihnen befand sich ein Beet voller duftender Kräuter, die Nellie für die Küche benötigte.

»Schön«, sagte er, und Nellie lächelte erfreut. Sie fand nur selten Gelegenheit, einem Gast ihren Garten zu zeigen.

»Haben Sie ihn selbst angelegt?«

»Ein Junge kommt zweimal die Woche, um mir beim Unkrautzupfen zu helfen; aber zumeist pflege ich ihn selbst.«

»Er ist so reizend wie seine Besitzerin«, sagte er und blickte sie dabei an.

Einen Moment glaubte Nellie, schamrot zu werden, bis sie sich darauf besann, daß er nur höflich sein wollte. »Möchten Sie nicht Platz nehmen?« fragte sie und deutete auf eine kleine Schaukel, die unter der Rebenlaube aufgebaut war. Sie eilte ihm voraus, um die Stangenbohnen wegzunehmen, die sie gepflückt hatte, als Terel sie zu sich rief, damit sie ihr beim Aufräumen der Hüte helfen sollte.

»Ja, vielen Dank«, sagte er und nahm ihr die Schüsseln ab. »Sie haben doch nichts dagegen, wenn ich Ihnen beim Bohnenputzen helfe, nicht wahr? Das würde mir ein Gefühl von Heimat geben.«

»Natürlich nicht.« Sie stellte die leeren Schüsseln zwischen sich und ihn — eine für den Abfall, die andere für die von Fäden befreiten, gebrochenen Bohnen — und füllte seinen Schoß mit Bohnen, ehe sie sich ebenfalls mit einer Portion bediente.

»Wo sind Sie denn zu Hause, Mr. Montgomery?« fragte sie.

»In Warbrooke, Maine«, antwortete er, und sobald er zu reden angefangen hatte, wollte er gar nicht mehr aufhören. Er ist so einsam wie ich, dachte Nellie bei sich, und korrigierte sich sogleich. Wie konnte sie einsam sein, wo sie doch Terel und ihren Vater hatte?

Er erzählte ihr von seinem Leben in der Nähe des Ozeans, von dem Ort, wo er aufgewachsen war, und daß er genauso viele Jahre auf einem Segelschiff wie auf festem Boden verbracht habe.

»Ich lernte Julie kennen, als ich fünfundzwanzig war«, sagte er.

Nellie blickte ihn an, betrachtete sein Profil, und sie konnte die Traurigkeit in seinen Augen erkennen, den Kummer aus seinen Worten hören. Ihr Vater hatte ihr erzählt, daß Mr. Montgomery Witwer sei. »Sie war Ihre Frau?«

Er sah sie an, und der Schmerz in seinen Augen löste nun ebenfalls einen Schmerz in ihrer Brust aus. »Ja«, sagte er leise. »Sie starb vor vier Jahren im Kindbett. Ich verlor sie und das Baby zwei Tage vor meinem dreißigsten Geburtstag.«

Sie langte über die Bohnenschüsseln hinweg nach seiner Hand und drückte sie. Die Berührung schien ihn aus einer Trance zu wecken. Er saß da, blinzelte ein paarmal und lächelte dann. »Ich glaube, Sie müssen mich verzaubert haben, Miß Grayson. Ich habe von Julie nicht mehr geredet, seit . . .«

»Es sind die Bohnen«, meinte sie munter, da sie ihn nicht mehr traurig erleben wollte. »Es sind verzauberte Bohnen, die von den Heinzelmännchen gezüchtet wurden.«

»Nein«, sagte er, sie wie gebannt ansehend. »Ich glaube, Sie sind es, die mich verzaubert hat.«

Nellie spürte, wie sie errötete. »Mr. Montgomery, es ist gar nicht nett von Ihnen, ein so altes Mädchen wie mich auf die Schippe zu nehmen.«

Er lachte nicht über ihren Scherz, sondern sein Gesicht wurde wieder ernst. »Wer hat Ihnen gesagt, daß Sie ein altes Mädchen wären?«

Nellie wurde nun ganz verwirrt. »Das braucht mir niemand zu sagen. Ich . . .« Sie wußte nicht, wie sie fortfahren sollte. Sie hatte noch nie neben einem so überaus gutaussehenden Mann gesessen, der versucht hatte, mit ihr zu flirten. Warte nur, bis er Terel kennenlernt, dachte sie bei sich. Wenn Terel eines ihrer schönen Abendkleider trug, konnte sie einen ganzen Saal voll hübscher Männer enthusiasmieren. »Du meine Güte, Mr. Montgomery, sehen Sie doch nur, wieviel Uhr es schon ist! Ich muß das Dinner zu Ende kochen, mein Vater wird gleich nach Hause kommen, Terel wird jeden Moment erscheinen, ich muß mich noch umziehen und . . .«

»In Ordnung«, sagte er lachend. »Ich weiß, wenn ich entlassen werde.« Er hob die Schüsseln auf, erlaubte nicht, daß Nellie eine davon trug, und vertrat ihr dann auf dem Gartenpfad den Weg. »Sagen Sie mir, Miss Grayson, kochen Sie auch so gut wie Sie schön sind?«

Nellie spürte, wie ihr Gesicht nun feuerrot wurde. »Sie

sind ein Schwerenöter, Mr. Montgomery. Mit solchen Reden bringen Sie sicherlich die halbe Damenwelt von Chandler zum Erröten.«

Er nahm ihre Rechte in die seine und betrachtete sie. »Tatsächlich«, sagte er leise, »flirte ich nie. Seit Julie starb, habe ich keine andere Frau mehr angeschaut.«

Nellie war sprachlos. Sie fand keine Worte. Daß dieser Mann, der so gut aussah, daß er das Herz eines jeden Mädchens in Brand setzen konnte, ihr Aufmerksamkeit schenkte — ihr, einer dicken alten Magd —, war eine Sache, aber daß er sich so benahm, als wäre sie die einzige Frau, die bei ihm Beachtung fand, eine ganz andere.

Sie entriß ihm ihre Hand. »Ich bin keine Närrin, Mr. Montgomery«, sagte sie. »Sie verschwenden bei mir nur Ihre süßen Worte. Vielleicht sollten Sie Ihr Bemühen, jemanden in Versuchung zu bringen, lieber bei einer jüngeren und dümmeren Person, als ich es bin, fortsetzen.«

Sie hatte ihn damit ernüchtern wollen; aber er lächelte nur, zeigte wieder das Grübchen in seiner Wange und meinte augenzwinkernd: »Es tut gut, zu wissen, daß ich eine Versuchung für Sie bin.«

Abermals spürte Nellie, wie ihr das Blut ins Gesicht schoß. Sie drehte sich von ihm weg und eilte zum Haus zurück, gefolgt von Mr. Montgomery.

Im Hause herrschte das reinste Chaos. Ihr Vater war inzwischen heimgekommen, und anstatt dort anzutreffen, was er erwartete — seine zwei Töchter, die seinen Gast unterhielten —, fand er nur ein leeres Haus vor. Anna hatte sich wie gewöhnlich verdrückt. Terel und Nellie ließen sich nicht blicken, und von seinem hochgeschätzten Gast war auch nichts zu sehen.

Nellie kam wie eine Dienstmagd durch die Seitentür, und hinter ihr Mr. Montgomery, der zwei Schüsseln mit geputzten Bohnen trug. Und im selben Moment erschien auch Terel oben auf der Treppe, und sie trug kein Abendkleid, wie ihr Vater das gewünscht hatte, sondern ein gewöhnliches Alltagskleid. Charles Grayson kam die Galle hoch.

»Schau dich an!« schnaubte er leise. »Schaut euch beide an! Nellie, ich würde einen Dienstboten feuern, wenn er sich in diesem Kleid vor einem Gast zeigte. Und was hast du dir eigentlich dabei gedacht, unseren Gast wie ein *Küchenmädchen* zu behandeln?« fauchte er, auf die Schüsseln mit den Bohnen zeigend.

Ehe Nellie etwas sagen konnte, schob sich Mr. Montgomery zwischen sie und ihren Vater — fast so, als wollte er sie beschützen. »Miß Grayson hat mir die Güte erwiesen, sich zu mir zu setzen, als ich so unverschämt war, eine Stunde vor der verabredeten Zeit ins Haus zu kommen.«

Nellie hielt die Luft an, denn da war ein harter Klang in Mr. Montgomerys Stimme, als wollte er ihrem Vater einen Tadel versetzen. *Niemand* redete mit Charles Grayson in diesem Ton.

Ehe ihr Vater ihm eine Antwort geben oder Mr. Montgomery noch etwas sagen konnte, kam Terel schon die Treppe herunter. In ihren Augen war dieser Glanz, den sie beim Anblick eines schönen Mannes anzunehmen pflegten.

»Was hat das denn alles zu bedeuten?« sagte Terel mit ihrer besten Ein-schöner-Mann-ist-im-Zimmer-Stimme, während sie auf Mr. Montgomery zuging. »Bitte, vergeben Sie uns, Sir«, fuhr sie fort, den Kopf züchtig gesenkt, während sie durch die Wimpern zu ihm hochsah. »Wir sind sonst nie so unfreundlich zu Gästen.« Und keinen Moment den Blick von seinem Gesicht abwendend, fuhr sie fort: »Wirklich sehr ungezogen von dir, Nellie, daß du keinem gesagt hast, daß Mr. Montgomery bereits im Haus ist. Wenn ich das gewußt hätte, wäre ich sofort hierhergeeilt, um selbst für Ihre Unterhaltung zu sorgen, statt mit meiner Wohltätigkeitsveranstaltung fortzufahren. So hatte ich nicht einmal Gelegenheit, mich entsprechend für Sie anzuziehen. Darf ich Ihnen das abnehmen?«

Terel nahm ihm die beiden Schüsseln aus den Händen und schob sie Nellie zu. »Warum hast du mir nicht gesagt, daß er jung und hübsch ist?« zischelte sie. »Hast du etwa versucht, ihn für dich zu behalten?«

Nellie bekam keine Gelegenheit mehr zu einer Antwort, da Terel nun Mr. Montgomerys Arm nahm und ihn zum Eßzimmer führte.

Nellie drehte sich um und begab sich in die Küche. So viel zu ihrem Nachmittagsflirt, dachte sie bei sich. So viel zu der Versicherung eines hübschen Mannes, daß er niemals zu flirten pflegte. Obwohl sich Nellie sagte, daß sie mit all dem gerechnet hatte, fühlte sie sich plötzlich sehr, sehr hungrig — so hungrig wie noch nie in ihrem Leben.

Auf der Anrichte stand die Biskuitrolle, die sie für den Nachtisch vorgesehen hatte — ein locker gebackener Teig, den sie mit Marmelade bestrichen, zusammengerollt und dann mit einem Zuckerguß versehen hatte. Nellie überlegte gar nicht, was sie da tat. Sie machte sich auch nicht erst die Mühe, sich einen Teller zu besorgen und eine Gabel. Es dauerte keine zwei Minuten, und die Platte mit der Biskuitrolle war leer.

Danach stand sie da und starrte die Zuckergußreste auf der Platte an, als wüßte sie nicht, wo der Nachtisch hingekommen war.

Anna, die Charles inzwischen irgendwo aufgetrieben hatte, kam in die Küche gerannt. »Sie wollen jetzt essen, und zwar sofort.« Anna blickte von der leeren Platte auf Nellies marmeladenverschmierten Mund und grinste. »Haben Sie wieder das Dessert aufgegessen?«

Nellie blickte zur Seite. Sie würde *nicht* weinen. »Gehen Sie zum Bäcker«, sagte sie und versuchte, die Tränen zurückzuhalten. Sie schämte sich schrecklich.

»Der hat bereits geschlossen«, erwiderte Anna in einem Ton, der Nellie verriet, wie schadenfroh sie über Nellies Mißgeschick war.

»Dann geh zur Hintertür. Sag ihm, es wäre ein Notfall.«

»Wie beim letzten Mal?«

»Nun geh schon — bitte«, sagte Nellie zerknirscht. Sie wollte nicht daran erinnert werden, wie oft sie schon das Dessert für die ganze Familie vor dem Servieren aufgegessen hatte.

Aus Scham über ihre Tat, daß sie zum wiederholten Mal einen ganzen Kuchen, der für vier Personen gedacht war, allein verzehrt hatte, hielt sie den Kopf während des Essens gesenkt.

Anna servierte mürrisch und lustlos das Dinner, während Charles und Terel sich lebhaft mit Mr. Montgomery unterhielten.

Nellie beteiligte sich mit keinem Wort an dem Tischgespräch, weil sie sich vor dem Moment fürchtete, wo ihre Missetat entdeckt werden würde. Ihr Vater hatte sich ausdrücklich diesen Nachtisch von ihr gewünscht, und sie wußte, daß er wütend werden mußte, wenn er seine Biskuitrolle nicht bekam. Sie wußte auch, daß er sofort begriff, wo seine von ihm bestellte Nachspeise hingekommen war. Alle Strafpredigten, die er ihr seit Jahren wegen ihrer Eßgewohnheiten gehalten hatte, gingen ihr in diesem Augenblick durch den Kopf. Während der langen Mahlzeit betete sie zu Gott, daß ihr Vater sie nicht vor Mr. Montgomery zur Rede stellen möge.

Doch nur zu bald brachte Anna dann den beim Bäcker gekauften Kuchen auf den Tisch. Und plötzlich kam auch die Konversation ins Stocken, während Nellie den Kopf noch tiefer über ihren Teller senkte, weil sie den Blick ihrer Schwester und ihres Vaters spürte.

»Ist es schon wieder passiert, Nellie?« hörte sie nun ihren Vater fragen.

Nellie nickte nur kurz, und es folgte ein längeres Schweigen.

»Anna«, sagte Charles dann, »Sie dürfen den Kuchen servieren, aber ich glaube, meine älteste Tochter braucht keine Nachspeise mehr.«

»Nellie hat ein kleines Problem«, erklärte Terel Mr. Montgomery im ziemlich lauten Flüsterton. »Sie ißt oft ganze Kuchen und Pasteten auf einmal auf. Und vor ein paar Monaten hat sie sogar eine ganze Torte . . .«

»Entschuldigen Sie mich«, sagte Nellie in diesem Moment, warf ihre Serviette auf den Tisch und rannte aus dem Speisezimmer. Sie blieb erst wieder stehen, als sie im Garten den kühlen Wind auf ihren Wangen spürte. Sie stand eine Weile da und versuchte, ihr klopfendes Herz zu beruhigen. Und sie nahm sich zum hundertsten Mal vor, ihre Eßgelüste zu bezwingen und abzunehmen. Sie machte sich all die Versprechungen, die sie ihrem Vater gegeben hatte, wenn er sie nach solchen Vorfällen wie heute in sein Arbeitszimmer bestellte.

»Warum mußt du mich und deine Schwester immer in Verlegenheit bringen?« pflegte er seine Strafpredigten einzuleiten. »Warum kannst du nicht jemand sein, auf den wir beide *stolz* sein können? Wir haben Angst, daß du bei fremden Leuten einen deiner Anfälle bekommst und vor den Augen der Gäste ein halbes Dutzend Pasteten verschlingst. Wir haben Angst, daß . . .«

»Hallo.«

Nellie schrak bei dem Klang dieser Stimme zusammen. »Oh, Mr. Montgomery. Ich habe Sie gar nicht kommen hören. Suchen Sie Terel?«

»Nein, ich war auf der Suche nach Ihnen. Tatsächlich weiß Ihre Familie gar nicht, daß ich hier bin. Ich habe den beiden gesagt, daß ich nach Hause fahren müßte. Ich ging aus der Vordertür hinaus und kam durch das hintere Gartentor wieder herein.«

Sie brachte es selbst im Mondlicht nicht fertig, ihn anzusehen. Er war so groß und hübsch, und sie hatte sich noch nie so fett und schmutzig gefühlt wie in diesem Augenblick.

»Es war ein köstliches Dinner«, sagte er.

»Vielen Dank«, brachte sie murmelnd heraus. »Ich muß jetzt wieder ins Haus zurück. Soll ich Terel Bescheid sagen, daß Sie hier im Garten sind?«

»Nein, ich will Ihre Schwester nicht sehen. Warten Sie! Gehen Sie nicht. Bitte, Nellie, wollen Sie nicht eine Weile bei mir sitzen?«

Sie sah zu ihm hoch, als er sie bei ihrem Vornamen rief. »Also gut, Mr. Montgomery, ich werde mich zu Ihnen setzen.« Sie nahmen wieder auf der Schaukel Platz, wo sie am Nachmittag so kameradschaftlich beisammengesessen hatten, aber Nellie sagte diesmal kein Wort.

»Was kann man in Chandler unternehmen?« fragte er.

»Einen Kirchenbasar besuchen, im Park spazieren gehen, mit der Kutsche ausfahren — nicht viel. Wir sind eine langweilige kleine Stadt. Terel kennt hier allerdings jeden und kann Sie überall vorstellen.«

»Wollen Sie mit mir in vierzehn Tagen zum Erntedankfest-Ball bei den Taggerts gehen?«

Sie blickte ihn scharf an. »Zu welchen Taggerts?« fragte sie, um Zeit zu gewinnen.

»Zu Kane und dessen Frau Houston«, antwortete er, als gäbe es gar keine anderen Taggerts in dieser Stadt.

Nellie saß da und sah ihn groß an. Kane Taggert war einer der reichsten Männer Amerikas und wohnte in einer prächtigen Villa auf einem Hügel über der Stadt. Seine wunderschöne Frau Houston gab elegante Parties für die Freunde der Familie und veranstaltete einmal im Jahr einen großartigen Ball. Im letzten Jahr waren sie und Terel zu diesem Ball geladen worden. Terel hatte den Ball besucht: aber sie war zu Hause geblieben. Auf diesem Ball mußte irgend etwas passiert sein — Nellie wußte nicht, was —, und in diesem Jahr hatten sie zu Terels Entsetzen keine Einladung bekommen.

»Terel würde zu gern zu diesem Ball gehen«, sagte Nellie. »Sie würde ihn zu gern . . .«

»Ich lade *Sie* zu diesem Ball ein, nicht Ihre Schwester.«

Nellie wußte nicht, was sie diesem Mann nun sagen sollte. Als sie zwanzig gewesen war und viel schlanker als heute, hatte sie von etlichen Männern Einladungen bekommen, war aber kaum in der Lage gewesen, diesen Folge zu leisten. Mit zwanzig hatte sie die Verantwortung für den Haushalt gehabt, hatte ihren Vater und ihre zwölfjährige Schwester versorgen müssen — und ihr Vater wollte sein Essen immer pünktlich auf dem Tisch haben.

»Mr. Montgomery, ich . . .«

»Jace.«

»Wie bitte?«

»Mein Name ist Jace.«

»Ich könnte Sie unmöglich mit Ihrem Vornamen anreden, Mr. Montgomery. Ich habe Sie ja eben erst kennengelernt.«

»Wenn Sie mit mir auf den Ball gehen, lernen Sie mich auch besser kennen.«

»Das kann ich doch gar nicht. Ich muß . . .« Ihr wollte einfach kein Grund einfallen, warum sie nicht zu diesem Ball gehen sollte; aber sie wußte, daß sie unmöglich dort hingehen konnte.

»Ich werde den Job annehmen, den Ihr Vater mir anbietet, wenn Sie mit mir zu diesem Ball gehen. Und wenn Sie mich Jace nennen.«

Nellie wußte, daß ihr Vater sich diesen Mann als Mitarbeiter wünschte — wußte, daß er jemand brauchte, der ihm half, sein Fuhrunternehmen zu leiten. Aber das alles ergab für sie keinen Sinn. Warum versuchte er sie dazu zu überreden, mit ihm irgendwo hinzugehen? »Ich . . . ich weiß nicht, Mr. Montgomery. Ich weiß nicht, ob mein Vater mich entbehren kann. Und Terel braucht . . .«

»Was diese junge Dame braucht, ist . . .« Er beendete seinen Satz nicht. »Ich werde diesen Job nicht übernehmen, wenn Sie jetzt nicht einwilligen, mit mir diesen Ball zu besuchen. Nur einen Abend — das ist alles, was ich von Ihnen verlange.«

Nellie stellte sich vor, wie sie am Arm dieses außerordentlich hübschen Mannes das große weiße Haus auf dem Hügel betrat, und auf einmal spürte sie ein großes Verlangen, diesen Ball zu besuchen. Nur ein einziges Mal wollte sie abends ausgehen. »Also gut«, flüsterte sie.

Er lächelte auf sie hinunter, als er jetzt vor ihr stand, und selbst im Dunklen konnte sie sein Wangengrübchen erkennen. »Gut«, sagte er. »Ich freue mich sehr. Ich werde diesen Ballabend kaum erwarten können. Ziehen Sie sich etwas Hübsches an.«

»Ich habe nichts . . .« Sie brach mitten im Satz ab. »Ich freue mich ebenfalls auf diesen Abend«, flüsterte sie.

Er lächelte wieder, schob die Hände in die Hosentaschen und verließ pfeifend den Garten.

Nellie blieb eine Weile regungslos sitzen. Was für ein ungewöhnlicher Mann, dachte sie bei sich. Was für ein außerordentlich ungewöhnlicher Mann.

Sie lehnte sich auf der Schaukel zurück und sog den süßen Duft der Blumen ein. Sie würde mit einem Mann zu diesem Ball gehen. Und nicht mit irgendeinem Mann. Nicht mit dem fetten Sohn des Fleischers, den Terel ihr stets empfahl, oder mit dem siebzehnjährigen Sohn des Gemischtwarenhändlers, der sie zuweilen mit großen Augen musterte, und auch nicht mit dem sechzig Jahre alten Mann, den ihr Vater ihr einmal vorgestellt hatte. Nicht mit . . .«

»Nellie! Wo bist du denn gewesen?« fragte Terel, die jetzt im Dunklen vor ihr aufragte. »Wir haben dich überall gesucht. Anna demoliert die Küche, und Vater will, daß du sie beaufsichtigst, und ich brauche dich zum Aufschnüren meines Mieders. Wir müssen leiden, während du hier sitzt und träumst. Manchmal habe ich das Gefühl, daß du uns vergißt und nur an dich selbst denkst.«

»Ja, du hast recht. Es tut mir leid. Ich werde Anna zurechtstutzen.« Nur widerwillig verließ sie die Schaukel und den Garten und kehrte in die nüchterne Welt zurück, die sie im Haus erwartete.

Erst Stunden später, nachdem sie das Geschirr gewaschen, die Küche aufgeräumt und sich wieder eine Predigt ihres Vaters, ihre Eßgewohnheiten betreffend, angehört hatte, konnte sie endlich hinauf in Terels Zimmer gehen.

»Ich mußte mir von Anna das Mieder aufschnüren lassen«, sagte Terel, die im Nachthemd und Frisiermantel vor ihrem Spiegel saß und sich die Haare bürstete, im bitteren Ton.

Nellie begann Terels Kleider in den Schrank zu räumen. Sie war müde und sehnte sich danach, ein Bad nehmen und dann ins Bett gehen zu können.

»War er nicht himmlisch?«

»Wer?«

»Mr. Montgomery natürlich. Oh, Nellie, merkst du denn nie, was um dich herum vorgeht?«

»Er war sehr nett, ja.«

»Nett? Er war viel mehr als das. Ich habe in meinem ganzen Leben noch keinen Mann gesehen, der besser aussieht als er — Dr. Westfield vielleicht ausgenommen; aber der ist schon vergeben. Vater meinte, er habe den Eindruck, daß er sehr vermögend sei.«

»Ja, ich denke, daß Dr. Westfield ziemlich wohlhabend ist«, erwiderte Nellie müde.

»Doch nicht Dr. Westfield! Nellie, warum hörst du manchmal nicht zu, wenn ich mit dir rede? Vater meint, Mr. Montgomery sei sehr vermögend. Aber wenn er Geld hat, verstehe ich nicht, warum er sich mit dem Gedanken trägt, den Posten anzunehmen, den Vater ihm anbietet. Es sei denn . . .«

»Es sei denn was?«

»Nun . . . ich möchte ja nicht prahlen; aber hast du bemerkt, wie er mich beim Essen angeschaut hat?«

Nellie, die hinter der Schranktür stand, war froh, daß Terel ihr Gesicht nicht sah. »Nein, ich fürchte, ich habe nicht darauf geachtet. Aber Terel, Liebes, du mußt doch inzwischen daran gewöhnt sein, daß die Männer dich anschauen.«

»Ja«, sagte Terel leise und betrachtete sich im Spiegel. Mr. Montgomery hatte sie tatsächlich angeschaut; aber nicht so, wie die Männer das meistens taten. Tatsächlich war da sogar etwas Frostiges in diesem Blick gewesen, als er sie mit seinen dunklen, fast schwarzen Augen gemustert hatte.

Sie legte die Hand an den Hals. Dieser Mann war eine Herausforderung. Sie würde ihn erobern müssen.

»Ich frage mich, wie er heißen mag«, murmelte Terel.

»Jace«, antwortete Nellie, ohne zu überlegen.

Terel betrachtete ihre Schwester im Spiegel. Nellie stand hinter dem kleinen Wandschirm am Waschständer, so daß nur ihr Gesicht zu erkennen war. Im Kerzenlicht sah Nellie schön aus. Ihre Haut war makellos. Sie hatte lange Wimpern und volle Lippen. Als Terel nun wieder ihr eigenes Spiegelbild betrachtete, erkannte sie, daß sie nicht halb so hübsch war wie Nellie. Im Vergleich zu Nellies Gesicht war ihres zu lang, ihre Nase zu scharf und ihre Haut lange nicht so glatt.

Terel öffnete eine Schublade in ihrer Frisierkommode, holte einen Beutel mit Sahnebonbons heraus, ging dann zu Nellie und legte den Arm um sie. »Es tut mir leid, daß Vater beim Dinner so garstig zu dir gewesen ist. Er hätte doch Mr. Montgomery nicht erzählen müssen, daß du den Kuchen ganz allein aufgegessen hast. Du hast den Mann ja nicht beachtet; aber du hättest sehen sollen, was für ein Gesicht er in diesem Augenblick machte!«

Nellie löste sich aus Terels Umarmung.

»Nellie, es tut mir leid. Ich wollte dich nicht beleidigen. Ich dachte, du könntest die Sache von der humorvollen Seite betrachten. Ich finde es erheiternd, daß eine Frau einen ganzen Kuchen vor dem Dinner verschlingt.«

»Ich finde das gar nicht erheiternd«, sagte Nellie steif.

»Nun gut — ich werde aufhören zu lachen, wenn du nicht darüber lachen kannst. Wirklich, Nellie, wenn du manchmal über dich selbst lachen könntest, hättest du es viel leichter im Leben. Wo willst du denn jetzt hin?«

»Ich nehme ein Bad und gehe dann ins Bett.«

»Du bist wütend.«

»Nein, das bin ich nicht.«

»Doch, das bist du. Ich sehe es dir an. Du bist auf mich wütend, weil Vater dich gemaßregelt hat. Das ist nicht fair von dir. Ich würde niemals zu einem Gast sagen, daß ich eine Schwester habe, die einen ganzen Kuchen allein aufessen kann.«

Nellie konnte spüren, wie der Hunger sich plötzlich in ihr regte.

»Ich habe ein Geschenk für dich«, sagte Terel und hielt ihrer Schwester den Beutel mit den Sahnebonbons hin.

Nellie wollte keine Bonbons essen; aber jedesmal, wenn sie daran dachte, daß dieser hübsche Mr. Montgomery die Wahrheit über sie wußte, überkam sie ein unbezähmbares Hungergefühl. »Vielen Dank«, murmelte Nellie, nahm den Beutel, verließ das Zimmer und hatte schon die Hälfte der Bonbons aufgegessen, ehe sie das Badezimmer erreichte.

Der Nebel verhüllte die Szene, und Pauline wandte sich Berni zu.

»Das ist also mein Auftrag?« meinte Berni nachdenklich. »Ich glaube, diese Aufgabe kann ich lösen. Was für ein prächtiges Mannsbild doch dieser Montgomery ist! Wenn ich dort lebte, würde ich ihn für mich selbst haben wollen. Hat er wirklich Geld? Es wäre nett, wenn er vermögend wäre, weil er Terel noch ein paar Kleider kaufen könnte. Sie wäre dann viel . . .«

»Dein Auftrag ist Nellie.«

»Er könnte ihr sogar eine Villa kaufen oder, noch besser, ihr eine bauen. Er könnte . . . was hast du da eben gesagt?«

»Deine Aufgabe ist es, Nellie zu helfen.«

Berni war so verblüfft, daß sie zunächst keine Worte fand. »Wieso braucht die Hilfe? Die hat doch alles. Sie hat eine Familie, die sie liebt und . . .«

»Liebt ihre Familie sie *wirklich?*«

»Sie muß wohl. Sonst würden sie sie gar nicht bei sich dulden. Du hast selbst gesehen, wie sie diesen Kuchen verschlang. Widerlich. Ich würde nicht mit so einer Person unter einem Dach leben wollen.«

»Selbst wenn diese Person für dich kocht, wäscht und deine Kleider aufräumt?«

»Ich verstehe. Du hast mir das alles nur gezeigt, damit ich Mitleid mit dem dicken Mädchen haben soll. Aber keiner hat sie gezwungen, den Mund zu öffnen, und ihr das Essen gewaltsam hineingestopft. *Sie* hat den Kuchen gegessen. Sie ißt den ganzen Tag lang Süßigkeiten. Niemand zwingt sie dazu.«

»Hmmm«, meinte Pauline nur.

Berni stand von dem Sofa auf. Paulines Skepsis ärgerte sie. »Du redest genauso wie diese Leute auf der Erde, die für alles Verständnis haben und meinen, daß Dicke an einer Krankheit leiden, der sie hilflos ausgesetzt sind. Glaubst du etwa, ich wäre mein ganzes Leben lang schlank geblieben, weil ich eine Veranlagung zum Magersein hatte? Ich bin schlank, weil ich mich *schlankhungerte.* Ich stieg jeden Morgen auf die Waage, und wenn ich auch nur ein halbes Pfund Übergewicht hatte, habe ich den ganzen Tag über gefastet. Nur *so* kann sich ein Mensch vor dem Dickwerden schützen. Durch Disziplin.«

»Ich glaube nicht, daß Nellie so stark ist wie du. Menschen, die so sehr von sich überzeugt sind wie du, kommen im Leben recht gut alleine zurecht. Aber solche Leute wie Nellie brauchen Hilfe.«

»Sie hat ja Hilfe — eine Familie, die ihr zur Seite steht. Sie ist ein altes dickes Mädchen, aber ihr Vater versorgt sie.«

»Mir scheint, ihr Vater bekommt auch eine Menge für sein Geld.«

Berni blickte Pauline nun wütend an: »Du glaubst, diese Fettwämse zu kennen; aber da täuschst du dich! Ich weiß, was von solchen Rollmöpsen, wie sie einer ist, zu halten ist. Sie benimmt sich wie eine mustergültige Tochter, kümmert sich um ihren Vater und ihre Schwester, ziert sich sogar ein bißchen, wenn ein prächtig aussehender Mann sie fragt, ob sie mit ihm ausgehen möchte. Es mag ja so aussehen, als wäre sie ein perfekter Engel, aber unter all diesem Speck schlägt ein gehässiges Herz. Ich weiß das.«

»Du kennst Nellie so genau?« erwiderte Pauline leise.

»Ich kenne Frauen, die genauso sind wie sie. Meine Schwester ist dick, und sie *haßte* mich. Sie haßte die Art, wie die Jungen mich ansahen; wie sie mich baten, mit ihnen auszugehen. Weil niemand sie ansehen oder mit ihr ausgehen wollte. Ich sage dir, wenn du in diese Nellie hineinschauen könntest, würdest du darin keine kleine, zahme irdische Hausmutter finden, sondern einen Dämon.«

»Das ist schwer zu glauben.«

»Ich weiß, wovon ich spreche. Jedes dicke Mädchen, das mich auf der Erde ansah, wollte so aussehen wie ich. Sie haßten mich alle, weil sie eifersüchtig waren — ebenso eifersüchtig wie Nellie auf ihre reizende Schwester Terel.«

»Du bist davon überzeugt, daß Nellie ihre Schwester tatsächlich haßt?«

»Absolut. Wenn man Nellie das gäbe, was sie sich wirklich wünscht, würden Terel vermutlich die Arme abfallen. Sie würde ihrer Schwester die Pest an den Hals . . .« Berni hielt mitten im Satz inne. »Was muß ich tun, um dieser Nellie zu helfen?«

»Das liegt ganz bei dir. Ich sagte schon, daß wir den Zauber liefern, du jedoch die Weisheit beisteuern mußt.«

»Weisheit«, wiederholte Berni lächelnd. »Ich weiß nicht, wer diese Aufgaben aussucht, aber diesmal ist es sicher ein Fehlgriff. Nellie braucht keine Hilfe; vielmehr ist Terel die Hilfsbedürftige. Ich könnte das beweisen, wenn ich Nellie geben könnte, was sie sich wirklich und ehrlich wünscht.«

»Das kannst du ja.«

Berni dachte darüber nach. »Schön. Ich werde ihr drei Wünsche freigeben — keine dummen Wünsche wie ›ich möchte, daß jetzt das Geschirr abgespült wäre‹, sondern Wünsche, die ihr ein wirkliches Bedürfnis sind. Sie braucht ihren Wunsch ja nicht auszusprechen, sondern nur zu denken — du weißt, was ich meine?«

»Ich glaube, ja. Du meinst, daß Nellie sich ganz anders gibt, als sie denkt. Daß Verhalten und Wesen sich bei ihr nicht decken?«

»Sich nicht decken? Willst du mich auf den Arm nehmen? Die kleine Miss Naschkatze-Tugendbold wird sich wünschen, daß dieses prächtige Mannsbild ihr gehören und Terel bald in die Grube fahren soll. Denk an meine Worte. Wenn ich wieder zurückkomme, wird Terel bei fremden Leuten die Fußböden schrubben, weil Nellie wahrscheinlich ihren Vater ins Armenhaus wünscht.«

»Wenn du wiederkommst?« fragte Pauline erstaunt. »Willst du damit sagen, daß du ihr die drei Wünsche gibst und dann einfach weggehst? Du willst nicht dortbleiben und zusehen, was passiert?«

»Mir gefällt diese Terel: sie erinnert mich an mich selbst, und ich könnte es nicht ertragen, dort zu bleiben und zuzusehen, was ihre fette Schwester mit ihr anstellt.«

»Du bist also sicher, daß Nellies Herz mit Haß gefüllt ist?«

»Absolut sicher. Ich kenne doch meine Dickerchen. Was habe ich nun zu tun, um ihr die drei Wünsche überreichen zu können?«

Pauline seufzte. »Du mußt sie nur aussprechen. Das ist alles.«

»Fein, mein Dickwanst, du bekommst jetzt deine drei Gutscheine für das, was du dir *wirklich* wünschst. Tut mir leid, Terel.« Berni winkte mit der Hand in die Richtung des Schirms. »Nun«, sagte sie dann zu Pauline, »was für Räume habt ihr denn noch in dieser Burg? Wie wäre es mit dem Luxus-Zimmer?«

Pauline warf noch einmal einen Blick auf den Schirm zurück, seufzte und führte dann Berni durch den Torbogen zurück auf den Korridor.

Kapitel 3

Chandler, Colorado

1896

Jace Montgomery stieg von seinem Pferd, warf dem Jungen vor der Villa der Taggerts den Zügel zu und betrat das Haus. Der Butler gab sich nicht einmal die Mühe, von seinem Stuhl aufzustehen, sondern blickte nur kurz von seiner Zeitung hoch, nickte und las dann weiter.

»In seinem Büro?« fragte Jace.

Der Butler nickte abermals.

Jace wußte, daß dieser Mann ihn nicht als Gast betrachtete. Dieser Mann teilte Besucher in Gäste und Verwandte ein, und Jace war nur ein Verwandter. Als Jace durch den Flur des großen, zumeist aus Marmor bestehenden Hauses ging, hallten die Wände wider vom lebhaften Treiben seiner Bewohner. Jace mußte lächeln, als er das hörte. Das Haus erinnerte ihn so sehr an sein eigenes Heim in Maine.

Das schon sehr alte, weitläufige Haus seines Vaters, das nur wenige Meter vom Ozean in Warbrooke, Maine, entfernt lag, war stets erfüllt von dem Trubel und Lärm seiner Montgomery- und Taggert-Verwandtschaft, und im Hintergrund war immer die Musik zu hören, die seine Mutter mit ihren Freundinnen veranstaltete.

Nachdem seine Frau gestorben war, hatte Jace dieses ihn umgebende Glück nicht länger mit ansehen können. Er hatte das Lachen der Kinder und den Anblick der Ehepaare, die liebevoll zueinander waren, nicht mehr ertragen. Einen Monat, nachdem er Julie und seinen drei Tage alten Sohn beerdigt hatte, war er in einen Zug gestiegen und vier Jahre lang umhergereist — hatte nichts anderes getan als reisen. Er lernte in dieser Zeit nur wenige Leute kennen; da er sich nie mehr an ein anderes menschliches Wesen binden wollte, hatte er sich stets abgesondert.

Doch vor etwa sechs Monaten hatte seine Genesung begonnen — hatte er zum erstenmal an etwas anderes denken können als an seinen eigenen Kummer. Er fuhr nach Kalifornien und besuchte dort die Eltern seiner Mutter, verbrachte einige Zeit unter Gebirgsbewohnern auf der Ranch seines Großvaters.

Und während er bei seinem Großpapa Jeff weilte, begann Tante Ardis ihn mit Briefen zu bombardieren, in denen sie ihn dazu drängte, doch seine Taggert-Verwandtschaft in Colorado zu besuchen. Er gab ihrem Drängen nach, als er erfuhr, daß sein Vetter Kane Taggert mit seiner Frau nach San Francisco kämen. Jace nahm einen Zug nach Süden und stellte sich den beiden vor. Kane entpuppte sich als polteriger, aber nicht minder herzensguter Mensch wie seine Vettern in Maine, und sie wurden rasch Freunde. Jace verliebte sich auch ein wenig in Kanes schöne Gattin Houston.

Die Taggerts waren nach Colorado zurückgekehrt und Jace nach Norden, um noch ein paar Wochen bei seinen Großeltern auf der Ranch zu verbringen, und hatte dann seine Reise nach Colorado angetreten.

Er hatte sich wieder viel Zeit gelassen, ans Ziel zu kommen, und als er einen Abstecher zu einer entlegenen Bahnstation in den Bergen machte, lernte er dort Charles Grayson kennen. In einer schlaflosen Nacht hatte Jace aus dem Fenster seines Abteils geschaut und zwei Ganoven dabei beobachtet, wie sie einen Mann ausrauben wollten. Jace war aus dem Zug gesprungen und hatte mit ein paar wohlgezielten Boxhieben die Diebe in die Flucht gejagt.

Charles hatte sich überaus dankbar gezeigt und sobald sie wieder im Zug saßen, zu ihm gesagt, daß er so einen Mann wie Jace in seiner Firma brauchen könne. Jace nahm sich nicht die Mühe, ihn aufzuklären, daß er weder auf einen Job angewiesen sei noch einen annehmen wolle. Er hörte nur stumm zu, wie Charles nun über sich selbst und seine schöne Tochter zu reden begann. Als Jace erfuhr, daß Charles in Chandler lebte, beschloß er, die Familie Grayson zu besuchen, und nahm eine Einladung zum Dinner an.

Sobald Jace in Chandler eintraf, bekam er plötzlich Heimweh, und da er wußte, daß Charles noch in seinem Frachtbüro weilte, war er eine Stunde vor der verabredeten Zeit in das Haus der Graysons gegangen. Er wollte diese Tochter kennenlernen, die nach Charles' Schilderung ein Ausbund von Schönheit und Anmut sein sollte.

Nachdem er sich zehn Minuten lang mit Nellie unter vier Augen unterhalten hatte, gab er Charles in allen Punkten recht. Sie war liebenswürdig, warmherzig und witzig, und zum erstenmal in vier Jahren öffnete er sich einem anderen Menschen und erzählte ihr vom Tod seiner Frau. Es war so angenehm gewesen, mit ihr im Garten zusammenzusitzen und Bohnen zu brechen. Sie war so gar nicht kokett wie so viele Frauen, die sofort mit ihm flirten wollten. Statt dessen war sie errötet wie ein Schulmädchen, und beim Anblick ihres schönen Gesichts hatte er sich so wohl gefühlt wie seit vielen Jahren nicht mehr.

Doch dann hatte er ungläubig und zu seinem nicht geringen Entsetzen miterlebt, wie Charles Grayson Nellie beschimpfte, als er mit ihr ins Haus zurückgegangen war. Einen Moment lang war Jace so verblüfft gewesen, daß er zu keiner Reaktion fähig war. Charles hatte im Zug von nichts anderem geredet als von seiner schönen Tochter, und doch benahm er sich jetzt so, als schämte er sich ihrer.

Immer noch verwirrt, hatte Jace ein aus vielen Gängen bestehendes, langweiliges Dinner über sich ergehen lassen, in dessen Verlauf Nellie kein Wort sagte: aber ihre Schwester kein einzigesmal aufhörte zu reden. Es dauerte eine Weile, ehe Jace begriff, daß Charles, wenn er von seiner schönen Tochter sprach, die jüngere von den beiden Schwestern meinte. Soweit sich Jace erinnern konnte, hatte Charles kein einzigesmal ihm gegenüber erwähnt, daß er zwei Töchter habe.

Am Ende der Mahlzeit war es Jace dann aufgegangen, warum Charles ihm eine Tochter unterschlagen hatte. Offensichtlich hielten beide, Charles und seine jüngere Tochter, Nellie für *fett.* Jace betrachtete Nellie, und tatsächlich war da ein bißchen mehr dran als an einigen anderen Frauen; aber nicht so viel, daß er es nicht hätte bewältigen können.

Er blickte dann die jüngere Tochter an, die angeblich so talentiert und schön sein sollte, und alles, was er von ihr hörte, war das Wort *ich.* Terel schien nur Interesse für sich selbst zu haben, und sie glaubte, alle anderen würden sich diesem Interesse anschließen.

Die Mahlzeit, wie gesagt, wollte kein Ende nehmen, und er konnte es kaum erwarten, sich von Charles und seiner eitlen Tochter wieder entfernen zu können. Er hatte sich von den beiden, so rasch es die Höflichkeit erlaubte, verabschiedet und war durch die Gartenpforte auf das Grundstück zurückgeschlichen. Wie er richtig vermutet hatte, war Nellie wieder in den Garten gegangen. Und als er dort zum zweitenmal mit ihr zusammensaß, war das ein genauso angenehmes Erlebnis für ihn gewesen wie das Bohnenbrechen am Nachmittag. Ehe er wußte, was er tat, hatte er eingewilligt, für Charles zu arbeiten — ein Mann, von dem er nun eine erheblich geringere Meinung hatte als bei ihrem ersten Zusammentreffen —, wenn Nellie sich bereitfand, mit ihm zum Erntedankfestball zu gehen.

Er lächelte jetzt, als er in Kanes Arbeitszimmer trat. Er gedachte mehr aus Nellie herauszuholen als nur ein paar Tänze.

Kane beugte sich zusammen mit seinem Freund und Partner, Edan Nylund, der fast so groß war wie Kane, aber so blond, wie Kane dunkel war, über seinen Schreibtisch. Auf dem Boden spielten drei Kinder im Alter von ein bis drei Jahren, tapsten umher wie drei kleine Welpen und machten dabei einen Lärm wie eine Dampfmaschine. Zwei davon hatten dunkle Haare, eines war flachsblond, und deshalb vermutete Jace, daß zwei von diesen Kindern Kane gehörten und eines Edan. Aber das Geschlecht der Kinder vermochte er nicht zu erkennen.

»Hallo«, brüllte Jace, den Lärm übertönend, den die Kinder machten.

Kane blickte vom Schreibtisch hoch. »Was bringt dich denn hierher?«

»Ich bin gekommen, um mit deiner Frau durchzubrennen«, erwiderte Jace und nickte Edan grüßend zu.

»Gut«, sagte Kane. »Sorge nur dafür, daß sie diese verdammten Balgen mitnimmt. Wollt ihr wohl still sein, ihr drei!« zeterte er; aber die Kinder beachteten ihn gar nicht.

Ein paar Sekunden später wurden alle Kinder mit einemmal stumm, und Jace drehte sich zur Tür um. Houston stand dort, so schön und heiter, wie er sie in Erinnerung hatte.

»Kinder«, sagte sie, »laßt eure Väter in Ruhe. Geht und sucht nach Onkel Ian.« Gehorsam verließen die Kinder nun das Zimmer, wobei das älteste das jüngste bei der Hand nahm.

»Was kann ich jetzt für dich tun, Jocelyn?« fragte sie und blickte Jace lächelnd an.

Jace zuckte zusammen, und Kane schnaubte kurz hinter seinem Rücken. Nur seine Mutter rief ihn bei seinem wirklichen Vornamen, und er hatte in seinem Leben schon etliche Nasen blutig geschlagen, wenn ein anderer wagte, ihn Jocelyn zu nennen. Doch Houston hatte ihn vom ersten Moment an, als sie sich kennenlernten, mit Jocelyn angeredet, und wenn sie unter sich waren, hatte Jace auch nichts dagegen.

»Ich bin eigentlich nur gekommen, um euch zu besuchen«, sagte er; aber Houston blieb im Türrahmen stehen und blickte ihn an. Er war einige Jahre älter als sie; aber sie hatte eine Art, ihn anzusehen, daß er sich wie ein Kind vorkam. Er räusperte sich.

Kane lachte hinter ihm. »Du kannst es ihr ruhig sagen. Wenn sie meint, du seist aus einem bestimmten Grund hierhergekommen, dann stimmt es vermutlich auch.«

Jace lächelte. »Also gut, ich bin entlarvt. Houston, könnte ich dich vielleicht unter vier Augen sprechen?« Er blickte Kane an. »Ich muß ihr nämlich einen Antrag machen.«

»Sie bekommt schon so viele Anträge von mir, daß uns die Kinder nie ausgehen werden«, erwiderte Kane, und da sprach kein geringer Stolz aus seiner Stimme.

Houston tat so, als habe sie die Bemerkung ihres Gatten nicht gehört; aber da zeigte sich eine leichte Röte unter ihrer zarten Haut. »Komm mit«, sagte sie, und sie führte Jace in einen kleinen, aber sehr hübschen und ruhigen Salon.

»Wie ist dein Besuch in Chandler bisher verlaufen?« fragte sie, als sie beide Platz genommen hatten. »Hast du jemand Interessanten kennengelernt?«

Jace lachte. »Ich hoffe, es sieht mir nicht jeder gleich an.«

»Als wir uns in San Francisco sahen, warst du so unglücklich und elend, daß du grau warst im Gesicht. Doch nun entdecke ich ein leises Funkeln in deinen Augen. Ich vermute, daß du irgend etwas vorhast.«

»Das stimmt«, erwiderte er mit einem leisen, trägen

Lächeln, das nur wenige Frauen bei ihm gesehen hatten. Und die es gesehen hatten, hatten ja gesagt. »Ich gedenke, jemandem den Hof zu machen.«

Houston schluckte. Sie war glücklich verheiratet, aber sie war nicht tot. »Ich bin sicher, daß du jede Frau eroberst, wenn du sie erobern willst.«

»Ich habe auch vor, sie zu erobern; aber vielleicht brauche ich deine Hilfe dazu.« Jace stand auf und trat ans Fenster. »Was weißt du über die Familie Grayson?«

»Nicht besonders viel. Er ist ein Witwer mit zwei Töchtern. Sie wohnen erst ein paar Jahre in Chandler, und ich fürchte, ich kann mich den neu hinzugezogenen Bürgern von Chandler nicht mehr so widmen wie früher. Zwei Babies in vier Jahren haben mich reichlich beschäftigt.«

»Ja, das kann ich mir vorstellen.« Er blickte auf sie zurück. »Hast du sie zum Erntedankfestball eingeladen?«

»Kane —« sie zögerte —, »Kane hat mich gebeten, sie nicht einzuladen.«

»Nun sag *du* mir bloß nicht, daß du Nellie nicht magst!«

»Nellie? Nellie ist ein Schatz. Sie ist der großzügigste Mensch der Welt, immer bereit, anderen zu helfen, wenn sie ihre Hilfe brauchen; aber auf dem letzten Erntedankfestball haben sich zwei junge Männer hier im Garten um die Gunst der jüngeren Tochter geprügelt. Kane sagte — nun, er machte ein paar unangenehme Bemerkungen, was den Charakter der jüngeren Tochter betrifft, und deshalb wurde in diesem Jahr keine Einladung an die Familie Grayson verschickt. Ich befürchte allerdings, daß irgendein junger Mann sie trotzdem zum Ball mitbringen wird.« Sie blickte rasch zu ihm hoch. »Du bist doch nicht einer ihrer Verehrer, oder doch?«

Jace lächelte. »Es ist Nellie, für die ich mich interessiere.«

Houston blickte ihn lange an. Sie hatte nicht oft Gelegenheit gehabt, sich mit Nellie zu unterhalten, aber sich jedesmal gedacht, daß die Männer Narren wären, wenn sie nur ihre Figur sähen. Die Männer stolperten fast übereinander, um diese eitle, frivole Terel bei einer Party um einen Tanz zu bitten; aber kein Mann hatte es bisher fertiggebracht, Nellie auch nur zu einem Kirchenbasar einzuladen. Doch da stand nun Kanes Vetter, dieser überaus gutaussehende Mann, und erzählte ihr, daß er an Nellie interessiert war. Ihre schon bisher hohe Meinung von Jace stieg noch um einige Grade.

»Ich werde sofort eine Einladung für Nellie ausschreiben. Gibt es noch etwas, das ich für dich tun kann?«

»Ich kenne mich in solchen Dingen nicht besonders gut aus; aber ich bezweifle, daß Nellie ein Ballkleid besitzt. Könntest du vielleicht . . .?«

»Natürlich«, sagte Houston, und ihre Achtung vor Jace stieg noch höher. »Meinst du nicht, daß Nellie in einem silberfarbenen Kleid großartig aussehen müßte? In einem silberfarbenen Kleid und Perlen?«

»Ich glaube, Nellie würde in jedem Kleid großartig aussehen.« Er nahm Houstons Hand und küßte sie. »Du bist eine echte Lady, weißt du das?« Er wußte nicht, warum Houston so heftig lachte; aber er war froh, daß sie sich über seine Bemerkung freute.

Nellie fühlte sich ausgelaugt. In den zwei Tagen seit Mr. Montgomerys Besuch hatte sie sich bemüht, ihre Familie für die Blamage, die sie ihr bereitet hatte, zu entschädigen. Sie hatte eine Reihe von hervorragenden Mahlzeiten zubereitet — von denen sie kaum etwas genossen hatte — und ihre Anstrengungen beim Hausputz verdoppelt. Sie hatte mit Anna die Vorhänge im vorderen Salon abgenommen, sie in den Hof hinter dem Haus getragen und stundenlang den Staub aus ihnen herausgeklopft. Am Abend war sie dann immer sehr müde gewesen, war aber dennoch bis spät in die Nacht hinein aufgeblieben, um die Aufschläge des Jacketts, das sie Terel zu Weihnachten schenken wollte, mit Stickereien zu versehen.

Sie hoffte, wenn sie sich gut genug aufführte, würde ihre Familie vergessen, daß sie sich — und ihre Familie — vor einem Gast blamiert hatte. Sie wünschte sich sehr, daß ihr Vater und ihre Schwester stolz sein konnten auf sie.

Nun steckte sie bis zu den Ellenbogen im Mehl, während sie den Teig für einen Apfelstrudel ausrollte, den sie als Nachspeise beim Dinner servieren wollte. Sie hatte bereits einen Rippenbraten vorbereitet, sogar schon die kleinen weißen Papierrüschen ausgeschnitten, mit denen sie die Rippenenden verzieren wollte. Alles war soweit vorbereitet, daß es nur noch in den Ofen geschoben werden mußte, damit es zur Dinnerzeit knusprig und heiß auf den Tisch kam.

Sie war so sehr mit ihrem Strudelteig beschäftigt, daß sie ordentlich zusammenfuhr, als jemand an den Türrahmen klopfte. Die Tür stand offen, denn da der Ofen mit Holz gefüllt war und das Feuer darin prasselte, war es recht heiß in der Küche.

»Ich habe an die Vordertür geklopft; aber niemand wollte mir öffnen«, sagte Jace, blickte Nellie lächelnd dabei an und drückte einen großen Strauß später Rosen an seine Brust.

»Das tut mir leid«, erwiderte Nellie, legte ihren Teigroller beiseite und wischte ein paar Spritzer Teig von ihren Ellenbogen. »Anna sollte zwar vorne in der Halle saubermachen; aber ich schätze . . .« Ihre Stimme verlor sich, als sie sich an die Predigten ihres Vaters erinnerte, daß man mit Außenstehenden niemals über familiäre Probleme reden sollte. Sie betrachtete die Blumen und lächelte. »Sie sind vermutlich hierhergekommen, um Terel zu besuchen; aber ich fürchte, Sie haben sie um Minuten verfehlt. Sie ist . . .«

»Ich bin gekommen, um Sie zu besuchen.« Ohne sie lange um Erlaubnis zu fragen, trat er in die heiße Küche hinein. »Für Sie«, sagte er, ihr die Rosen hinhaltend.

Nellie blieb hinter dem Küchentisch stehen und blickte ihn nur mit offenem Mund an. Sie machte keine Anstalten, ihm die Blumen abzunehmen.

Jace ging weiter bis zum Küchentisch, nahm eine Apfelscheibe aus der Schüssel und verzehrte sie. »Sie mögen keine Rosen? Ich dachte, Sie mögen sie; aber wenn nicht, werde ich Ihnen andere Blumen besorgen. Was bringen Ihre anderen Verehrer gewöhnlich für Blumen mit, wenn sie Sie besuchen?«

Nellie war versucht, hinter sich zu blicken, ob da vielleicht noch jemand in der Küche stand, mit dem er redete. »Ich mag Rosen«, flüsterte sie. »Und ich habe keine ... männlichen Verehrer.«

»Gut«, sagte er und sah sie mit einem warmen Lächeln an.

Nellie vermochte sich nicht von der Stelle zu bewegen, sondern schaute zu, wie er sich auf eine Ecke des Küchentisches setzte und Apfelscheiben verzehrte.

»Möchten Sie sie nicht ins Wasser stellen?«

»Was?«

»Die Rosen«, erwiderte er, abermals lächelnd.

»Oh. Oh, ja.« Sie gewann ein wenig ihre Fassung wieder, als sie ihm nun die Blumen abnahm. Der Haushalt der Graysons verfügte über eine Reihe von Vasen, damit die vielen Blumenbuketts, die man Terel verehrte, auch untergebracht werden konnten. Aber Nellie hatte bisher nicht einmal ein Gänseblümchen geschenkt bekommen. Sie arrangierte bedächtig die Blumen in der Vase, nahm sich Zeit dafür, damit sie wieder einen klaren Kopf bekam. Nachdem sie sich einigermaßen gefaßt hatte, drehte sie ihm wieder das Gesicht zu.

»Vielen Dank für die Blumen, Mr. Montgomery; aber

ich fürchte, Terel wird erst in ein paar Stunden wieder nach Hause kommen. Sie . . .«

»Ich möchte Sie auf einen Spaziergang mitnehmen.«

»Spaziergang? Sie meinen, ich soll mit Ihnen zu der Stelle gehen, wo sich Terel zur Zeit aufhält? Ich bin sicher, sie ist . . .«

»Ich möchte ihre kleine Schwester nicht sehen«, sagte er streng. »Nellie, ich bin hierhergekommen, um Sie zu besuchen, und niemanden sonst. Ich möchte, daß Sie mit mir einen Spaziergang machen.«

Nellie wich zwei Schritte vom Tisch zurück. »Das kann ich unmöglich tun. Ich habe noch so viel zu arbeiten. Ich muß diesen Strudel fertigmachen, dann den Braten in die Backröhre schieben, mich zum Dinner umziehen und . . .«

»Eine Stunde«, sagte er. »Eine Stunde ist alles, worum ich Sie bitte.«

»Das ist unmöglich.« Nellie rückte noch weiter von ihm weg. Es war ihr egal, wie beschwörend er sie ansah. Er brachte sie mit diesem Blick nur in äußerste Verlegenheit. »Ich habe viel zu viel zu tun.«

»Dann eben eine halbe Stunde. Opfern Sie doch wenigstens dreißig Minuten Ihrer Zeit für einen einsamen Fremden in dieser Stadt. Gehen Sie mit mir ins Zentrum von Chandler und stellen Sie mich den Leuten vor.«

»Ich kenne nicht viele Leute hier«, erwiderte sie rasch, »und ich muß diesen Strudel fertigmachen. Ich kann unmöglich . . .«

»Einen Apfelstrudel?«

»Ja. Er ist zum Abendessen bestimmt. Mein Vater liebt Apfelstrudel über alles. Er . . .«

»Wie wollen Sie denn einen Apfelstrudel machen, wenn Sie keine Äpfel haben?«

Sie sah ihn an, dann auf die Schüssel, die eben noch mit Apfelscheiben gefüllt gewesen war. »Mr. Montgomery!«, rief sie im Ton einer Schulmeisterin, »Sie haben ja die Äpfel für drei Apfelstrudel aufgegessen!«

»Sicherlich mehr als ein ganzer Kuchen, ja«, sagte er bedächtig und beobachtete sie dabei.

Nellie wußte sofort, daß er auf den Abend vor zwei Tagen anspielte, als sie den Nachtisch aufgegessen hatte. Das Blut schoß ihr ins Gesicht, als sie sich an die Blamage erinnerte, die sie sich und der ganzen Familie zugefügt hatte. Aber als sie ihn nun anblickte, blinzelte er ihr lächelnd zu, und sie wußte, daß er sie nur *necken* wollte.

Da schämte sie sich nicht länger, sondern gab sein Lächeln zurück, und dieses warme Lächeln verwandelte sie wieder in eine Schönheit. »Nun geht es mir so wie vorgestern beim Dinner«, meinte sie lachend. »Was soll ich jetzt zum Nachtisch servieren? Wir haben keine Äpfel mehr im Haus.«

In seinen Augen irrlichterte es. »Ich glaube, da müssen Sie wohl in einen Laden gehen und neue kaufen.«

»So scheint es.«

»Vielleicht sollte ich Sie begleiten, falls Sie in Gefahr geraten.«

»Ja, vielleicht sollten Sie das tun. Die Straßen von Chandler sind zuweilen sehr unsicher. Erst letztes Jahr sind zwei Jungen mit ihren Fahrrädern zusammengestoßen.«

»Das ist ja schrecklich! Wer weiß, ob so etwas nicht wieder passiert? Ich bin sicher, daß Sie ohne Begleitung nicht über die Straße gehen sollten.«

»Ich bin geneigt, Ihnen recht zu geben«, erwiderte Nellie leise. Zwar gab es da eine Stimme in ihr, die sagte, sie sollte zu Hause bleiben und mit der Vorbereitung des Abendessens fortfahren. Sie konnte diesen Mann, der sich eine Vertraulichkeit anmaßte, die ihm gar nicht zustand, natürlich ohne weiteres wieder wegschicken. Sie war überzeugt, daß es ungehörig war für einen Mann, den sie erst ein paar Stunden kannte, so einfach in die Küche hineinzuspazieren.

Doch da war noch eine andere Stimme, die ihr zuredete, den Vorschlag von Mr. Montgomery anzunehmen. Es würde Spaß machen, an der Seite dieses gutaussehenden Mannes durch die Stadt zu gehen und Bekannte zu begrüßen. Vielleicht konnte — durfte — sie wenigstens einen Nachmittag lang so tun, als würde sie sich nicht von anderen jungen Frauen unterscheiden, die von hübschen jungen Männern verehrt wurden.

Sie band ihre Schürze ab und hängte sie an einen Haken neben der Tür. Sie sollte vermutlich jetzt nach oben gehen, sich einen Hut aufsetzen und dann im Spiegel prüfen, ob er ihr auch stand; aber sie hatte Angst, er könnte sich wieder davonstehlen, wenn sie ihn allein in der Küche zurückließ. Sie besaß nicht Terels Selbstvertrauen, die sicher sein konnte, einen Mann, den sie stundenlang hatte warten lassen, noch am Treffpunkt vorzufinden.

Sie drehte sich Jace zu und lächelte: »Ich bin bereit.«

Er gab ihr Lächeln zurück. Er war angenehm überrascht, daß sie sich nicht erst eine Stunde lang vor dem Spiegel zurechtmachen wollte, ehe sie das Haus verließ. Er hatte jedenfalls die Erfahrung gemacht, daß Frauen, die so schön waren wie Nellie, einen erheblichen Teil ihrer Zeit dazu benützten, sich hübsch zu machen und eine passende Garderobe auszuwählen.

Er trat zur Seite, so daß sie vor ihm durch die Tür ins Freie treten konnte, und bewunderte den sachten Schwung ihrer Hüften. Ein paar Flaumhaare sträubten sich in ihrem Nacken, und es verlangte ihn danach, ihre feine Haut im Nacken zu küssen.

»Entschuldigung, ich habe nicht verstanden, was Sie eben sagten«, murmelte Jace, als er merkte, daß sie mit ihm redete. Er öffnete die Gartenpforte für sie, und dann gingen sie nebeneinander auf dem Bürgersteig.

»Ich habe meinen Einkaufskorb vergessen.« Sie drehte sich um und wollte ins Haus zurückgehen.

Er konnte es nicht ertragen, sie aus den Augen zu lassen, und er hatte Angst, daß er sie nicht mehr dazu überreden konnte, mit ihm zu gehen, wenn sie jetzt umkehrte. »Ich werde Ihre Einkäufe tragen«, sagte er. Und dann wurde die Versuchung, sie zu berühren, so groß, daß er die Hand ausstreckte, eine Locke in ihrem Nacken anhob und mit den Fingerspitzen sacht über ihren Nacken strich. Ja, ihre Haut war so zart und warm, wie er sich das vorgestellt hatte.

Nellie erschrak, als er sie berührte, und dann wurde sie verlegen. Waren ihre Haare tatsächlich so zerzaust? Natürlich waren sie das: Nachdem sie Staub gewischt, Unkraut gerupft, gewaschen und gekocht hatte, mußte sie ja furchtbar aussehen.

»Ich kann nicht . . .« sagte sie und wich rasch einen Schritt zurück.

Dabei stieß sie mit Miss Emily zusammen, einer großen, hageren, sehr korrekten älteren Dame — der Inhaberin von Miss Emilys Teestube. Miss Emilys Einkäufe rollten über den Bürgersteig.

»Oh, ich bitte vielmals um Entschuldigung«, stotterte Nellie, wütend über sich selbst, weil sie doch nie etwas richtig machen konnte. Sie bückte sich und begann, die auf dem Bürgersteig verstreuten Pakete aufzusammeln.

Miss Emily blieb aufrecht stehen und sah auf die beiden jungen Leute hinunter, die ihre Einkäufe aufsammelten. Sie hätte sich ja ihre Besorgungen vom Kundendienst nach Hause bringen lassen können; aber sie hatte entdeckt, daß sich sehr interessante Dinge ereigneten, wenn eine Frau ihres Alters mit Paketen beladen durch die Stadt ging.

»Nun, Nellie«, sagte Miss Emily, als die beiden wieder senkrecht vor ihr standen — der junge Mann hielt ihre

Pakete in der Hand und blickte dabei Nellie so zufrieden an wie eine Katze, die einen Topf voller Sahne ausgeschleckt hatte —, »willst du mich nicht deinem jungen Mann vorstellen?«

»Mr. Montgomery ist nicht . . . ich meine, wir sind nicht . . .« stammelte Nellie mit blutrotem Gesicht.

Jace grinste, und Miss Emily blinzelte überrascht. Was für ein überaus gutaussehender junger Mann. »Ich mag zwar noch nicht sein, was Sie eben angedeutet haben«, sagte er leise, »habe aber vor, es bald zu werden. Ich bin Jace Montgomery.«

»Emily«, erwiderte sie, »oder Miss Emily, wenn Ihnen das lieber ist.« Und dann, ihm einen scharfen, schlauen Blick zuwerfend, setzte sie hinzu: »Ich habe den Eindruck, daß Sie außerordentlich zufrieden sind mit sich, junger Mann.«

»Bin ich auch.« Er sah Nellie an, deren Gesicht noch immer rot überhaucht war. »Was für ein Mann wäre das nicht, wenn er eine so schöne Frau begleiten darf?«

Wieder spürte Nellie ein Verlangen, sich umzudrehen, um zu sehen, wen er damit meinte: aber da merkte sie, daß er lächelnd auf sie hinunterblickte.

»Na, so was«, staunte Miss Emily, »endlich treffe ich einen jungen Mann mit Verstand in dieser Stadt. Nellie ist eine *feine* junge Frau — eine sehr, sehr feine junge Dame —, und Sie tun recht daran, sich an ihre Fersen zu heften.«

Jace nahm Nellies Hand und schob sie unter seinen Arm. »Ich denke, ich werde Ihren Rat beherzigen«, sagte er und blickte Miss Emily lächelnd an.

»Kommen Sie doch zum Tee in mein Lokal«, sagte Miss Emily.

»Das wird leider nicht gehen, weil ich wieder nach Hause muß, um . . .«

»Wir werden dort sein«, sagte Jace, während Miss Emily ihm ihre Einkäufe abnahm und sich dann wieder in Bewegung setzte.

Jace begann, in die entgegengesetzte Richtung zu gehen, Nellies Arm fest unter den seinen geklemmt.

»Mr. Montgomery«, begann Nellie, »Sie können wirklich nicht so etwas sagen.«

»Was kann ich nicht sagen?«

»Daß ich . . . ich schön bin und Sie mein junger Mann wären. Sie werden den Leuten einen falschen Eindruck von uns vermitteln.«

Es wäre Jace niemals in den Sinn gekommen, daß Nellie nicht *wußte,* daß sie schön war. Er hatte die Erfahrung gemacht, daß schöne Frauen häufig über ihr schlechtes Aussehen klagten, und wenn sie das taten, dies als Aufforderung zu verstehen war, ihnen Komplimente zu machen. Doch er fand, daß die Zeit noch nicht reif war für überschwengliche Komplimente. Er wollte mit seinen Händen Nellies Körper berühren, wenn er ihr sagte, wie schön sie sei. »Was wäre denn Ihrer Meinung nach der richtige Eindruck, den die Leute von uns bekommen sollten?«

»Daß Sie für meinen Vater arbeiten, und daß ich, als seine Gastgeberin, verpflichtet bin . . .« Verpflichtet zu was? überlegte sie. Sie war bisher noch nie mit einem Angestellten ihres Vaters in die Stadt gegangen.

»Mich den Bewohnern von Chandler vorzustellen«, beendete er für sie den Satz. »Und das ist der Grund, weshalb ich meine, daß wir Miss Emilys Teestube besuchen sollten.« Plötzlich hielt er mitten im Schritt an und blickte auf sie hinunter. Sein Gesicht war todernst, als wäre ihm soeben ein schrecklicher Gedanke gekommen. »Sie verabscheuen mich doch nicht etwa, Nellie? Vielleicht wollen Sie sich gar nicht mit mir in der Stadt zeigen. Möglich, daß ich — nun — daß Sie mich reizlos finden.«

Nellie konnte nur sprachlos zu ihm hochsehen, war unfähig, ihm eine Antwort zu geben. Ihn verabscheuen? Ihn reizlos finden? Er war der hübscheste Mann, der ihr in ihrem Leben begegnet war. Er war gütig, rücksichtsvoll, warmherzig, witzig und bezaubernd. »Ich mag Sie«, flüsterte sie.

»Gut.« Er drückte ihren Arm noch fester an sich und setzte sich wieder in Bewegung. »Nun erzählen Sie mir mal etwas über diese Stadt.«

Nellie bemühte sich, ihre Befangenheit abzuschütteln; aber das war gar nicht so einfach. Sie verstand ihn nicht, weil er sich so sehr von allen Männern, die sie bisher kennengelernt hatte, unterschied. Die meisten Männer blickten sie von Kopf bis Fuß an und ließen sie dann stehen. Ein paar hatten zwar Interesse für sie gezeigt, aber in der Regel nur für ihre Eigenschaften als Köchin und Haushälterin. Vor vier Jahren hatte ein Witwer mit fünf Kindern bei ihrem Vater um ihre Hand angehalten. Nellie würde ihn geheiratet haben — sie hätte zu gern Kinder gehabt —; aber Charles und Terel waren so erbost gewesen über diesen Antrag, daß Nellie dem Mann einen Korb gegeben hatte. Ihr Vater und Terel hatten zu ihr gesagt, daß der Mann sie nur als Aufsicht und Betreuerin seiner Kindern benützen wolle, kein wirkliches Gefühl für sie habe und sie warten sollte, bis der »richtige« Mann kam. Nellie war nicht so töricht gewesen, anzunehmen, daß dieser Mann sie liebte, und sie hatte gewußt, daß sie mit ihren vierundzwanzig Jahren nicht mehr allzugroße Chancen hatte, einen Ehemann zu finden; aber sie hatte ihrem Vater und Terel nachgegeben und den Antrag des Witwers abgewiesen.

Danach hatte sie so viel gegessen, daß sie zwanzig Pfund zugenommen hatte. Ihr Vater verlor kein Wort darüber; aber sie spürte oft seinen Blick, der zu sagen schien, wie sehr er von ihr enttäuscht war. Sie mußte für ihn ja eine Last sein — eine unverheiratete Tochter, die nicht einmal ja sagen konnte, wenn sie einen passenden Mann zum Heiraten gefunden hatte.

Eines Tages kam Terel mit der Nachricht nach Hause, daß der Mann, der um Nellies Hand angehalten hatte, eine andere geheiratet und sich das große alte Farnon-Haus am Fluß gekauft habe. Terel versüßte ihr die bittere Neuigkeit mit einem Geschenk — einer Schachtel mit vier Pfund Pralinen, die Nellie an einem Nachmittag aufaß.

»Und was ist das für ein Gebäude?« fragte Jace.

Sie gingen die Lead Avenue in Richtung Stadtzentrum hinunter, und sie begann, ihm die Läden zu zeigen und die Geschäftshäuser von Chandler. Sie gingen am Hotel Denver vorbei, an Farrells Haushaltswarenladen, an Mr. Baglys Schneiderei, an Freyers Drogerie, bogen dann nach links in die Third Street ein und setzten ihren Weg dort fort.

Nach einer Weile überwand Nellie ihre nervöse Befangenheit, denn Jace war ein angenehmer Begleiter. Er schien sich für alles in der Stadt zu interessieren, wollte wissen, wie alt die Gebäude waren, wem sie gehörten und welche zum Verkauf anstanden.

»Wenn man Ihnen zuhört, möchte man fast glauben, daß Sie sich hier für immer niederlassen wollen.«

»Das wäre möglich«, sagte er und sah sie dabei auf eine Weise an, daß Nellie den Blick abwenden mußte.

Als Nellie mit Jace vor der Sayles-Galerie stand, wurden Johnny Bowen und Bob Jenkins auf Nellie aufmerksam und rannten auf sie zu.

»Ist Terel mit dir in die Stadt gegangen?«

»Ist sie zu Hause?«

»Kann ich mit ihr sprechen?«

»Was servieren Sie heute zum Dinner?« fragte Bob und lachte.

Nellie hatte das Gefühl, als würde sie auf den Boden der Wirklichkeit zurückgeholt. Eine Stunde lang hatte sie sich gesonnt in den Blicken aus Jace' warmen Augen und ihre schöne jüngere Schwester vollkommen vergessen. »Sie ist . . .« begann Nellie.

»Wenn Sie uns entschuldigen wollen«, mischte sich Jace mit strenger Stimme ein und blickte auf die beiden jungen Männer hinunter. »*Nellie* und ich sind schon früher miteinander verabredet gewesen.«

Die beiden jungen Männer waren so verblüfft, daß sie einen Moment lang kein Wort sagen konnten.

»Sind sie der neue Mann, den Terels Vater für sein Fuhrgeschäft angeheuert hat?«

»Ich arbeite für Mr. Grayson, ja«, erwiderte Jace spitz.

Bob grinste. »Ach, jetzt verstehe ich — sie ist die Tochter vom Boß. Nellie . . .«

Jace ließ Nellies Arm los und baute sich vor den beiden jungen Männern auf. Jace war älter, von kräftigerer Statur und erheblich selbstbewußter. »Ich bezweifle«, sagte er, »daß Sie die Intelligenz besitzen, überhaupt etwas zu verstehen. Und ich rate Ihnen, sich jetzt wieder auf die Socken zu machen und Miss Grayson nicht länger als Terminvermittlung für ihre Schwester zu mißbrauchen.«

Die Männer blickten zwischen Jace und Nellie hin und her. Johnny, der hinter Bob stand, betrachtete Nellie, als sähe er sie heute zum erstenmal in seinem Leben. Er sah sie nun nicht als Terels ältere dickere Schwester, die stumm den Tee, Kuchen und ein aus zahlreichen Gängen bestehendes köstliches Menü servierte; sondern als Frau. Ihm war bisher noch gar nicht aufgefallen, was für ein hübsches Gesicht sie hatte. Und obwohl sie etwas zu dick war für seinen Geschmack, hatte sie dennoch eine ebenmäßige Figur.

Johnny boxte Bob in die Rippen. »Es tut uns leid, daß wir Sie belästigt haben, Sir. Noch einen guten Tag, Nellie.« Er tippte mit dem Finger an seine Hutkrempe, und die beiden jungen Männer entfernten sich wieder. Johnny blickte sich nach drei Schritten noch einmal nach Nellie um.

»Lausbuben«, murmelte Jace, während er wieder Nellies Hand nahm und ihre Finger um seinen Arm legte. Chandler schien durchwegs von Wahnsinnigen bevölkert zu sein, dachte er. Waren alle diese Männer blind? Oder nur beschränkt? Es war ihm unbegreiflich, wie ein Mann sich für diese spitzgesichtige, magere, egozentrische Terel interessieren konnte, wenn Nellie in ihrer Nähe war.

An der Ecke Second Street und Coal rückte Miss Emilys Teestube in ihr Blickfeld. »Ich habe Hunger — Sie nicht?« sagte Jace.

Nellie war mit ihren Gedanken noch immer bei der Auseinandersetzung mit den beiden jungen Verehrern von Terel. Mr. Montgomery hatte sich so benommen, als wollte er den beiden eine Ohrfeige geben, und gesagt, daß sie nicht die »Terminvermittlung« ihrer Schwester sei. »Nein«, erwiderte sie wahrheitsgemäß, »ich habe keinen Hunger.« Sie fühlte sich zu wohl, zu glücklich, um jetzt etwas essen zu können. Sie merkte gar nicht, daß sich ihre Schultern gestrafft hatten und ihre Augen leuchteten, die vor einer Stunde noch ohne Glanz gewesen waren.

»Gestatten Sie mir, daß ich eine Kleinigkeit esse?«

Sie blickte zu ihm hoch. In diesem Moment hätte sie ihm *alles* gestattet. »Selbstverständlich«, sagte sie leise.

Doch als sie die Teestube betraten, sackten Nellies Schultern sofort wieder nach unten; denn da saßen drei von Terels wunderschönen, schlanken Freundinnen. Sie trugen alle drei maßgeschneiderte Kleider und Jacketts, die ihnen so stramm wie Wurstpellen auf dem geschmeidigen Körper saßen. Ihre Taillen waren so schmal, als könnten sie jeden Moment in zwei Teile zerbrechen.

»Ich glaube, ich sollte jetzt wieder nach Hause gehen«, flüsterte Nellie, die sich nun ihres alten Hauskleides bewußt wurde, ihrer ungekämmten Haare und vor allem ihrer zu starken Figur. Sie konnte es nicht ertragen, Mr. Montgomerys Reaktion zu beobachten, wenn er drei reizender Mädchen ansichtig wurde.

Eines von den Mädchen blickte hoch, erkannte Nellie, begrüßte sie mit dem winzigen Hauch eines Lächelns — schließlich hatte sie ja oft in Nellies Haus gespeist — und wandte dann den Blick wieder den anderen beiden Mädchen zu, die mit ihr am Tisch saßen. Doch in der nächsten Sekunde, als hätte sie irgend etwas unterlassen, sah sie abermals zu Nellie hin und wurde nun auf ihren Begleiter aufmerksam. Einen Moment lang verlor das Mädchen die Fassung, und ihr klappte der Unterkiefer herunter.

Nellie sah von den dreien weg, als Jace sie zu einem Tisch geleitete. Die drei glichen einem Blumenstrauß in ihren von Spitzen gesäumten Gewändern, mit dem winzigen Pelzbesatz an ihren Jacketts, den Juwelen in ihren Ohren und den kecken Hütchen auf ihren hübschen Köpfen.

Sie wußte, was die drei wollten: Jace vorgestellt werden. Sie holte tief Luft. Es war besser, wenn sie das gleich hinter sich brachte. »Darf ich Sie den dreien vorstellen?« fragte sie leise. Dann entledigte sie sich dieser unangenehmen Pflicht; mochte dabei aber nicht Jace ansehen, weil sie nicht miterleben wollte, wie er die drei betrachtete. Eines der Mädchen zog ihre Handschuhe aus, und Nellie konnte sehen, wie anmutig sie dabei die Finger bewegte.

Sie hörte nur mit halbem Ohr zu, als Jace sich mit den Mädchen unterhielt. Mit ihren Gedanken war sie gar nicht dabei, sondern blickte noch einmal auf diesen wunderbaren Nachmittag zurück, wo sie am Arm dieses herrlichen Mannes durch die Stadt gegangen war und so getan hatte, als sei er ihr Kavalier.

»Wollen Sie uns jetzt entschuldigen?« hörte sie in diesem Moment Jace sagen. »Nellie und ich sind hungrig.«

Nellie betete, daß der Boden sich öffnete und sie verschlingen möge. Leute ihres Umfangs behaupteten stets, sie würden nie etwas essen.

»Oh«, sagte eines der drei Mädchen und blickte dabei Nellie neugierig an.

»Mr. Montgomery — sind Sie der Mann, von dem Terel behauptet, er würde für ihren Vater arbeiten?«

Nellie wagte es endlich, einen Blick auf Jace' Gesicht zu werfen, und statt der Verzückung, die sie darauf zu sehen erwartete, bemerkte sie eine leise Verstimmung.

»Ich habe mich dazu bereit erklärt, für *Nellies Vater* zu arbeiten«, antwortete er mit der Betonung auf den letzten beiden Wörtern, »aber nur unter der Bedingung, daß Nellie mit mir ausgeht.«

Nellie wußte nicht, wer in diesem Moment verblüffter war — sie oder die drei Mädchen an ihrem Tisch. Wie auf Kommando blickten sie nun Nellie an, und ihren Mienen war deutlich anzumerken, was sie in diesem Augenblick dachten: »Was findet ein Mann wie Jace nur an einer Frau wie Nellie?«

Stumm entschwebten die drei nun wieder zu ihrem Tisch, und dort steckten sie sofort ihre hübschen Köpfe zusammen, blickten sich erst gegenseitig an, dann auf Nellie, dann wieder auf sich.

Nellie wandte den Blick Jace zu und war zum wiederholten Mal unfähig, ein Wort zu sagen.

»Das ist die sonderbarste Stadt, die mir bisher untergekommen ist«, meinte Jace teils verwirrt, teils verärgert. »Man möchte meinen, die Leute hier hätten noch nie erlebt, daß eine Frau und ein Mann zusammen ausgehen. Unterscheidet sich Colorado denn so sehr von Maine?«

Sie wollte ihm erklären, daß der Unterschied nicht territorialer sondern femininer Natur war. Worüber die Leute sich hier wunderten, war sein Bedürfnis, mit Nellie auszugehen. Doch etwas in ihr riet ihr, sich nicht in diesem Sinn zu äußern. Wenn er nicht wußte, daß sie ein unattraktives, vertrocknetes altes Mädchen war, sollte nicht sie diejenige sein, die ihn darauf aufmerksam machte. Er würde schon früh genug von selbst darauf kommen, warum es also früher beenden als nötig?

»Vielleicht gibt es einen Unterschied zwischen Colorado und Maine«, sagte sie. »Erzählen Sie mir doch etwas von Maine und Ihren Segelschiffen.«

»Aber gern«, erwiderte er lächelnd, denn er vermißte das Meer.

Kapitel 4

Nach einem herrlichen Tee, in dessen Verlauf Nellie kaum einen Bissen zu sich nahm, gingen sie wieder nach draußen.

»Ich muß jetzt nach Hause«, murmelte Nellie, obwohl sie gar nicht meinte, was sie sagte. In diesem Moment hatte sie das Gefühl, daß sie nie mehr nach Hause gehen wollte.

»Sie werden wunderhübsch aussehen in diesem Kleid«, sagte Jace, der in das Schaufenster eines angrenzenden Ladens blickte.

Das war Chandlers größtes und teuerstes Kaufhaus — *The Famous.*

Nellie hatte nie viel Wert auf ihre Garderobe gelegt. Dafür war sie viel zu sehr im Haushalt und in der Küche eingespannt, und wenn sie mal ein paar Stunden Freizeit hatte, half sie Reverend Mr. Thomas bei seinen karitativen Aufgaben. Doch als sie nun diese herrlichen Sachen im Schaufenster betrachtete, regte sich in ihr der Wunsch, auch etwas Hübsches zum Anziehen zu haben.

»Möchten Sie nicht hineingehen?« drängte Jace.

»Nein«, erwiderte sie und wich von dem Schaufenster zurück. Sie konnte den Anblick der schlanken, selbstgefälligen Verkäuferinnen nicht ertragen, und sie fürchtete, sich den Tag zu verderben, wenn sie sich nun ein Kleid kaufte. »Nein, ich muß nach Hause. Vater wird . . .«

Jace zog seine große goldene Taschenuhr hervor und

blickte darauf. »Stellen Sie sich nur vor, wir sind gerade erst zehn Minuten unterwegs. Wir haben also noch viel Zeit.«

»Zehn . . .« begann Nellie und lachte dann. »Schön, Mr. Montgomery. Wir können uns offenbar noch fünfzig Minuten in der Stadt aufhalten. Wo sollen wir jetzt hingehen?«

Er schob ihre Hand unter seinen angewinkelten Ellenbogen. »Das überlasse ich ganz Ihnen. Solange ich in Ihrer Nähe bin, scheine ich mich überall wohl zu fühlen.«

Nellie errötete; aber sie spürte, wie bei seinen Worten ein warmes Glücksgefühl sie durchströmte. »Der Fenton-Park liegt nicht weit von hier entfernt«, log sie, wohl wissend, daß sie mindestens eine halbe Meile bis zu ihm gehen mußten. Sie würde sich später wegen ihres noch rohen Schweinerückens und der ungebackenen Apfelstrudel Sorgen machen.

Sie gingen langsam, wobei Nellie sich mit jedem Schritt glücklicher fühlte. Jace war sehr aufmerksam ihr gegenüber, und Nellies Angst, daß er sie irgendwo stehenlassen würde, bestätigte sich nicht.

Am Ende der Second Street hielt Nellie an. Vor ihnen lag der Fenton-Park, doch von der Anlage trennte sie eine vier Fuß hohe Steinmauer und ein tiefer Graben. »Ich hatte eigentlich die First Street hinuntergehen wollen«, murmelte Nellie, die sich recht dumm vorkam in diesem Moment. »Wir müssen umkehren.«

»Was bedeutet schon so eine kleine Mauer? Ich werde Sie hochheben, und Sie können dann auf die Mauerkrone klettern.«

Nellie hätte ihn fast ausgelacht. Glaubte er, Häuser hochstemmen zu können? Oder Zugpferde?

»Meinen Sie, das sei ungehörig?« fragte er, ihr ins Gesicht schauend.

Sie konnte ihm ebensogut sagen, was sie dachte. »Drei

Männer könnten mich nicht auf diese Mauer heben, Mr. Montgomery.«

Eben stand sie noch auf dem Boden, und im nächsten Moment lagen seine Hände an ihren Hüften und hoben sie hoch. Jace hatte nicht umsonst jahrelang schwere Anker gehievt und Segel gerefft. Nellie war für ihn kein übermäßig schweres Gewicht.

Ihr war nicht mehr zum Lachen zumute, als sie auf der Mauer stand. Was für ein Tag, dachte sie bei sich, was für ein unglaublicher, unbegreiflicher Tag! Sie stand nicht über den heißen Herd oder den dampfenden Waschzuber gebeugt, sondern ging mit einem göttlich aussehenden Mann spazieren, der sie so behandelte, als wäre sie eine Schönheit.

Sie stand auf der Mauerkrone und begann darauf entlangzuwandern, die Hände zur Seite gestreckt, damit sie nicht das Gleichgewicht verlor. Ihre Kindheit war in ihrem zwölften Lebensjahr plötzlich zu Ende gewesen, als ihre Mutter starb. Sechzehn Jahre lang hatte es keine Spiele mehr in ihrem Leben gegeben, keine leichtfertig vergeudete Stunde.

Jace trat von der Mauer zurück und sah zu, wie sie auf der Mauer balancierte. Sie schien mit jeder Minute jünger und glücklicher zu werden. Er machte einen Satz, und in der nächsten Sekunde war er bei ihr auf der Mauer, und als er ihr die Hand hinstreckte, ergriff sie diese. »Wenn wir fallen, geschieht es gemeinsam«, sagte er, und insgeheim gefiel ihm der Gedanke, mit ihr in den Graben hineinzutaumeln. »Hier entlang.«

Nellie, die seine Hand hielt, folgte ihm die Mauer hinunter bis zum Mitternachts-See. Eine Windbö hätte sie fast von der Mauer heruntergeweht; aber er umfaßte sie mit beiden Armen und zog sie an sich. Nellie war noch nie von den Armen eines Mannes umfangen gewesen, und sie spürte, wie ihr Herz heftig pochte.

Mit einer raschen Bewegung zog Jace die Nadeln aus ihren Haaren und warf sie weg. Nellies lange kastanienbraune Haare rollten ihr über die Schultern hinunter.

»Wunderschön«, flüsterte er und legte seine Wange an ihr Gesicht.

Nellie glaubte, ihr Körper würde sich jeden Moment ihrem Willen versagen.

Da zog er seine Wange zurück, und nun war sein Gesicht nur wenige Zentimeter von ihrem entfernt, als er sagte: »Ich würde dich küssen; aber wir scheinen Zuschauer zu haben.«

Nellie blickte über den Graben hinweg in den Park und sah dort ein halbes Dutzend Paare, die Krockett spielten; doch nun hatten sie alle Schläger und Tore vergessen und blickten zu der Stelle auf der Mauer hin, wo Nellie und Jace beisammenstanden. »Bringen Sie mich von hier weg, ehe ich vor Verlegenheit sterbe«, flüsterte sie.

»Ihr Wunsch ist mir Befehl.«

Einen Moment durchzuckte Nellie der Gedanke, was ihr Vater wohl sagen würde, wenn er hörte, was sich hier im Park zugetragen hatte. Aber dann verdrängte sie solche Überlegungen wieder aus ihrem Bewußtsein. Nur das Jetzt war wichtig.

Jace sprang von der Mauer herunter und hob die Arme, um Nellie aufzufangen. Sie hatte einen Moment ihre Zweifel, daß er sie festhalten könne; aber sie begann allmählich, ihm zu vertrauen. Er fing ihr Gewicht mühelos auf, und er drückte sie einen Augenblick lang an seine Brust.

»Die Leute schauen uns zu«, sagte sie und schob ihn von sich, während sie errötend lachte.

Er nahm ihre Hand und fing an, mit ihr am Graben entlangzulaufen — erst auf der einen, dann auf der anderen Seite —, machte darauf einen Schwenk unter die Bäume, rannte mit ihr am Ostufer des Sees entlang und hielt erst wieder am anderen Ende des Parks an. Nellie spürte, wie ihr Herz wild klopfte nach dieser Anstrengung, und sie blickten nun beide über die wellige Landschaft bis zu den Bergen hin. In einiger Entfernung bewegte sich ein Zug, und sie konnten den Pfiff seiner Dampfpfeife hören.

Ich bin im Begriff, mich zu verlieben, dachte Jace. Ich verliebe mich in diese Frau, die mich anschaut, als wäre ich so groß wie ein Turm. Sie sah ihn durch ihre dichten Wimpern hindurch an, und er hatte dabei das Gefühl, als könnte er Berge versetzen. Julie hatte ihn genauso angeschaut, wie Nellie das jetzt tat. Und als er Julie heiratete, *hatte* er Berge versetzen können. Doch seit ihrem Tod war er zu nichts mehr fähig gewesen.

Aber nun spürte er, wie er mit jeder Minute, die er in Nellies Gesellschaft verbrachte, lebendiger wurde.

Nellie versuchte, ihre Haare wieder hochzubinden; aber sie hatte weder ein Band noch Nadeln, mit denen sie das bewerkstelligen konnte.

»Laß es doch so, wie es ist«, sagte er. Er blickte sie an und wollte sie anfassen; aber dafür war es noch zu früh. Er wußte, daß er bei Nellie sehr behutsam vorgehen mußte. Und er war bereit, so sachte vorzugehen, wie das nötig war.

»In Ordnung«, sagte Nellie leise und ließ die Hände sinken.

Er führte sie einen kleinen Hügel hinauf, zog sie dort an der Hand zu sich herunter, bis sie neben ihm saß. Dann drehte er sich herum und legte den Kopf in ihren Schoß. Nellie war einen Moment so schockiert, daß sie zu keiner Reaktion fähig war.

»Mr. Montgomery«, brachte sie endlich über die Lippen, »ich glaube nicht . . .« Ihre Stimme erstarb. Irgendwie schien es richtig, daß dieser göttliche Mann in diesem späten, erlöschenden Nachmittagslicht seinen Kopf in ihren Schoß legte. Dieser Nachmittag war zauberhaft gewesen, und dieser Moment war ein Teil dieses Zaubers. Morgen würde sie wieder am Herd stehen, kochen und waschen; aber heute wollte sie diesen Zauber zur Gänze auskosten.

Jace schloß die Augen, und vorsichtig berührte sie mit den Fingerspitzen seine Schläfen, um dort seine weichen Haare zu befühlen. Er hielt die Augen geschlossen, lächelte nur verhalten, so daß sein Grübchen wieder zum Vorschein kam. Sie fuhr mit dem Finger darüber hin.

»Haben Sie dieses Grübchen von Ihrem Vater oder Ihrer Mutter geerbt?« fragte sie leise. Einen Moment lang versetzte sie sich in die Rolle einer jungen Frau, der dieser Mann zu eigen war.

»Aus der Familie meines Vaters«, erwiderte er, ohne die Augen zu öffnen. »Hin und wieder hat ein Montgomery Grübchen, und zuweilen ein Mädchen rote Haare.«

»Und die Familie Ihrer Mutter? Was hat die für Eigenschaften?«

Jace lächelte, als Nellie ihm sacht über die Haare strich. »Talente. Alle Worthens sind unheimlich begabt. Meine Mutter singt, ihre Schwester malt, mein Großvater singt, meine Großmutter und mein Urgroßvater malen.«

»Und was machen Sie?« Nellie wurde nun, wo er mit geschlossenen Augen vor ihr lag, immer kühner. Als Terel noch ein kleines Kind gewesen war, hatte Nellie sie oft in ihren Armen gehalten und mit ihr geschmust; aber als Terel älter wurde, hatte sie unabhängig sein wollen und sich nicht mehr von Nellie bemuttern lassen. Nun begann sich Nellie wieder darauf zu besinnen, wie angenehm es war, ein anderes menschliches Wesen zu berühren. Sie fuhr mit den Fingern durch sein Haar und spürte, wie es sich ringelte, wenn sie es zerzauste. Sie befühlte seine Augenbrauen, berührte sein Kinn und spürte den sprießenden Bart unter der Haut.

»Ein bißchen von beiden«, sagte Jace mit heiserer Stimme. Es fiel ihm schwer, ruhig in ihrem Schoß liegenzubleiben, sich zu beherrschen, damit er sie jetzt nicht in seine Arme nahm. Noch nicht, Montgomery, ermahnte er sich — noch ist die Zeit nicht reif dafür.

»Meine Mutter versuchte mir das Singen beizubringen«, sagte er. »Aber ich hatte nicht die Geduld, die man zum Üben braucht. Ich tummelte mich lieber an Deck eines Segelschiffes. Meine Großmutter brachte mir das Zeichnen bei — wenigstens so viel, daß ich ein paar Schiffe für die Gesellschaft meines Vaters entwerfen konnte. Doch meistens tat ich nur das, wozu ich gerade Lust hatte.«

Nellie argwöhnte, daß er aus Bescheidenheit sein Licht unter den Scheffel stellte. Sie spürte, daß er ihr nicht die ganze Wahrheit sagte — spürte es genauso wie damals seine Einsamkeit, als sie ihn zum erstenmal sah.

»Zweifellos hat Ihr Vater Ihnen ein Gehalt gezahlt, obwohl er wußte, daß Sie Ihre Zeit nur vergeudeten.«

Seine Augen flogen auf. »Ich habe mir das Gehalt redlich verdient. Tatsächlich habe ich eine Jacht entworfen, die schneller lief als alle Segler an der Ostküste. Keiner von meinen Brüdern war imstande, auch nur ein Ruderboot zu entwerfen, und ich habe ein paar Medaillen zu Hause, die . . .« Er brach ab, grinste und bettete seinen Kopf wieder in ihren Schoß. »Ich bin dir auf den Leim gegangen, wie?« sagte er. Er nahm ihre rechte Hand und küßte sie. »Nun erzähle mir mal etwas von dir.«

»Da gibt es nichts zu erzählen«, sagte sie aufrichtig. »Ich besitze keine Talente und keine Fertigkeiten.« Außer daß ich viel essen kann. An einem Tag hatte sie drei Kuchen ganz allein verzehrt.

»Musik?«

»Nein.«

»Malen oder Zeichnen?«

»Nein.«

»Du kannst kochen.«

»Das können viele Frauen.«

Er öffnete die Augen und blickte stirnrunzelnd zu ihr hinauf. »Du erzählst mir nicht die Wahrheit. Da muß es etwas geben, was du lieber magst als alles andere auf der Welt.«

»Ich liebe meine Familie«, sagte sie pflichtschuldig; aber als er fortfuhr, sie mit gerunzelten Brauen zu betrachten, seufzte sie. »Kinder. Ich habe manchmal gedacht, daß ich gern ein Dutzend Kinder haben möchte.«

»Ich würde dir nur zu gern dabei helfen«, sagte Jace feierlich.

Es dauerte einen Moment, ehe Nellie begriff, was er meinte, wurde dann feuerrot und stieß gegen seine Schulter. »Mr. Montgomery, Sie sind ungezogen!«

Er grinste hinterhältig und bewegte die Brauen auf und nieder. »Sie wecken eben in mir unartige Gefühle, Nellie.«

Sie lachte. Die Sonne ging unter, und das Tageslicht verblaßte. Sie wußte nicht, wie das möglich sein konnte; aber im Schein der sinkenden Sonne sah er sogar noch besser aus.

»Horch«, sagte er.

Am nördlichen Ende des Parks befand sich eine Kirche, und in der Stille konnten sie ein Weihnachtslied hören.

»Chorproben«, wisperte Nellie. »Für die Festgottesdienste an den Weihnachtstagen.«

»Weihnachten«, sagte Jace leise. »Ich weiß nicht einmal, wo ich das letzte Weihnachten verbracht habe. Ich war betrunken und wurde erst zwei Tage später wieder nüchtern.«

»Wegen Ihrer Frau?«

Jace setzte sich auf und blickte Nellie an, betrachtete ihr reizendes Gesicht, legte dann die Hand an ihre Wange und berührte ihre Haare. Er sah auf ihren Körper hinunter, auf ihre großen Brüste, auf die Taille über den Schenkeln, auf die er so gern seine Hände gelegt hätte. Er fragte sich, ob ihre Schenkel so weiß waren wie die Haut ihres Halses.

Ihm kam es plötzlich, daß er nach Julie keine Frau mehr gehabt hatte. In den vier Jahren seiner Wanderschaft hatte ihn keine Frau gereizt. Sobald er eine Frau anschaute, hatte er immer nur Julie in ihr gesehen, und wenn er sie an ihrem Blick maß, hatten sie vor seinen Augen nicht bestehen können. Doch als er jetzt Nellie anschaute, begehrte er sie so sehr, daß seine Hände zu zittern anfingen.

»Laß uns dem Chor zuhören«, sagte er schließlich. Er mußte sich aus dieser stillen Abgeschiedenheit des Parks entfernen, oder er wußte nicht, ob er sich noch länger beherrschen konnte.

Nellie hatte keine Ahnung, was in seinem Geist vorging; aber sie wußte, daß sie den Park nicht verlassen wollte. Kein Mann hatte sie jemals so angesehen wie Jace eben, und obwohl sie dieser Blick erschreckt hatte, hatte er sie auch gleichzeitig erregt. Sie war davon überzeugt, daß dieser Tag ein einmaliges Ereignis war und daß es morgen keine Spaziergänge mit einem hübschen Mann mehr geben würde; also mußte sie diesem Tag so viel wie möglich abgewinnen.

»Nellie, schau mich nicht so an. Ich bin nur ein Mensch, und der Leidensfähigkeit eines Mannes sind Grenzen gesetzt.«

Sie zögerte.

Jace fing an, sich auf den Fersen zu schaukeln, und stöhnte.

Dieses Stöhnen brachte Nellie zum Lachen. Sie war sich nicht sicher, was da vor sich ging; aber der Ausdruck auf seinem Gesicht gab ihr das Gefühl von Macht — und Schönheit. »Also gut. Gehen wir und hören wir uns die Chorprobe an.«

Er half ihr beim Aufstehen, und es schien, als wären

seine Hände überall zugleich auf ihrem Körper. Nellie sprang das Herz in die Kehle hinauf; das Blut pochte in ihren Schläfen.

»Laß uns gehen«, sagte Jace, faßte sie bei der Hand und zog sie mit sich.

Die hübsche weiße Kirche hob sich deutlich vor dem dunklen Abendhimmel ab. Die Doppeltüren standen offen, und goldenes Laternenlicht flutete hinaus in die kühle Abendluft. Jace legte seinen Arm um Nellie, und als sie erschauerte, führte er sie in das Kirchenschiff hinein. Sie stellten sich neben dem Eingang an die Wand und sahen zu, wie der Chorleiter mit den Frauen und Männern des Kirchenchors ein Weihnachtslied nach dem anderen probte. Ein paar Chormitglieder lächelten Nellie zu und blickten fragend auf Jace, der nahe bei ihr stand, als müßte er sie beschützen.

Nellie lehnte sich an die Rückwand der Kirche. Sie wußte, daß sie sich noch nie so gut in ihrem Leben gefühlt hatte wie jetzt. Ihre Kleider streiften an die seinen, und im Schutz ihres Rockes schob er seine Finger zwischen die ihren und drückte ihre Hand.

Sie lauschten dem herrlichen Gesang, zufrieden, einander nahe zu sein. Die Finger ihrer Hände miteinander verschlungen, gaben sie sich dem Hörgenuß hin.

Als der Chorleiter den Sängern die Anweisung gab, nun das Notenbuch mit den Hymnen in die Hand zu nehmen, spürte Nellie, daß Jace unruhig wurde.

»Was ist?« flüsterte sie.

»Wir müssen jetzt gehen«, erwiderte er mit beschwörender Stimme.

Irgendein Instinkt sagte ihr, daß sie nun um keinen Preis die Kirche verlassen sollten. Sie hielt seine Hände fester und antwortete im Ton einer Mutter, die ein unartiges Kind zurechtweist: »Wir müssen bleiben.«

Jace bewegte sich nicht, blieb stehen, wo er war, und

Nellie versuchte die Ursache seiner plötzlichen Unruhe zu ergründen. Der Chor stimmte nun die Hymne »Was betrübst du dich, meine Seele?« an, und bei den ersten Tönen spürte sie, wie Jace' Hand in der ihren zu zittern begann.

Der Chor hatte erst eine halbe Strophe gesungen, als Jace Nellies Hand fahren ließ und in die Mitte des Ganges zwischen den Bänken trat. Nellie sah, wie er die Augen schloß und in den Gesang des Chores einstimmte. Er hatte eine schöne, volle Tenorstimme, und die Reinheit und Perfektion seines Gesanges zeugte von jahrelanger Übung. Nach und nach hörten die Mitglieder des Chores zu singen auf und hörten ihm zu.

Jace hörte nicht die Worte, die er sang — er fühlte sie.

Das letztemal hatte er dieses Lied bei Julies Beerdigung gesungen. Er hatte an ihrem Grab gestanden, barhäuptig, mit trockenen Augen, in der beißenden Kälte eines Februartages in Maine, und hatte nichts dabei empfunden. Er hatte weder die Kälte noch seine tiefe Trauer gespürt. Er hatte sich vorgestellt, wie seine hübsche kleine Frau in ihrem Sarg lag, ihren kleinen Sohn in den Armen, und er hatte nichts dabei gefühlt.

Er hatte dieses Lied gesungen, und während die anderen weinten, hatte er nicht eine Träne vergossen. Vier Jahre lang hatte er nichts empfunden, hatte er sich bewegt, gegessen, geschlafen; aber nichts gespürt. Vier Jahre lang hatte er weder gelacht noch geweint oder sich auch nur geärgert.

Während er nun die alte, getragene Hymne vortrug, erinnerte er sich an Julie, erinnerte sich an ihr Lachen, an ihr schmerzensreiches Ringen, ihren Sohn auf die Welt zu bringen.

Es war Zeit, dieser Frau Lebewohl zu sagen, die er so sehr geliebt hatte. Endlich, endlich kamen ihm die Tränen. Lebe wohl, meine Julie, dachte er. Lebe wohl.

Als Jace die Hymne zu Ende gesungen hatte, war es ganz still in der Kirche. Nicht einer wagte laut zu atmen, und es gab kein trockenes Auge im Kirchenschiff. Sie hatten alle die Ergriffenheit gespürt, mit der Jace die Hymne sang, und diese hatte sich auf die Zuhörer übertragen.

Endlich schneuzte sich jemand im Chor, und der Bann war gebrochen.

»Sir«, sagte der Chorleiter, »wir möchten Sie gern als Solist in unserem Chor haben. Wir würden . . .«

Nellie eilte nach vorn. »Darüber reden wir später«, sagte sie im energischen Ton und schob Jace fast mit Gewalt durch die offenen Türen ins Freie. Draußen lehnte Jace sich gegen die Außenmauer, und Nellie nahm ein Taschentuch aus seiner Tasche (ihres war schmutzig) und reichte es ihm.

Jace schneuzte sich laut und blickte Nellie dann mit einem schwachen Lächeln an. »Nicht gerade die richtige Art für einen Mann, sich vor seinem Mädchen zu benehmen, nicht wahr?« murmelte er.

Seine Worte brachten Nellies Herz zum Flattern; aber sie riß sich zusammen. »Deine Frau?«

Er nickte. »Ich sang dieses Lied bei ihrer Beerdigung.«

»Du hast sie sehr geliebt?«

Er fand jetzt langsam seine Fassung wieder und erkannte, daß Julies Bild zum erstenmal seit ihrem Tod ihm nicht mehr so deutlich vor Augen stand. Er blickte Nellie an, und es waren ihre und nicht Julies Züge, die er nun vor sich sah. »Ich liebte sie«, sagte er, die Vergangenheitsform betonend, »ja, das tat ich.« Er legte die Hand wieder an Nellies Wange. »Darf ich Sie jetzt nach Hause begleiten, Miss Grayson?«

»Nach Hause?« wiederholte sie, als habe sie diese zwei Worte noch nie gehört. Dann, als würde ein Eimer Wasser über ein Feuer gegossen, fand sie jählings in die Wirklichkeit zurück. »Wieviel Uhr ist es? Oh, sagen Sie es mir nicht. Vater wird außer sich sein. Sie werden ihr Dinner nicht serviert bekommen. Oh, nein, was habe ich nur getan?«

»Etwas für Sie selbst, zur Abwechslung«, erwiderte Jace; aber Nellie rannte bereits nach Westen auf ihr Haus zu. Er rannte ihr nach.

Während Nellie und Jace im Park weilten, betrat Terel die Praxis von Dr. Westfield. Sie war wunderschön angezogen, trug ein pflaumenfarbiges Kostüm, dessen hauteng sitzendes Jackett mit einem Besatz aus schwarzen Litzen versehen war, die ein kunstvolles Muster zeigten.

Die einzige andere Person im Wartezimmer war Mary Alice Pendergast, eine scharfnasige junge Frau, die ein paar Jahre älter war als Terel. In Terels Augen war Mary Alice ein genauso altes Mädchen wie Nellie und deshalb keine Konkurrenz, die ihre Aufmerksamkeit verdiente.

Sie begrüßte Mary Alice mit einem Kopfnicken und nahm dann auf einem Stuhl Platz.

»Ich finde, daß Dr. Westfield weitaus kompetenter ist als eine Ärztin, meinen Sie nicht auch?« sagte Mary Alice und spielte offensichtlich auf die Frauenpraxis von Dr. Westfields Gemahlin an.«

»Sehr viel kompetenter«, pflichtete ihr Terel bei. »Ich würde einer Frau nicht trauen; schon gar nicht, wenn es sich um eine so ernste Angelegenheit handelt wie dieses Herzklopfen, an dem ich leide.«

»Hmm«, meinte Mary Alice zustimmend. »Und Dr. Westfield ist ein so hübscher Mann, finden Sie nicht auch?«

»Das hat nichts damit zu tun«, gab ihr Terel im scharfen Ton zur Antwort und blickte zur Seite. Ihrer Ansicht nach hatte sie keinen besser aussehenden Mann in ihrem Leben getroffen als Dr. Westfield — bis Mr. Montgomery in die Stadt gekommen war, hieß das. Ehrlich gestanden, würde ihr die Wahl zwischen den beiden Männern schwerfallen.

Seit Mr. Montgomerys Dinnerbesuch in ihrem Haus hatte sie einige Erkundigungen über ihn eingezogen. Es schien, als habe er Geld. Sie war sich zwar nicht sicher, wieviel; aber ihre Informanten meinten, er sei nicht gerade arm. Er war ein Verwandter von diesem vulgären Kane Taggert, und dieser Mann war wahrhaftig reich genug.

Eine Weile lang hatte Terel sich den Kopf darüber zerbrochen, warum Mr. Montgomery eine Stellung bei ihrem Vater angenommen hatte. Warum arbeitete er nicht für seinen reichen Vetter? Erst als ihr wieder einfiel, wie er sie beim Dinner angesehen hatte, fiel bei ihr der Groschen. Zweifellos hatte Mr. Montgomery die Stellung bei ihrem Vater angenommen, um Terel nahe sein zu können. Terel war daran gewöhnt, daß die Männer sie ansahen; aber Mr. Montgomery hatte sie so ganz anders angeschaut — so sehr anders, daß sie spürte, wie sie ein paarmal errötete.

Natürlich — er war ja der erste *Mann*, der sie angeschaut hatte; alle anderen waren lediglich Jünglinge gewesen.

Sie hatte fast den ganzen Tag bei ihrem Schneider verbracht. Ihrer Meinung nach konnte eine neue Garderobe nie schaden, wenn man sich auf ein neues Abenteuer vorbereitete. Und ihr neues Abenteuer war die Jagd auf einen gewissen Mr. Montgomery. Er war wohlhabend, wenn nicht gar reich, hübsch, und so, wie die Dinge standen, offenbar ganz verrückt nach Terel. Natürlich waren seine Verbindungen zu den reichen Taggerts hilfreich. Sie würde in die Position einer angeheirateten Kusine der Taggerts aufrücken, und diese konnten ihr dann unmöglich mehr den Zutritt zu ihrer großen Villa verwehren. Vielleicht konnte sie sogar in der Villa der Taggerts wohnen, wenn sie mit Mr. Montgomery verheiratet war. Das Haus war wahrlich groß genug.

Ja, dachte sie, sich auf ihrem Stuhl zurücklehnend. Es würde sich alles recht vorteilhaft für sie entwickeln, wenn sie sich zu einer Ehe mit Mr. Montgomery entschloß.

Die Tür des Wartezimmers flog auf, und herein rauschten drei von Terels allerbesten Freundinnen.

»Da bist du ja, Terel«, sagte Charlene, Mary Alice ignorierend. »Wir haben die ganze Zeit schon überall nach dir gesucht.«

»Wer ist dieser göttliche Mann in Nellies Begleitung?« fragte Mae.

»In Nellies Begleitung? Nellie ist zu Hause.«

Die Mädchen sahen sich gegenseitig an. Sie hatten nicht oft Neuigkeiten, die Terel nicht bereits vor ihnen wußte. Sie schoben die Stühle zu einem Halbkreis um Terel zusammen, wobei ihnen natürlich nicht entging, daß Mary Alice ihnen mit gespitzten Ohren zuhörte.

»Er hat Nellie zum Tee ausgeführt«, sagte Louisa.

»Und Nellie hatte ein abscheuliches altes Kleid an. Die Ärmel waren viel zu klein. Der Fetzen war schon mindestens vier Jahre aus der Mode, wenn nicht länger.«

»Und an ihrem Rock klebte Mehl.«

»Mit wem war sie zum Tee?« forschte Terel.

»Mit einem großen, sehr stattlichen Begleiter. Dunkle Haare und Augen. Hübsch . . .«

»*Sehr* hübsch.«

»Breitschultrig und . . .«

»Wie *hieß* der Mann?« fragte Terel, die wütend wurde, weil sie bereits ahnte, wer Nellies Begleiter war.

»Montgomery. Nellie sagte, er würde für deinen Vater arbeiten.«

»Keiner, der für *meinen* Vater arbeitet, sieht *so* aus«, lispelte Louisa, die Hand auf ihre Brust legend.

Terel richtete sich steif in ihrem Stuhl auf. »Er arbeitet tatsächlich für meinen Vater, und Nellie wollte ihm lediglich die Stadt zeigen. Sie . . .«

»Zeigt man einem Angestellten die Stadt, wenn man ihn auf der Parkmauer umarmt?«

Mary Alice holte geräuschvoll Luft und beugte sich noch weiter vor, um noch besser hören zu können.

»Das kann ich nicht glauben . . .« begann Terel.

»Mindestens ein Dutzend Zeugen haben die beiden dabei beobachtet!« sagte Mae. »Die ganze Stadt redet schon darüber. Mr. Montgomery hob Nellie auf die Mauer und . . .«

»Hob *Nellie?*« staunte Mary Alice.

»Ja«, sagte Charlene, »jedenfalls hob er sie auf diese Parkmauer, kletterte ihr nach, und dann, vor allen Leuten . . . hat er sie . . . sie . . .«

». . . sie in seine Arme genommen«, sagte Mae verträumt.

»Und ihr die Nadeln aus den Haaren gezogen! Da standen sie auf dieser Mauer, umarmten sich, daß die ganze Stadt es sehen mußte, und er löste ihre Haare auf. Und nach allem, was wir hörten, hätte er sie beinahe *geküßt.* Vor allen Leuten!«

Sie saßen im Halbkreis um Terel herum, betrachteten sie gespannt, warteten auf eine Reaktion von ihr.

»Ich glaube euch nicht«, sagte Terel.

»Du kannst jeden fragen«, sagte Louisa. »Und daß die beiden auf der Mauer standen und sich umarmten, war noch nicht alles. Johnny Bowen und Bob Jenkins haben uns erzählt, daß Mr. Montgomery sie fast auf der Straße geohrfeigt hätte. Und sie hatten lediglich Nellie nach dir gefragt.«

»Sie haben nach mir gefragt?« flüsterte Terel. Johnny und Bob waren zwei von ihren glühendsten Verehrern, Sie benahmen sich wie zwei Welpen, die sie anhimmelten und nichts anderes von ihr verlangten, als ihr zu Diensten sein zu können.

»Johnny erzählte uns, daß Mr. Montgomery gesagt

habe, Nellie sei nicht deine Auskunftsvermittlung.« Mae wandte sich Louisa zu. »Das ist doch richtig, nicht wahr? Das hat er uns doch erzählt, nicht wahr?«

»Ja«, bestätigte Louisa. »Mr. Montgomery sagte, Nellie würde keine Fragen, die dich betreffen, beantworten, und Johnny meint, Mr. Montgomery sei sehr von Nellie angetan gewesen.«

»In der Teestube«, sagte Mae, »blickte er sie an, als ob er — äh — in sie verliebt wäre.«

»In Nellie?« staunte Mary Alice. »In Nellie Grayson?«

Terel hatte mehr gehört, als sie hören wollte. Sie stand von ihrem Stuhl auf. »Mr. Montgomery ist ein herzensguter Mann, und er hat eine große Sympathie für solche Frauen wie Nellie. Meine arme Schwester hat bisher kaum am gesellschaftlichen Leben teilgenommen, und er hatte Mitleid mit ihr. Deshalb ist er einen Tag lang mit ihr ausgegangen.«

»Ich wünschte, Mr. Montgomery würde Mitleid mit *mir* haben«, sagte Mae; verstummte jedoch sofort, als Terel ihr einen vernichtenden Blick zuwarf.

Terel streifte ihre pflaumenfarbenen Glacéhandschuhe mit einem Ruck über. »Ich bitte um Vergebung, wenn Mr. Montgomerys Verhalten Anlaß zu falschen Schlüssen gab, und ich würde es begrüßen, wenn ihr keine Gerüchte mehr ausstreut, die jeder Grundlage entbehren.«

Sie schob sich durch den Halbkreis der Stühle und trat mit Absicht auf die Spitzen an Maes Kleidersaum, als sie zur Tür ging.

»Was wird nun aus Ihrem Herzklopfen«, rief Mae Alice ihr nach.

»Ihr Herz ist kerngesund. Es ist ihr Temperament, das ärztlicher Pflege bedarf«, sagte Charlene, und alle vier Frauen fingen an zu kichern.

Terel war sehr aufgebracht, als sie den Heimweg antrat. Wie konnte Nellie es wagen, ihr so etwas anzutun. Als ob sie nicht schon genug Probleme hatte, wo es doch so viele unverheiratete Frauen in Chandler gab. Daß sie von ihrer eigenen Schwester hintergangen wurde, war mehr, als sie ertragen konnte!

Sie stürmte die Coal Avenue hinunter, und an jeder Ecke hielt sie jemand an und fragte sie über Nellie aus.

»Wer war dieser göttliche Mann in ihrer Begleitung?«

»Es sieht so aus, als würde dich Nellie im Rennen zum Traualtar um Längen schlagen«, sagte Mr. Mankin lachend.

»Wie ich hörte, wollt ihr beide zum Erntedankfestball gehen«, sagte Mrs. Applegate. »Glaubst du, daß du nach dem Vorfall im letzten Jahr diesmal eine Einladung bekommst?«

»Ich habe bis heute nicht gewußt, wie hübsch Nellie eigentlich ist«, sagte Leora Vaughn. »Ich denke, ich werde sie zu meiner Gartenparty einladen.«

»Terel«, sagte Sarah Oakley, »du mußt Nellie unbedingt zu unserer nächsten Wohltätigkeitsveranstaltung mitbringen.« Sie lachte. »Diese Stadt wird nicht zulassen, daß du Nellie noch länger vor uns versteckst.«

Als Terel endlich in den stillen Räumen ihres Hauses Zuflucht fand, kochte ihr Blut. Sie war soweit, daß sie Nellie hätte in Stücke reißen mögen. Wie konnte sie es nur wagen, sich so schamlos aufzuführen? Wie konnte sie sich erdreisten, die Aufmerksamkeit der Öffentlichkeit in solchem Maß auf sich zu lenken?

Terel ging zuerst in die Küche, dann in den Garten; aber Nellie war weder hier noch dort. Noch an irgendeinem anderen Ort im Haus. Es dauerte einige Minuten, ehe Terel begriff, daß Nellie von ihrem Ausgang mit Mr. Montgomery noch nicht zurückgekommen war.

Sie setzte sich hart auf einen Schemel im Salon. Nellie war immer zu Hause gewesen. Solange sie zurückdenken konnte, war Nellie zu Hause gewesen und hatte sie dort erwartet. Sie entsann sich, daß Nellie immer in der Küche gebügelt hatte, wenn sie von der Schule nach Hause kam. Damals war Nellie erst vierzehn gewesen und hatte sich auf eine Kiste stellen müssen, damit sie groß genug war für das Bügelbrett; aber wenn Terel heimkam, stieg Nellie jedesmal von der Kiste herunter und brachte ihr Milch und Plätzchen.

Nun legte Terel ihre kleine Handtasche auf den Tisch und bemerkte voller Verdruß, daß die Tischplatte staubig war. Langsam erhob sie sich von ihrem Schemel und ging zurück in die Küche. In der Regel war dieser Raum aufgeräumt und sauber; aber heute war der große Küchentisch mit Mehl bedeckt, und an einer Seite klebte ein großer Batzen eingetrockneten Teiges. Die Hintertür stand offen, und überall summten Fliegen. Das Feuer im Herd war ausgegangen.

Auch die Möbel und Vorhänge in den anderen Zimmern im Erdgeschoß waren staubig. Wenn Nellie nicht ständig dieser faulen Anna im Nacken saß, rührte dieses Mädchen keinen Finger. Nun, wo Nellie fast den ganzen Tag außer Haus gewesen war, lag Anna vermutlich in irgendeiner Ecke und schlief.

Im Oberstock sahen die Räume nicht besser aus. Das Badezimmer war nicht gesäubert worden, und der mit Bartstoppeln vermischte Rasierschaum ihres Vaters war im Waschbecken eingetrocknet. In Terels Zimmer lagen überall Kleider herum. Heute morgen war die Wahl, was sie anziehen sollte, besonders schwierig gewesen, und alle Kleider, die keine Gnade vor ihren Augen gefunden hatten, waren im Zimmer verstreut. Auf dem Bett lag das pinkfarbene Taftkleid, das Nellie auf Terels nachdrückliche Bitte hin noch heute ausbessern wollte; aber der Saum an der Taille war immer noch ausgerissen.

Sie ging in das Zimmer ihres Vaters, und es sah genauso schlimm aus wie ihres. Die Kleider vom Vortage lagen auf dem Boden, und an den sechs Paar Schuhen, die er zum Putzen für Nellie herausgestellt hatte, klebte noch immer der Schmutz.

Terel wanderte den Korridor hinunter, Nellies Zimmer war wie immer aufgeräumt und sauber; aber das war der einzige ordentliche Platz in einem sonst chaotischen Haus.

Nachdenklich kehrte Terel in den Salon im Erdgeschoß zurück. Nach allem, was sich die Leute in der Stadt erzählten, war das, was sich da auch immer zwischen Nellie und Mr. Montgomery abspielen mochte, eine ernste Angelegenheit. Insofern ernst, daß sie von Dauer war. Ernst, weil sie ihnen Nellie wegnahm.

Terel sah sich in dem staubigen Salon um und dachte an die Zimmer im Obergeschoß. Wenn Nellie heiratete und das Haus verließ — wer würde dann für das Kochen, die Wäsche und das Saubermachen sorgen? Sie wußte, daß ihr Vater sich darüber keine Gedanken machte. Während Nellie dazu neigte, ihren Vater durch eine rosarote Brille zu betrachten, sah Terel ihn so, wie er wirklich war — ein Pfennigfuchser, wie er im Buche stand. Terel hatte den Verdacht, daß seine Frachtgesellschaft eine Menge Geld einbrachte, aber Charles Grayson war nicht willens, etwas davon auszugeben, wenn es nicht unbedingt nötig war. Deswegen wohnten sie auch in einem sehr bescheidenen Haus und hatten nur einen sehr schlechten, aber billigen Dienstboten. Charles würde sich nicht von seinem kostbaren Geld trennen, um ihren Lebensstandard zu verbessern.

Terel hatte gelernt, mit ihm umzugehen. Wenn sie sich neue Kleider wünschte, ging sie in einen Laden und kaufte sie auf Pump. Der Stolz ihres Vaters hinderte ihn daran, die Rechnungen, die ihm dann ins Haus flatterten, unbeglichen zurückzuschicken.

Aber Nellie hatte wenig Ahnung von dem wahren Wesen ihres Vaters. Charles brauchte nur zu sagen, daß er sich keinen weiteren Dienstboten leisten könne, und schon verdoppelte Nellie ihre Anstrengungen, damit der Haushalt auch ohne bezahlte Hilfe auskam.

Was würde also passieren, wenn Nellie das Haus verließ? überlegte Terel. Wenn sie in eine andere Stadt zog und Terel und Chandler sich selbst überließ? Terel wußte, daß Charles ihr das Leben zur Hölle machen würde. Er würde zweifellos erwarten, daß Terel nun ihre Tage am Herd und Waschzuber verbrachte und versuchen würde, die faule Anna zu einer nützlichen Tätigkeit anzutreiben.

Wenn Terel sich diese Arbeiten vom Hals halten wollte, würde ihr das erst nach schweren Kämpfen gelingen, die einem Krieg gleichkamen. Ihr Vater konnte umgänglich sein, auf eine kalte Art vielleicht, aber immerhin verträglich, solange man seine Alltags-Bedürfnisse stillte und er nicht zu viel Geld dafür aufwenden mußte. Aber er konnte zum Tyrannen werden wegen solcher Lappalien wie ein Essen, das zu spät auf den Tisch kam. Terel mochte sich seine Laune nicht vorstellen, wenn sie ihm ein Dinner kochen mußte. Sie wüßte ja nicht einmal, wie man ein weiches Ei zubereitete.

»Nellie kann nicht vor mir aus dem Haus gehen«, flüsterte Terel. Unter keinen Umständen würde sie Nellie erlauben, zu heiraten und sie mit ihrem Vater alleinzulassen, damit sie ihn versorgte. Terel knirschte mit den Zähnen. Und überhaupt kam es nicht in Frage, daß Nellie so jemanden wie Mr. Montgomery heiratete. Heute hatte sie nur eine Kostprobe von dem erhalten, was man in der Stadt reden würde, wenn sich die fette, langweilige Nellie so einen Mann angelte. Sie konnte schon jetzt Charlene reden hören: »Dein Mann ist nett; aber er ist nicht so wohlhabend oder so hübsch wie Nellies Gatte. Wer hätte gedacht, daß Nellie den Fang des Jahres macht, wo sie doch immer so häßliche Kleider trug? Terel, vielleicht hättest du das Kochen lernen sollen.«

Nein, dachte Terel, sie konnte diesen Spott nicht ertragen — und sie nahm sich vor, dafür zu sorgen, daß es keinen Grund gab, ihn ertragen zu müssen.

Punkt sechs Uhr kam ihr Vater durch die Haustür, wie Terel dies auch erwartet hatte, und sie lächelte, weil Nellie noch immer nicht von ihrem Ausgang zurückgekommen war. Sie zog ihr Taschentuch hervor, schniefte ein paarmal und rannte dann zu ihrem Vater.

»Oh, Papa«, jammerte sie und warf ihm die Arme um den Hals. »Ich bin ja so froh, daß du gekommen bist. Ich fürchte mich ja so.«

Mit angewidertem Gesicht löste Charles Terels Arme von seinem Hals. Er konnte eine körperliche Zurschaustellung von Gefühlen nicht leiden. »Warum fürchtest du dich denn so?«

Terel drückte das Taschentuch ans Gesicht. »Nellie ist nicht zu Hause.«

»Nellie ist nicht zu Hause?« fragte Charles in einem Ton, als wäre die Welt untergegangen. »Wo ist sie?«

»Ich habe Angst, es dir zu erzählen. Oh, Papa, ich hoffe, unser guter Name wird uns davor bewahren, daß dieser Skandal schlimme Folgen hat.«

»Skandal? Was soll das heißen?« Er schob Terel fast mit Gewalt zurück in den Salon. »Erzähle mir alles. Verschweige mir nichts.«

Terel erzählte ihm nun alles, was sie wußte — und noch mehr —, wobei sie geschickt ihre Tränendrüsen manipulierte. »Sie haben sich auf der Mauer vor allen Leuten umarmt! Ich würde mich nicht wundern, wenn die Leute nach diesem Skandal die Frachtverträge mit dir stornierten. Nellie nimmt keinerlei Rücksicht auf uns. Sie denkt nur an sich. Es ist kein Dinner vorbereitet, und im Oberstock herrscht das reinste Chaos.«

Charles' Augen weiteten sich. Er verließ den Salon und ging nach oben. Es dauerte einige Minuten, bis er wieder herunterkam. Trotz Terels effektvoller Darstellung der Ereignisse betrachtete Charles das Problem sehr nüchtern. Er befürchtete keineswegs, daß Nellies skandalöses Verhalten irgendeinen Einfluß auf den Gang seiner Geschäfte haben würde. Wenn das möglich gewesen wäre, hätte ihn Terels Benehmen schon vor Jahren an den Bettelstab gebracht.

Es waren die ungeputzten Schuhe, die ihm Sorge machten. Als Nellie vor zwei Jahren heiraten wollte, hatte er ihr das ausgeredet. Er hatte gewußt, wie sein Leben ohne Nellie aussehen würde. Wenn Nellie das Haus verließ, würde er sich mit Terels Faulheit alleine auseinandersetzen müssen, mit ihrer Weigerung, einen Handschlag zu tun, der ihr keinen unmittelbaren Vorteil brachte.

Als Charles zum erstenmal mit Jace Montgomery zusammengetroffen war, hatte er sehr wohl gewußt, wer er war. Ein Jahr zuvor hatte ihn jemand auf ihn aufmerksam gemacht mit der Bemerkung, daß Jace der Sohn des Eigentümers von Warbrooke Shipping sei. Charles hatte sich darum bemüht, Jace vorgestellt zu werden; aber sein Gewährsmann hatte die Stadt verlassen, ehe es dazu kommen konnte. Ein Jahr später pries Charles sein Glück, als dieser Mann plötzlich wie aus dem blauen Himmel vor ihm erschien, um ihn aus den Händen von Räubern zu befreien.

Sofort hatte Charles angefangen, Pläne zu schmieden. Was für ein Fang er mit diesem Mann machte, wenn er sein Schwiegersohn würde! Jace würde die Familie Grayson mit der Reederei Warbrooke verbinden. Chandler träumte bereits von einer riesigen Transportgesellschaft zu Lande und auf dem Meer unter dem Namen Grayson-Warbrooke. Und so hatte Charles begonnen, Jace von seiner schönen Tochter zu erzählen, und nach einem stundenlangen Gespräch war es ihm gelungen, Jace zu einem Dinnerbesuch in seinem Haus zu überreden.

Dann war alles schiefgegangen. Terel hatte wie üblich nicht zugehört, als er ihr erzählte, wie wichtig Montgomery sei, und sie hatte diesen Mann Nellie überlassen. Nur der Himmel wußte, warum er sich für Nellie interessierte; aber sein Interesse für sie war von Anfang an offenkundig gewesen.

Er kann Terel haben, überlegte Charles, aber nicht Nellie. Oder zumindest konnte er sie nicht eher bekommen, bis Terel unter der Haube und aus dem Haus war. Er würde nicht dulden, daß er mit seiner verzogenen jüngeren Tochter alleingelassen wurde.

»Törichter Mann!« fluchte Charles leise. Was, in aller Welt, fand er nur an Nellie? Im Vergleich zu Terel sah Nellie wie ein alter Ackergaul neben einem schlanken Rennpferd aus.

Er ging in den Salon zurück. »Ich werde Männer losschicken, die nach ihr suchen sollen«, sagte er zu Terel. »Ich glaube nicht, daß unsere Familie so einen Skandal vertragen kann. Ich werde ihr verbieten, Montgomery noch einmal zu sehen.« Er warf seiner jüngeren Tochter einen durchbohrenden Blick zu. »Vielleicht kannst du dafür sorgen, daß dieser Mann in die Gesellschaft von Chandler eingeführt wird.«

»Ich werde mein möglichstes tun«, sagte Terel feierlich. »Du weißt, Papa, daß ich immer bereit bin, dir zu helfen.«

Kapitel 5

Nellie hatte drei Tage lang ununterbrochen gegessen. Sie schien damit nicht aufhören zu können. Sie bereitete drei Pasteten zu und aß eine davon. Sie bestellte vier Kuchen in der Bäckerei, und schlang einen davon hinunter. Sie buk sechs Bleche voll Plätzchen und aß zwei Bleche leer, ehe die Plätzchen abgekühlt waren. Jedesmal, wenn sie sich an den Abend nach ihrem Ausgang mit Mr. Montgomery erinnerte, bekam sie rasende Hungergefühle.

Der Schrecken dieses Abends — Terel weinend wie ein Schloßhund; ihr Vater arg enttäuscht von ihr — stand ihr jede Minute des Tages vor Augen. Drei Tage lang hatte sie nun in der Angst gelebt, daß die Leute ihre Frachtverträge Nellies skandalösen Verhaltens wegen stornierten. Ihr Vater hatte ein düsteres Gemälde vor ihr entworfen, wie sie alle drei auf die Straße geworfen wurden und ohne Nahrung einen Colorado-Winter im Freien überleben mußten, nur weil Nellie zu egoistisch war, die Interessen der Familie zu berücksichtigen.

Daß Nellies Verhalten in der Tat unmöglich gewesen war, wurde durch die Tatsache belegt, daß nun körbchenweise Einladungskarten für sie eintrafen.

»Sie glauben jetzt, daß du eine Frau ohne moralische Grundsätze bist«, sagte Charles und warf die Einladungskarten ins Feuer.

Da wollte eine Stimme in Nellie Widerspruch erheben und darauf hinweisen, daß Terel Einladungskarten erhielt, ohne gleich als sittenlos zu gelten. Und als ob Terel ihre Gedanken gelesen hätte, wies sie Nellie darauf hin, daß *sie nicht* von der ganzen Stadt dabei beobachtet wurde, wie sie einen Mann umarmte. *Sie* hatte *nicht* fast einen ganzen Abend allein mit einem Mann in einem Park verbracht.

Nellie hatte versucht, sich mit dem Hinweis zu verteidigen, daß sie bereits um halb neun Uhr zu Hause gewesen sei; war jedoch dann in Tränen ausgebrochen, als ihr Vater sie fragte, ob die Möglichkeit bestünde, daß sie bereits mit dem Bastard dieses Mannes schwanger ging.

Terel hatte sodann Nellie erklärt, daß ein so in den weltlichen Gepflogenheiten bewanderter Mann wie Mr. Montgomery Nellie lediglich deswegen haben wollte, weil sie so unschuldig war und er von ihr alles bekommen konnte, was er begehrte. »Schau dich doch nur an, Nellie. Was wollte er denn sonst von dir?« hatte Terel gesagt. »Männer wie er nützen solche Frauen wie dich nur aus — Frauen, die bereit sind, mit ihnen eine ganze Nacht von zu Hause wegzubleiben — und heiraten dann ehrbare Frauen. Wenn er etwas Respekt vor dir hätte, hätte er sich nicht durch die Hintertür ins Haus eingeschlichen und dich dazu überredet, mit ihm auszugehen. Ein Mann, der eine Frau respektiert, verhält sich nicht so.«

Weder ihr Vater noch Terel wollten es dabei bewenden lassen. Sie redeten und redeten und redeten. Und Nellie aß und aß und aß.

Sie war überzeugt, daß sie recht hatten. Sie wußte, daß sie die beiden in große Verlegenheit gebracht hatte, aber zuweilen, oft spät abends, erinnerte sie sich daran, wie Mr. Montgomery sie angeschaut hatte. Niemand ahnte, daß er den Kopf in ihren Schoß gelegt hatte, und Nellie war überzeugt, wenn sie das gewußt hätten, würden sie beide die Hoffnung aufgegeben haben, daß sie noch zu retten sei. Doch zuweilen erinnerte sie sich auch daran, wie sich seine Haare unter ihren Fingerspitzen angefühlt hatten. Sie erinnerte sich, wie er sie fragte, was sie denn am liebsten täte in ihrem Leben. Sie erinnerte sich an die Tränen auf seinen Wangen, als er die Hymne in der Kirche sang.

In all diesen Erinnerungen vermochte sie nichts zu entdecken, was Mr. Montgomery als arglistigen Verführer auswies, für den Terel ihn anscheinend hielt. Ihr Vater sagte, er flirte mit allen hübschen Frauen, die geschäftlich in sein Frachtbüro kämen. Und Terel sagte, am Sonntag habe Mr. Montgomery zwischen Mae und Louisa gesessen. Charles hatte gesagt, es wäre besser, wenn Nellie an diesem Tag nicht in die Kirche ginge. Er meinte, daß sie sich noch nicht in der Öffentlichkeit zeigen sollte. Er hoffte, ihre Abwesenheit würde dazu beitragen, daß das Gerede über ihr skandalöses Verhalten allmählich zum Erliegen kam. Und so war Nellie am Sonntag zu Hause geblieben, und nachdem Terel ihr erzählt hatte, daß Jace zwischen zwei anderen hübschen, dünnen und jüngeren Frauen gesessen habe, hatte sie ein halbes Dutzend Napfkuchen verzehrt.

Nun weilte sie allein im Haus. Ihr Vater war im Büro, Terel bei ihrer Schneiderin und Anna auf dem Markt. Sie scheuerte die Töpfe und Pfannen, in denen sie gestern das Dinner zubereitet hatte.

»Hallo.«

Sie drehte sich um, sah ihn unter der Hintertür stehen, und die Erinnerungen an diesen wunderbaren Nachmittag und Abend, die sie miteinander verbracht hatten, kamen mit einem Schlag zurück. Sie lächelte, bis ihr die drei letzten Tage einfielen, und da runzelte sie die Stirn.

»Sie müssen sofort gehen«, sagte sie und wandte sich wieder ihren Töpfen und Pfannen zu.

Jace legte seinen Blumenstrauß auf den Küchentisch, ging zu ihr, faßte sie bei den Schultern und drehte sie zu sich herum. »Nellie, was ist passiert? Ich habe dich seit drei Tagen nicht mehr gesehen. Ich bin jeden Abend hierhergekommen; aber dein Vater sagte, du seist indisponiert. Du bist hoffentlich nicht krank, oder doch?«

Niemand hatte ihr verraten, daß er ihretwegen vorgesprochen hatte. Sie bewegte sich von ihm weg. »Ich bin wohlauf, und Sie müssen jetzt gehen. Sie können nicht mit mir allein im Haus sein. Das schickt sich nicht.«

»Schickt sich nicht?« wiederholte er verdattert. Wenn sie nicht krank gewesen war, dann hatte sie ihn vielleicht nicht sehen wollen. »Nellie, habe ich etwas getan, was dich verletzt hat?« Er richtete sich auf. »Vielleicht bei der Chorprobe. Da bin ich . . .« Seine Stimme verebbte.

Sie blickte ihn erschrocken an. Glaubte er, seine Tränen wären ihr peinlich gewesen? »Oh, nein, nein, nichts dergleichen. Es ist . . .« Sie konnte es ihm doch nicht sagen.

»Was? Was habe ich getan, daß du mich nicht mehr sehen willst?«

Zu ihrer eigenen Verwunderung brach sie nun in Tränen aus. Sie barg das Gesicht in den Händen, und ihre Schultern zuckten. Binnen Sekunden war Jace bei ihr, legte den Arm um sie und reichte ihr ein Glas Cognak. »Trink das«, befahl er, als sie sich auf einen Stuhl gesetzt hatte.

»Ich kann nicht. Ich darf nicht . . .«

»Trink es!«

Sie gehorchte und schluckte den Cognak tapfer hinunter.

»Und nun«, sagte er, ihr das Glas abnehmend, »erzählst du mir, was vorgefallen ist.«

»Wir haben uns skandalös benommen«, erwiderte sie, aber mit dem Brandy im Magen schien ihr das, was sie getan hatten, gar nicht mehr so anstößig zu sein.

Jace sah sie verständnislos an. Vielleicht war ihr Benehmen ein bißchen gewagt gewesen; doch niemand in

Chandler hatte sich darüber aufgeregt. Tatsächlich wollte jeder etwas Näheres von Nellie wissen, wenn er irgendwo hinkam. Anscheinend hatte bisher noch niemand in der Stadt sie überhaupt bemerkt.

Er nahm ihre Hände in die seinen. »Lag es daran, daß wir unter uns waren? Wir könnten mit mehreren Leuten ausgehen, wenn dich das gestört hat.« Das mochte ihm helfen, seine Hände besser in der Gewalt zu haben, überlegte er.

»Die Mauer«, sagte sie schniefend.

»Die Mauer?« Er lächelte. »Es hat dich also gestört, daß ich dich auf der Mauer in die Arme genommen habe? Du wärst sonst gestürzt.«

»Ich . . . ich . . .« Sie konnte ihm nicht mehr verraten, konnte ihm nicht erzählen, daß die Leute möglicherweise ihre Verträge stornierten oder er keinen Respekt vor ihr habe. Wenn er sie so ansah wie jetzt, konnte sie keinen klaren Gedanken mehr fassen.

Vor der Küchentür klangen Schritte auf. Ihre Augen weiteten sich vor Entsetzen. »Es ist Terel. Du mußt gehen.« Ihre Stimme verriet Panik.

»Ich werde ihr guten Tag sagen.«

»Nein, nein, nein. Du mußt gehen.«

Jace verstand nicht, warum er so eilig Abschied nehmen sollte. Auch hatte er gar nicht die Absicht, schon jetzt zu gehen. Er schlüpfte in die Speisekammer, und im gleichen Moment betrat Terel die Küche. Er lehnte sich gegen ein Wandregal und konnte von dieser Stelle aus Nellie und ihre Schwester deutlich in der Küche sehen. Bisher hatte er immer nur Augen für Nellie gehabt; doch nun kam ihm der Unterschied zwischen den beiden Schwestern befremdlich vor. Denn Terel war mit einem teuren Wollkostüm bekleidet, ihre Haare waren gepflegt und frisch frisiert; während Nellie ein Kleid anhatte, das schon sehr alt zu sein schien.

»D-du bist aber schon früh aus der Stadt zurück«, stotterte Nellie.

»Ja.« Terel riß ihre Glacéhandschuhe von den Fingern. »Ich konnte mir nicht länger die Skandalgeschichten über dich anhören. Offenbar gibt es in der Stadt kein anderes Gesprächsthema mehr.«

Nellies Blick zuckte zu der Speisekammer hin. »Ich glaube nicht, daß wir das jetzt erörtern sollten. Gehen wir doch erst einmal hinüber in den Salon, bevor wir . . .«

»Ich will nicht in den Salon gehen«, unterbrach Terel sie und löste die Nadeln, mit denen sie ihren Hut in ihren Haaren befestigt hatte. »Ich bin halbtot vor Hunger. Ich konnte nicht einmal einen Lunch in der Stadt bestellen, weil jeder mit mir über dich und dein Benehmen mit diesem Mann reden wollte. Es war unerträglich.«

»Terel, bitte, laß uns in den Salon hinübergehen. Dort können wir . . .«

»Schau dir nur diese Blumen an! Nellie, warum hast du mir nicht erzählt, daß jemand Blumen für mich brachte? Von wem sind sie? Von Johnny? Oder von Bob? Doch nicht etwa von Lawrence, wie?« Terel nahm das Bukett hoch, suchte nach dem daranhängenden Kärtchen und öffnete es. »Hier steht«, sagte sie, »›für die schönste Frau der Welt‹. Wie reizend. Es *muß* von Lawrence stammen.« Sie schloß das Kärtchen wieder und sah dann, was auf der Vorderseite stand: »Für Nellie — in Liebe, Jace.«

Terel hatte die Aufschrift bereits dreimal gelesen, bis sie endlich begriff. Sie schleuderte die Blumen auf den Küchenboden. »Er ist also hier gewesen, nicht wahr?« zeterte sie. »Er war hier in diesem Raum. Trotz allem, was Vater und ich dir erzählt haben, setzt du also dein leichtfertiges Benehmen fort. Wie konntest du nur, Nellie? Wie konntest du nur?«

»Terel, bitte«, bettelte Nellie. »Könnten wir nicht . . .«

»Und dazu noch Brandy«, unterbrach Terel sie und

hielt das leere Glas in die Höhe. »Dies geht zu weit. Warte nur, bis ich das Vater erzähle. Nellie, ich wußte gar nicht, wie dumm du bist. Weißt du denn gar nicht, daß die Leute, die dich lieben, wissen, was am besten für dich ist? Begreifst du denn nicht, was er von einer Frau wie dir verlangt? Er möchte dich betrunken machen und . . .«

Terel hatte der Speisekammer den Rücken zugekehrt; aber Nellie hatte diese direkt vor Augen und sah nun voller Entsetzen, daß Jace im Begriff war, in die Küche hineinzutreten und sich mit Terel anzulegen. Nellie schüttelte heftig den Kopf und sprintete dann quer durch die Küche. Terel holte ein Taschentuch aus ihrer Handtasche, während Nellie Jace in die Speisekammer zurückschob. Ihr Körper befand sich in der Küche, ihre nach hinten gestreckten Arme jedoch in der Speisekammer.

». . . dann seine Lust an dir stillen«, schloß Terel.

In diesem Augenblick schnaubte Jace in der Speisekammer.

»Lachst du mich etwa aus?« fragte Terel empört.

»Nein, natürlich nicht. Ich würde dich niemals auslachen. Ich . . .« Nellie konnte nichts mehr sagen, weil Jace ihre Hand von seiner Brust genommen und angefangen hatte, an ihren Fingerspitzen zu knabbern.

»Du bist solchen Männern wie ihm nicht gewachsen, Nellie«, fuhr Terel mit ihrer Predigt fort. »Er ist ein . . . nun, ein Frauenverführer.«

Jace biß Nellie nun sacht ins Handgelenk, und sie konnte seine Zungenspitze auf ihrer Haut spüren.

»Nellie! Hörst du mir überhaupt zu?«

»Ja«, erwiderte Nellie verträumt.

»Du kannst einem Mann wie ihm nicht trauen, und Vater hatte recht, als er dir verbot, ihn noch einmal zu sehen.«

Jace unterbrach eine Sekunde lang seine Liebkosungen, als Terel das verkündete; aber dann fuhr er fort, Nellies Hand zu küssen. Er wollte doch hören, was dieses verlogene Luder noch zu sagen hatte.

»Vater erzählte dir doch, daß er mit allen jungen Frauen flirte, und ich habe das in der Kirche selbst gesehen. Er möchte nur so viele Frauen haben, wie er bekommen kann. Ich weiß nicht, warum er dich als eine von seinen . . : seinen Eroberungen ausgesucht hat; aber das ist nun mal der Fall. Nellie, weißt du denn nicht, wie besorgt wir um dich sind und nur dein Bestes wollen?«

Nellie brachte kaum ein Nicken zustande. Sie hatte die Ärmel über die Ellenbogen hinaufgeschoben, damit sie das Geschirr abwaschen konnte, und nun küßte er die Innenfläche ihres Ellenbogens.

»Alles, was der Mann von dir will, ist der Eintritt in das Grayson-Frachtgeschäft. Er möchte Vaters Partner werden. Er würde versucht haben, mich zu verführen; aber er wußte, daß ich mich zu gut auskenne mit den Männern und auf seine skandalösen Tricks nicht hereingefallen wäre. *Ich* hätte niemals zugelassen, daß er mich in der Öffentlichkeit so demütigte wie dich. Da er also wußte, er könnte mich nicht bekommen, hat er es bei dir versucht. Nellie, und du glaubtest ihm jedes Wort, das er dir erzählte. Sei ehrlich — hat er zu dir gesagt, daß du schön wärest?«

Nellie blickte in die Speisekammer auf Jace. Er sah von ihrem Arm hoch und nickte. »Ja«, flüsterte Nellie, »er sagte zu mir, daß ich schön sei.«

»Da hast du es. Das ist der Beweis, daß er ein Lügner ist.«

In diesem Moment ließ Jace Nellies Arm fallen und wollte aus der Speisekammer heraus; aber Nellie legte ihm die Hand auf die Brust und warf ihm einen flehenden Blick zu. Während Terel sich umdrehte, um sich ein Glas aus dem Küchenschrank zu holen.

»Terel, warum gehst du nicht nach oben und legst dich

ein bißchen hin? Ich werde dir deinen Lunch auf dem Tablett aufs Zimmer bringen.«

»Ja, vielleicht wäre das ratsam nach diesem anstrengenden Tag. Du kannst dir gar nicht vorstellen, was ich mir alles über meine eigene Schwester habe anhören müssen.«

Nellie wollte sich von Jace losreißen; aber er gab ihren Arm nicht frei; also blieb sie stehen, wo sie war, und schickte ihrer Schwester ein schwaches Lächeln zu. Seufzend verließ Terel den Raum.

Sofort drehte sich Nellie zu Jace um. »Mr. Montgomery, Sie können nicht . . .« begann sie, konnte aber nicht mehr sagen, weil er sie in die Speisekammer hineinzog und in seine Arme.

»Nellie«, flüsterte er, als er den Kopf senkte, um ihren Hals zu küssen, »begreifst du denn nicht, daß ich an dem Geschäft deines Vaters gar nicht interessiert bin? *Du* bist es, für die ich mich interessiere.«

Sie hörte ihn kaum, als sich seine Lippen an ihrem Hals nach unten bewegten. Seine breiten Hände lagen auf ihrem Körper, und Nellie konnte spüren, wie ihr die Knie weich wurden. Er bewegte seine Lippen wieder nach oben und küßte sie auf den Mund, erst sacht, dann heftiger, als Nellie gegen ihn sank. Seine Zungenspitze berührte die ihre. Zuerst begann sie sich von ihm wegzubewegen; aber er hielt sie fest.

Es dauerte einige Minuten, ehe Nellie auf seine Liebkosungen einging — wahrhaftig einging. Sie hatte ja nicht geahnt, wieviel Sehnsucht und Verlangen sich in ihr aufgestaut hatten. Sie war eine liebende Frau ohne ein Ventil für ihre Liebe. Ihre Hände hoben sich, umschlangen seinen Nacken, zogen ihn enger an sich, und ihr Atem kam härter und schneller mit jedem Kuß, den er ihr nun gab.

»Nellie«, flüsterte er und begann, mit Zähnen und Lippen ihren Hals zu liebkosen. Sie hob die Arme, um ihre

Hände in seinen Haaren zu vergraben. Sie küßte seine Wangen, seinen Hals, fuhr mit der Zungenspitze über seine Haut und spürte das Prickeln, das sein Bart auslöste. Er roch gut; er fühlte sich gut an; er schmeckte gut.

Binnen weniger Minuten konnte Nellie nichts mehr sehen oder denken. Sie war nur noch eine große, rote, empfindende Flamme.

»Nellie«, sagte Jace und versuchte, sich von ihr zu lösen, was sich aber als schwierig erwies, »wir müssen aufhören.« Er hob den Kopf und sah sie an. Ihr Gesicht war gerötet, ihre Augen waren geschlossen, ihre langen, dichten Wimpern ruhten auf ihren weichen Wangen, und ihre Lippen waren weich und voll und einladend geöffnet.

»Nellie«, sagte er abermals, und diesmal war es eher ein Stöhnen. »Ich kann mich nicht länger zurückhalten. Wir müssen aufhören.« Er küßte sie noch einmal auf den Mund und löste sich dann von ihr. »Ich denke, deine Familie wäre nicht wenig schockiert, wenn sie uns in heftiger Umarmung auf dem Boden der Speisekammer fände.«

Langsam öffnete Nellie die Augen und sah zu ihm hoch. Sie waren auf intime Weise aneinandergepreßt, sein Bein zwischen ihre Schenkel geschoben, und es wurde ihr nun bewußt, daß sie sich soeben benommen hatte wie ein leichtes Mädchen. »Es . . . es tut mir leid, Mr. Montgomery«, murmelte sie, ihn loslassend. »Ich hatte nicht die Absicht . . .« Sie wußte nicht, wie sie fortfahren sollte.

»Kein Grund, dich zu entschuldigen«, sagte er und lächelte, als wäre nichts geschehen; aber seine Stirn glänzte vor Schweiß.

Nellie schämte sich plötzlich, und sie zog sich mit blutrotem Gesicht aus der Speisekammer zurück.

»Nellie.« Er faßte sie am Arm und zog sie wieder an sich; aber sie drückte ihn mit beiden Händen von sich weg und konnte sich aus seiner Umarmung befreien.

»Mr. Montgomery, ich bereue aufrichtig, daß . . . daß ich mich so unmöglich benommen habe«, murmelte sie und wich bis in die Mitte der Küche zurück. Es war besser, wenn sie ihn jetzt nicht ansah. Vielleicht konnte sie vergessen, wie sie sich soeben aufgeführt hatte, wenn sie ihn nicht anblickte.

»Bitte, schau mich an«, sagte er, und als sie dieser Aufforderung nicht nachkam, faßte er sie bei den Schultern und brachte sein Gesicht ganz nahe an ihres heran. »Du wirst doch wohl nicht glauben, was deine Schwester von mir behauptet, nicht wahr? Ich habe in der Stadt keine andere Frau angesehen. Nur dich. Und diese beiden aufgedonnerten Küken setzten sich in der Kirche zu *mir* und ich mich nicht zu *ihnen.* Und im Büro deines Vaters bin ich zu den Frauen immer nur höflich gewesen.«

Sie bewegte sich abermals von ihm fort. »Mr. Montgomery, ich habe keine Ahnung, warum sie glauben, daß Ihre Frauenbekanntschaften mich etwas angingen. Es steht Ihnen frei, jeder oder allen hübschen jungen Frauen in der Stadt nachzustellen.« Sie fing an, Brot und kalten Braten aufzuschneiden und auf eine Platte zu legen, die sie Terel bringen wollte.

Er konnte ihr ansehen, daß sie ihm nicht glaubte. Zum Henker mit Terel, diesem kleinen, falschen Biest. Für Nellie waren die Worte ihrer Schwester so wahr wie das Evangelium.« Ich habe deiner Schwester niemals Avancen gemacht. Ich habe nie . . .«

»Wollen Sie damit andeuten, daß meine Schwester mich belogen hat?«

»Wenn dir der Schuh paßt, dann zieh ihn dir an«, entschlüpfte es ihm, ehe er seine Worte bedachte.

Nun funkelte sie ihn förmlich an. »Sie können jetzt gehen, Mr. Montgomery. Und ich glaube nicht, daß Sie noch einmal hierherkommen sollten.«

»Nellie, es tut mir leid. Ich habe deiner Schwester nicht

zu nahe treten wollen, obwohl es stimmt, was ich sagte. Ich meinte lediglich . . .« Er hielt mitten im Satz inne, weil Nellie ihn nun mit flammender Empörung ansah. »Nellie, bitte, geh mit mir ins Freie. Laß hier alles stehen und liegen und geh mit mir eine Viertelstunde spazieren. Erlaube mir, dir zu zeigen, wieviel du mir bedeutest.«

»So, wie Sie mir das eben in der Speisekammer gezeigt haben? Nein, Mr. Montgomery, ich denke, das werde ich nicht tun. Ich weiß, was ich bin. Ich bin eine alte Jungfer, die zufällig die Tochter eines reichen Mannes ist. Sie brauchen Ihre Zeit nicht länger an mich zu verschwenden. Ich habe Sie durchschaut.«

Dieser flehende Blick verlor sich aus Jace' Augen, und aus seinem Gesicht sprachen jetzt Erbitterung und Wut. »Ich bin immer ehrlich zu dir gewesen«, preßte er durch die zusammengebissenen Zähne, »und ich mag es nicht, wenn man mich der Unehrenhaftigkeit beschuldigt.« Er trat auf Nellie zu, die wieder vor ihm zurückwich. Dieser Zorn auf seinem Gesicht erschreckte sie. »Eines Tages, Nellie, wirst du dich entscheiden müssen — entweder ein eigenes Leben zu führen oder dich für deine Familie aufzuopfern. Ich bin bereit, dir bei dieser Entscheidung zu helfen, aber nicht, wenn du mich einen Lügner nennst und mir unterstellst, ich würde eine Frau nur hofieren, um an das Geld ihres Vaters heranzukommen. Wenn du dir ein bißchen mehr Zeit nehmen würdest, mich besser kennenzulernen, würdest du feststellen, daß ich keineswegs das bin, was du dir jetzt einzubilden scheinst. Ich bin . . .«

Er brach mitten im Satz ab. Er würde ihr jetzt nicht sagen, was er war. Wenn sie ihrer Schwester glaubte — das glaubte, was andere sagten, statt sich auf ihr eigenes Empfinden für das, was wahr ist, zu richten —, war das ihr Problem. Er war nicht bereit, sich vor ihr zu rechtfertigen.

Er nahm seinen Hut vom Küchentisch. »Wenn du eine alte Jungfer sein willst, ist das deine Entscheidung. Es war nett, dich kennenzulernen, Nellie«, sagte er, machte auf den Absätzen kehrt und verließ die Küche.

Einen Moment lang war Nellie so vor den Kopf geschlagen, daß sie keinen Gedanken fassen konnte. Sie stand wie gelähmt da und starrte auf den leeren Türrahmen.

Ja, dachte sie schließlich, Terel hatte also recht gehabt. Er war nur hinter dem Geld ihres Vaters her. Als er erkannte, daß er es nicht bekommen würde, und hörte, daß Nellie in seine hinterhältigen Pläne eingeweiht war, ließ er sie stehen und ging.

Einen Moment spielte Nellie mit dem Gedanken, ihm nachzueilen. Einen Augenblick lang schien es ihr unwichtig zu sein, ob er sie nur des Geldes wegen haben wollte, das sie eines Tages von ihrem Vater erben würde. Was auch immer sein Interesse an ihr geweckt haben mochte: Die wenigen Stunden, die sie mit ihm verbracht hatte, waren die glücklichsten ihres Lebens gewesen. Sie schloß die Augen und erinnerte sich wieder an diesen Augenblick, wo er sie auf der Mauer in seinen Armen gehalten hatte — an dieses Gefühl, als würde sie schweben. Sie erinnerte sich daran, wie er seinen Kopf in ihren Schoß gebettet hatte, während sie miteinander redeten. Sie dachte daran, wie er diese Hymne gesungen hatte und ihm dabei die Tränen über das Gesicht gelaufen waren. Und an das, was vorhin in der Speisekammer geschehen war. Sie hatte bisher noch nie so etwas wie Leidenschaft empfunden, und das war eine ganz neue, schwindelerregende Erfahrung gewesen. Sie faltete die Arme vor der Brust und rieb ihre Unterarme.

Geld, dachte sie. Er wollte nicht sie, sondern nur das Geld ihres Vaters. Und wie Terel gesagt hatte, machte er einer dicken alten Jungfer den Hof, um es zu bekommen.

Hinter ihr schwang die Küchentür auf. »Sie verlangt nach ihrem Lunch«, sagte Anna im mürrischen Ton, weil sie einen Handschlag machen sollte.

Nellie kehrte in die Gegenwart zurück. »Ja, ich komme schon«, sagte sie und nahm das Tablett mit der belegten Platte vom Küchentisch.

Terel saß, zwei Kissen in ihren Rücken gestopft, ihren seidenen Rock achtlos unter die Schenkel geschoben, auf ihrem Bett und las. Nellie setzte das Tablett auf dem Schoß ihrer Schwester ab und begann, Terels Kleider aufzuräumen.

»Da ist keine Blume.«

»Was?« erwiderte Nellie geistesabwesend. Sie sah noch immer Jace' Augen vor sich. Er war so wütend auf sie gewesen. Vielleicht hätte sie ihm nicht vorwerfen sollen, was sie von Terel gehört hatte. Vielleicht hätte sie erst ein paar Beweise dafür sammeln sollen, daß seine Absichten unehrenhaft waren. Vielleicht . . .

»Du legst sonst immer eine Blume auf mein Tablett«, sagte Terel in einem Ton, als wäre sie den Tränen nahe. »Oh, Nellie, du magst uns nicht mehr — denkst nur noch an ihn!«

Nellie nahm das Tablett wieder von Terels Schoß, zog ihre jüngere Schwester an ihre Brust und streichelte ihr die Haare. Mein Kind, dachte Nellie. Terel ist das einzige Kind, das ich jemals haben werde. Einen Moment war ihr selbst nach Weinen zumute. Vielleicht war die einzige Chance in ihrem Leben, ein eigenes Heim und Kinder zu bekommen, soeben aus dem Haus gegangen.

»Selbstverständlich mag ich dich«, sagte Nellie. »Ich bin in letzter Zeit so mit Arbeit überhäuft gewesen, daß ich die Blume glatt vergaß. Das bedeutet doch nicht, daß ich dich nicht mehr lieb hätte.«

»Du liebst Vater und mich mehr als *ihn*?«

»Selbstverständlich tue ich das.«

Terel drückte Nellie heftig an sich. »Du würdest nicht mit ihm durchbrennen und uns alleinlassen?«

Nellie löste sich von ihrer Schwester und sah sie lächelnd an. »Eine so dicke alte Jungfer wie ich? Wer würde mich schon haben wollen?«

Terel erwiederte schniefend: »*Wir* wollen dich haben. Vater und ich wollen dich haben.«

Nellie spürte, wie der Hunger sich wieder in ihr regte. Sie bewegte sich von Terel fort und stellte das Tablett abermals auf dem Schoß ihrer Schwester ab. »Du solltest deinen Lunch essen und vielleicht einen Mittagsschlaf halten. Du bist sicherlich sehr müde von all den Sorgen, die du dir machst.«

»Ja, ich schätze, das bin ich. Aber geh noch nicht fort, Nellie.«

Widerstrebend fand Nellie sich bereit, sich auf den Bettrand zu setzen. Der Hunger plagte sie jetzt schrecklich.

»Ist er wirklich fort?« fragte Terel mit vollem Mund. »Du hast ihn doch nicht irgendwo unten im Erdgeschoß versteckt, nicht wahr?«

»Nein.« Nellie konnte sich vor Hunger kaum noch beherrschen.

»Oh, Nellie, du weißt nicht, was für ein Fluch das ist, so jung und hübsch zu sein wie ich. Die Männer suchen mit den schrecklichsten Absichten deine Nähe.« Sie brach ein Stück Brot entzwei, das Nellie erst an diesem Morgen gebacken hatte, und warf ihrer Schwester einen harten Blick zu. »Bist du zum Erntedankfestball eingeladen worden?«

Nellie spürte, wie sie heftig errötete. »Ja«, flüsterte sie.

Terel stellte das Tablett auf den Tisch am Fußende ihres Bettes und schlug die Hände vors Gesicht. »Ich bin nicht eingeladen worden. Ich bin die einzige Person in der Stadt, die nicht zu diesem Ball geht.«

Wieder zog Nellie ihre Schwester in ihre Arme. »Du

kannst meine Einladung haben. Ich glaube nicht, daß ich den Ball besuchen werde. Zudem wüßte ich gar nicht, was ich anziehen sollte. Ich habe kein Kleid, das sich für einen Ball eignen würde.«

»Ich kann deine Einladungskarte nicht verwenden. Die Taggerts meinen, ich wäre gesellschaftlich nicht akzeptabel. Ich! Wo doch jeder weiß, daß die Taggerts nichts sind als bessere Kohlenschipper. Oh, Nellie, ich wünschte . . .«

»Was wünschst du dir?«

Terel entzog sich schniefend Nellies Umarmung. »Ich wünschte, ich wäre das beliebteste Mädchen in Chandler. Ich wünschte, ich würde zu jeder Party und zu jedem Ausflug eingeladen. Ich wünschte, daß keine Party in Chandler ohne mich stattfindet.«

Nellie lächelte. »Dann würde ich mir dasselbe wünschen.«

»Wirklich?«

»Ja, wirklich. Ich wünschte, du wärest das beliebteste Mädchen, das Chandler jemals erlebt hat, und daß du mehr Einladungen bekommst, als du bewältigen kannst.«

»Ja, das wäre nach meinem Geschmack«, sagte Terel lächelnd.

»Das würde dich glücklich machen?«

»Oh, ja, Nellie, ich wäre sehr glücklich, wenn ich beliebt wäre. Das ist alles, was ich vom Leben verlange.«

»Dann hoffe ich sehr, daß dieser Wunsch in Erfüllung geht«, sagte Nellie. »Warum machst du jetzt nicht einen Mittagsschlaf? Ich habe noch viel zu tun.«

»Ja«, sagte Terel, lächelte und streckte sich auf ihrem Bett aus. Sie zerknitterte dabei ihr Kleid; aber das störte sie nicht. Schließlich mußte sie es ja auch nicht bügeln.

Nellie nahm leise das Tablett auf und verließ das Zimmer. Als sie in der Küche war, allein mit sich und ihren Gedanken, kam ihr Jace wieder in den Sinn. Wenn er es nicht auf das Geld ihres Vaters abgesehen hatte, hatte sie ihn gröblich beleidigt. Was hatte er gesagt, warum er ihr den Hof machte? Daß sie ihn nicht als Lügner hinstellen sollte oder so etwas Ähnliches.

Je mehr sie über die Szene vorhin in der Küche nachdachte, um so hungriger wurde sie. Sie versuchte, ihren Appetit durch reine Willenskraft zu zügeln; aber als sie sich wieder Jace' Worte entsann, wuchs der Hunger noch mehr. Sie habe die Wahl zwischen sich und ihrer Familie, hatte er gesagt. Natürlich war ihr die Familie wichtiger als die eigene Person! War das nicht die Pflicht eines jeden Menschen? Lehrte nicht die Bibel, daß Geben seliger sei als Nehmen?

Nellie schleuderte den Brotteig auf den Küchentisch. Was für ein selbstsüchtiger Mann mußte Mr. Montgomery sein, wenn er nicht wußte, daß die größte Freude im Leben eines Menschen darin bestand, anderen etwas zu geben. Ihre Familie war ein Beispiel dafür. Ihr Vater schenkte seine Liebe seinen beiden Töchtern, ernährte und kleidete sie. Und Terel schenkte ihm und ihr ihre Liebe. Und als Gegenleistung für die Liebe ihres Vaters und ihrer Schwester kochte sie für die beiden, hielt ihnen das Haus sauber, bediente sie, machte für sie Botengänge, hörte sie auf die beiden, sorgte sich um sie und . . .

Um dieser Gedankenflut Einhalt zu gebieten, begann Nellie zu essen. Sie verzehrte alles, was sie in der Küche finden konnte: Fünf Scheiben kalten Braten, eine halbe Pastete, ein Einmachglas voll Pfirsiche, einen Viertellaib Brot; und als sie in der Küche nichts mehr zu essen fand, ging sie in die Speisekammer. Dort erinnerte sie sich wieder daran, wie Jace sie in seinen Armen gehalten und geküßt hatte.

»Es ist mir egal, ob er mich nur des Geldes meines Vaters wegen haben möchte«, flüsterte sie, und dann, damit sie nicht losheulen mußte, öffnete sie ein Glas Erdbeermarmelade und begann, diese mit den Fingern zu essen.

In dem Augenblick, als Nellie in der Speisekammer die Marmelade aufzuessen begann, traf die erste Einladung für Terel ein. Und als Terel aus ihrem Mittagsschlaf erwachte, lagen bereits fünf Einladungskarten für sie in der Halle.

»Wie kann das sein?« flüsterte Terel, als Nellie ihr die Einladungen aufs Zimmer brachte.

»Das kommt von den Wünschen«, erwiderte Nellie lächelnd, froh darüber, Terel so glücklich zu erleben. »Du hast es dir gewünscht, und deshalb hast du sie auch bekommen.«

Terel drückte die Karten ein paar Sekunden lang an ihre Brust und dann sperrte sie ihre Augen ganz weit auf. »Was soll ich nur *anziehen*? Oh, Nellie, du wirst zu *meiner* Schneiderin gehen und ihr auftragen müssen, daß sie mit Schnittmusterbögen und Stoffproben hierherkommen soll.«

»Das kann ich nicht. Ich muß das Dinner vorbereiten. Ich werde Anna schicken; oder vielleicht kannst du auch selbst zu ihr gehen.«

»Das ist unmöglich! Eine von diesen Einladungen ist für heute nachmittag zum Tee. Und Anna kannst du nicht schicken. Sie hat noch nie etwas richtig ausrichten können. Du wirst selbst zu ihr gehen müssen. Wenn Vater doch endlich ein Telephon im Haus installieren ließe!«

»Terel, ich habe keine Zeit dafür . . .«

Terel drehte sich ihr zu und sagte heftig: »Ich dachte, du wolltest, daß ich beliebt wäre in Chandler! Ich dachte, es wäre dein aufrichtiger Wunsch gewesen, daß ich das beliebteste Mädchen in dieser Stadt sei!«

»Ja, aber . . .«

Terel legte den Arm um Nellie. »Bitte, hilf mir. Wenn ich bei der Einladung viele Leute kennenlerne, finde ich vielleicht auch einen Mann darunter, den ich heiraten möchte. Und dann werde ich dir nicht mehr zur Last fallen. Vielleicht wohne ich im nächsten Jahr um diese Zeit gar nicht mehr hier, und du wirst dich nicht mehr um mich kümmern müssen. Dann hast du so viel freie Zeit, wie du nur willst, weil du lediglich noch Vater versorgen mußt.«

Nellie mochte nicht daran denken, daß sie nur noch mit ihrem Vater in diesem Haus wohnte. Die Aussicht, daß sie keine Ersatzmutter für Terel mehr sein sollte, stimmte sie traurig.

»Ich werde gehen«, sagte Nellie, »und du ziehst dich inzwischen an.«

Stunden vergingen, bis Nellie wieder in der Küche sein konnte.

Ihr Vater würde bald heimkommen, und das Dinner war noch nicht fertig. Sie hatte die Schneiderin dazu bewegen können, mit ihren Stoffproben Terel aufzusuchen, und dann Terel beim Anziehen und Frisieren geholfen, ehe Howard Bailey Terel mit seiner Kutsche abholte. Nun suchte sie in fliegender Hast, das Dinner vorzubereiten.

»Was geht hier vor?« fragte Charles Grayson, der in die Küche hereingestürmt war. »Anna erzählte mir eben, Terel habe heute ein Vermögen für neue Kleider ausgegeben.«

Nellie schwor sich im stillen, sich Anna nach dem Essen vorzuknöpfen. »Terel wurde heute nachmittag mit Einladungen überhäuft, und sie meinte, daß sie neue Kleider brauchte, wenn sie diesen Einladungen Folge leisten soll.«

»Terel meint *immer,* daß sie neue Kleider braucht.« Charles blickte auf den Küchentisch und bemerkte dort Gemüse, das zwar geschnitten, aber noch nicht gekocht war. »Ist Terel der Grund, warum wir heute nicht pünktlich essen können?«

»Ich habe ihr geholfen, ja.«

»Du hast mit Terel gespielt und deine Arbeit vernachlässigt?«

Nellie spannte die Finger so fest um den Nudelwalker, daß ihre Knöchel weiß wurden.

»Ich werde das Essen um sechs auf den Tisch bringen.«

»Gut«, sagte Charles und schien dann nach einem anderen Gesprächsstoff zu suchen. »Anna sagte, du hättest Terel gewünscht, daß sie so viele Einladungen wie möglich erhält.«

»Das war doch nur so ein Spaß.«

»Nun, wenn deine Wünsche in Erfüllung gehen, dann wünsche mir doch, daß ich auch das Geld verdiene, um all diese neuen Kleider bezahlen zu können.« Er machte kehrt und verließ die Küche.

Einen Moment lang schloß Nellie die Augen. »Ich wünsche mir, daß Vater sehr erfolgreich ist mit seinem Geschäft«, flüsterte sie. »Ich hoffe, er verdient mehr Geld, als er zur Bezahlung von Terels Kleidern braucht.«

Kapitel 6

Kane Taggert stand am Fenster seines Büros und sah zu, wie sein Vetter ruhelos im Garten auf und ab lief. Als seine Frau hinter ihn trat, drehte er sich nicht um.

»Wie lange macht er das schon?« fragte Houston.

»Seit drei Tagen. Er geht früh in dieses Frachtkontor von Grayson zur Arbeit, und den Rest des Tages verbringt er damit, dort draußen umherzulaufen.« Kane runzelte die Stirn. »Er geht mir allmählich auf die Nerven.«

»Ich möchte meinen, daß er erheblich größere Schmerzen hat als du«, erwiderte Houston.

Nun drehte Kane sich um und sah seine Frau an: »Ich möchte um keinen Preis der Welt noch einmal die Zeit durchmachen, als ich mich um deine Hand beworben habe.«

Sie lächelte und küßte ihn auf die Wange; aber als sie sich von ihm entfernen wollte, zog er sie an sich. »Du meinst, unser Vetter Jace erleidet zur Zeit Höllenqualen?«

»Ich glaube ja«, erwiderte sie traurig. »Niemand in Chandler hat ihn seit drei Tagen zusammen mit Nellie gesehen; dafür Terel um so mehr — jedesmal mit einem anderen Verehrer.«

Kane küßte seine Frau auf den Mund, ließ sie dann los und kehrte an seinen Schreibtisch zurück. »Nellie Grayson«, sagte er verwundert, »wie kommt es, daß er eine Frau begehrt, die so . . .«

»Sag es nicht«, fiel ihm Houston rasch ins Wort. »Nellie ist eine reizende Frau. Wenn ihre Familie ihr einmal erlaubt, das Haus zu verlassen, ist sie in der Kirche für wohltätige Zwecke tätig. Sie hat ein gütiges, liebevolles Herz, und ich glaube, Jace hat das erkannt.«

»Ja, vielleicht ist sie ein großartiger Mensch; aber Jace ist nicht gerade ein übel aussehender Bursche. Wie kommt es, daß er eine Frau begehrt, die so . . .«, er blickte seine Frau an, ». . . dick ist?«

»Jocelyns Mutter ist LaReina.«

Kane hatte offensichtlich keine Ahnung, was sie meinte.

»Wir haben sie in Dallas singen hören.«

»Oh«, sagte er enttäuscht, »eine Opernsängerin. Was hat das damit zu tun, daß Jace offenbar in Nellie verliebt ist?«

»Opernsängerinnen sind traditionell vollschlanke Gestalten, und nach allem, was Jace uns bisher erzählte, war er in seiner Kindheit stets von den Freundinnen seiner Mutter umgeben.«

Kane hatte einige Mühe, zu begreifen, was seine Frau meinte. Doch dann lächelte er. »Oh, ich verstehe. Du meinst, Jace sei von Kindheit an an fette Ladys gewöhnt.«

Houstons Augen wurden schmal. »Jede Frau, die so eine gesegnete Stimme hat, daß sie als Koloratursopran auf der Opernbühne auftritt, verdient es nicht, als ›fette Lady‹ bezeichnet zu werden.«

Kane fuhr fort zu lächeln. »Jedem Topf seinen Deckel, schätze ich. Aber fe . . .«, er schluckte, ». . . korpulent oder nicht: mir scheint, Jace hat es offenbar schwer, an das Ziel seiner Wünsche zu gelangen, was diese Frau betrifft. Du solltest wohl besser mit ihm reden.«

Houston blickte ihrem angeheirateten Vetter nach, der gerade am Ende eines Gartenweges hinter Büschen verschwand. »Ich habe eben dasselbe gedacht.«

Kane lachte schnaubend. »Nun werden alle Stolpersteine bald aus dem Weg geräumt sein.«

Houston gab ihm keine Antwort. Sie trat durch die Terrassentür hinaus in den Garten.

»Hallo, Jocelyn«, sagte sie leise und lächelte ihm dann zu, als er sich umdrehte. Er hatte dunkle Ringe um die Augen und schien sich an diesem Morgen nicht rasiert zu haben. In der richtigen Kleidung, dachte Houston bei sich, würde er aussehen wie ein Pirat.

»Wie geht es Nellie?« fragte sie.

Jace rammte die Hände in die Hosentaschen und drehte sich von ihr weg. »Ich weiß es nicht. Sie will mich nicht sehen.«

»Habt ihr euch gestritten?«

»Ja, ich glaube schon.« Er seufzte und ließ sich dann schwer auf eine Steinbank fallen. »Houston, das ist die *sonderbarste* Familie, der ich jemals begegnet bin.«

Sie setzte sich neben ihn und wartete darauf, daß er sich näher erklärte.

Jace lehnte sich gegen einen Baum und streckte seine langen Beine aus. »Als ich Charles Grayson zum erstenmal begegnet bin, redete er ununterbrochen von seiner schönen Tochter. Das machte mich stutzig, und ich argwöhnte, daß er von dem Vermögen meiner Familie gehört hatte und deshalb seine häßliche Tochter mit mir verkuppeln wollte. Ich weiß nicht, warum — vielleicht hatte es mich gereizt, diesen Ausbund an Schönheit doch wenigstens in Augenschein zu nehmen — jedenfalls ging ich zu seinem Haus, um die Tochter kennenzulernen. Ich kam eine Stunde zu früh, weil ich Charles Grayson bei dieser Begegnung nicht dabeihaben wollte.«

Jace schloß einen Moment die Augen. »Nellie entsprach in jeder Hinsicht der Schilderung ihres Vaters. Sie war schön und liebenswürdig, und ich konnte in ihren Augen lesen, daß so vieles in ihr steckte. Noch am gleichen

Abend wollte ich sie mitnehmen und ihr die Welt zeigen.«

»Aber ihre Familie war nicht damit einverstanden«, sagte Houston.

Jace machte ein ratloses Gesicht. »Ich verstehe sie nicht. Es scheint, als könnte ich die jüngere Schwester bekommen, wenn ich sie haben wollte; aber nicht Nellie.«

Er stand auf, und nun trat der Zorn in seine Augen. »Vor drei Tagen ging ich in Graysons Haus, um Nellie zu besuchen, und sie hatte Angst, daß ihre Familie mich mit ihr zusammen sieht. Ich mußte mich in der Speisekammer verstecken wie ein Botenjunge, der im Haus nichts zu suchen hat. Und diese . . . diese jüngere Schwester kam in die Küche und erzählte Nellie unverschämte Lügen über mich. Sie behauptete, ich hätte es nur auf das Geld ihres Vaters abgesehen — als wenn dieser Mann auch nur einen Penny besäße.«

Houston unterdrückte ein Lächeln, als sie die Eitelkeit des reichen Mannes aus ihm sprechen hörte. »Und was gedenkst du nun zu tun?«

Jace ließ die Hände sinken, und seine Schultern sackten nach unten. »Ich weiß es nicht, Nellie will mich nicht sehen. Ich habe ihr Blumen geschickt, zwei Briefe, sogar einen kleinen Hund; aber alles wurde mir ohne Erklärung wieder zurückgesandt.« Er blickte Houston an. »Gibt es etwa eine besondere Methode der Brautwerbung hier im Westen, die mir unbekannt ist? Als ich das letztemal um eine Frau warb, schickte ich ihr Blumen, wir gingen zusammen aus, und als ich sie eines Tages fragte, ob sie mich heiraten würde, sagte sie ja. Ich kann mich nicht entsinnen, daß die Brautwerbung so schrecklich kompliziert gewesen sei.«

Houston schlug mit der flachen Hand leicht auf die Sitzfläche der Bank, und Jace nahm wieder neben ihr Platz. »Seit ich mit dir über den Erntedankfestball geredet habe, bin ich mit mehreren Leuten zusammengetroffen und habe mich bei ihnen über Nellie erkundigt. Sag mal — ist Charles Grayson ein geiziger Mann?«

Jace verdrehte die Augen. »Geizig ist gar kein Ausdruck. Er könnte Scrooge noch etwas vormachen. Er bezahlt seinen Angestellten nur den Mindestlohn und zwackt ihnen für jede Minute, die sie zu spät kommen, sogar noch etwas von ihrem Lohn ab. Ich könnte es keine zwei Stunden in seinem Kontor aushalten, wenn Nellie nicht wäre. Vor drei Tagen bekam er einen Auftrag aus Denver — ich verstehe gar nicht, wie er das geschafft hat, weil er von jedem Unternehmen einen riesigen Gewinn erwartet — und feuerte zwei Frachtkutscher mit der Begründung, die anderen Kutscher würden nicht so rasch müde und könnten weitere Strecken fahren für das gleiche Geld. Er ist ein kleinlicher, knickeriger Mann, und wenn Nellie nicht seine Tochter wäre, würde und wollte ich nichts mit ihm zu tun haben.«

»Das erklärt, warum er darauf besteht, daß Nellie ihm den Haushalt führt und die Arbeit von vier Dienstboten leisten muß. Er beutet Nellie noch viel schlimmer aus als seine Angestellten und bezahlt ihr dafür so gut wie gar nichts.«

Jace schwieg einen Moment. »Grayson würde niemals einen Angestellten verlieren wollen, der hart arbeitet und keinen Lohn dafür verlangt.«

»Richtig.«

Jace lehnte sich gegen den Baum zurück. »Ich bin vermutlich so von Nellie bezaubert gewesen, daß ich mir ihre Familie nie richtig angesehen habe. Die jüngere Tochter ist ein hinterhältiges Biest. Oh, Entschuldigung.«

»Vollkommen in Ordnung, weil ich in diesem Punkt völlig deiner Meinung bin, aber sie ist ziemlich hübsch und in jüngster Zeit sogar beliebt. In den letzten Tagen wurde sie fast auf jeder Party gesehen, die in der Stadt gegeben wurde.«

»Sie ist nicht halb so hübsch wie Nellie«, erwiderte Jace lächelnd. »Nellie hat eine Art, einen Mann anzusehen . . . nun, sie gibt mir das Gefühl, als wäre mir nichts unmöglich. Seit ich sie kenne, habe ich die Rudereinrichtung für ein Segelboot entworfen. Es ist das erstemal, daß ich Skizzen gemacht habe, seit . . .« Er ließ den Rest des Satzes unausgesprochen und dachte an Julies Tod; aber zum erstenmal nicht mit einem Gefühl der Leere.

»Sie haben ihren Geist vergiftet und mich bei ihr madig gemacht«, sagte Jace leise. »Sie erzählen ihr, ich hätte unehrenhafte Absichten, und verbieten ihr dann, mich zu sehen. Ich bekomme nicht einmal die Chance, mich zu verteidigen. Wenn ich sie doch nur einmal von ihrer Familie weglocken und eine Weile mit ihr allein sein könnte. Vielleicht gelingt es mir dann, ihr zu zeigen, daß ich nicht ein so schlechter Mensch bin, wie ihre Familie mich darstellt.«

»Du kannst sie nicht entführen«, erwiderte Houston nachdenklich. »Frauen mögen das in der Regel nicht so gern.«

Jace lächelte nicht. »Diese Idee habe ich bereits verworfen. Ich hatte daran gedacht, sie auf ein Schiff zu entführen und mit ihr um die Welt zu segeln; aber Colorado liegt zu weit vom Ozean entfernt.«

Houston schluckte. »Es muß doch auch weniger drastische Maßnahmen geben, die du ergreifen könntest. Gibt es etwas, was Nellie liebt — mehr als alles andere in der Welt?«

»Kinder«, sagte Jace rasch. »Ich vermute, das ist der Grund, weshalb sie alles tut, was ihre Schwester, dieses tückische Biest, ihr anschafft. Sie sieht in Terel ihr Kind. Ich habe mich angeboten, ihr ein paar eigene Kinder zu verschaffen; aber nun bezweifle ich, daß ich eine Gelegenheit dafür bekomme.«

Houston stand von der Bank auf. »Da hast du ja deine Antwort.«

Jace blickte sie verständnislos an. »Du meinst, ich soll sie einfach schwängern?«

Sie verzog das Gesicht. »Natürlich nicht. Gib Nellie, was sie wirklich haben möchte, und sie wird zu dir kommen.«

»Ich verstehe nicht.«

»Denke darüber nach, Jocelyn«, erwiderte Houston und legte ihm dabei die Hand auf die Schulter. »Wenn du Nellie haben möchtest, wirst du wohl um sie kämpfen müssen. Wenn du sie heftig genug begehrst und hart genug um sie kämpfst, kannst du sie auch bekommen, denke ich, aber es wird keine leichte Brautwerbung werden. Nichts für schwache Nerven.«

Jace nahm Houstons Hand und küßte sie. »Du willst mir nicht bei der Überlegung helfen, was ich tun kann, um dieses Problem zu lösen?«

»Nein. Du mußt nur deine Augen offen halten und aufmerksam beobachten. Dann wirst du bestimmt darauf kommen, was getan werden muß.«

Er lächelte sie an. »ich wünschte, ich hätte dich vor Kane kennengelernt. Ich würde ihm ein verdammt hartes Rennen geliefert haben.«

Sie lächelte. »Er hatte mich bereits vorgemerkt, als ich noch ein Kind war. Ich hatte gar keine Chance, und du hättest auch keine bekommen. Und nun muß ich wieder hinein und nach meinen Kindern sehen.«

Als sie sich entfernte, rief Jace ihr noch nach: »Möchtest du nicht einen kleinen Hund haben?«

»Schick ihn zu mir«, erwiderte sie lachend.

Als Jace wieder allein war, dachte er über Houstons Worte nach. Es *mußte* einen Weg geben, Nellie zu erobern.

Nellie war in der Küche, in der eine Temperatur von mindestens fünfundvierzig Grad Celsius herrschte. Die Herdplatten glühten, und die Plätzchen für den Tee, den Terel am nächsten Tag geben wollte, garten in der Backröhre. Auf den Herdplatten waren sechs Bügeleisen aufgereiht. Nellie beugte sich über den schweren Bügeltisch und behandelte die feinen Rüschen in Terels Seidenbluse mit dem Spezialeisen.

Die Veränderungen, die sich im Hause Grayson vor einer Woche vollzogen hatten, hatten Nellies tägliches Arbeitspensum verdreifacht. Terels plötzliche Beliebtheit hatte den Bedarf an frischgewaschenen und gebügelten Kleidungsstücken schlagartig erhöht. Nellie hatte versucht, Anna zu bewegen, ihr wenigstens einen Teil der Arbeit abzunehmen; aber das dumme Mädchen hatte ein heißes Bügeleisen auf dem Rock von Terels bestem Kleid stehenlassen und es verdorben. Danach hatte Charles zu Nellie gesagt, daß sie das Bügeln lieber selbst übernehmen sollte, da er es sich nicht leisten könne, verbrannte Kleider zu ersetzen.

So versuchte Nellie also, mit Terels sich ständig vergrößernder Garderobe Schritt zu halten und die vielen Gäste zu bekochen, die nun ins Haus strömten. Terel meinte, sie könne keine Einladungen annehmen, wenn sie diese nicht erwidern dürfte.

Und während Nellie unablässig kochte, wusch und bügelte, dachte sie immer wieder an diesen herrlichen Nachmittag zurück, den sie mit Mr. Montgomery verbracht hatte. Sie dachte auch an den Tag zurück, wo er in die Küche gekommen war und sie in der Speisekammer geküßt hatte.

Sie fuhr heftig mit dem heißen Eisen über den Rock eines pinkfarbenen Brokatkleides hin. Das war also davon zu halten, wenn Männer einem den Hof machen wollten, dachte sie bei sich. Sie hatte seit dem Tag in der Speisekammer kein Wort mehr von ihm gehört. Terel erzählte oft von ihm — daß er fast auf jeder Party auftauchte und in letzter Zeit häufig in Begleitung von Olivia Truman gesehen worden sei.

»Terel hatte ihn also richtig eingeschätzt«, murmelte sie und bemühte sich, ein dankbares Gefühl für ihre Schwester in sich zu wecken, daß sie ihr diesen Mann rechtzeitig ausgeredet hatte. Doch jedesmal, wenn sie an diesen Nachmittag mit ihm dachte, wünschte ein Teil von ihr, ihn wiederzusehen. Ein Teil von ihr scherte sich einen Teufel darum, ob er es nur auf das Geld ihres Vaters abgesehen hatte oder nicht.

»Hallo.«

Nellie machte fast einen Satz über das Bügelbrett, als sie seine Stimme hörte, und ehe sie überlegte, was sie tat, schickte sie ihm ein warmes Lächeln zu. Doch dann fing sie sich rasch wieder: »Sie sollten nicht hier in der Küche sein, Mr. Montgomery«, sagte sie streng und suchte den Blick von ihm abzuwenden; aber in Wahrheit wollte sie nur seine Züge ihrem Gedächtnis einprägen.

»Ich weiß«, sagte er kleinlaut, »und ich entschuldige mich dafür. Ich bin gekommen, um Sie um Hilfe zu bitten.«

»Hilfe?« fragte sie. Denke daran, sagte sie sich, dieser Mann ist nur an dem Geld deines Vaters interessiert. Er gehört zu der schlimmsten Sorte von Gaunern. »Ich bin sicher, daß Sie eine andere Frau finden, die Ihnen zu dem verhilft, was Sie brauchen.«

»Ich brauche ein Rezept.«

Sie sah ihn groß an. »Ein Rezept?« Wozu? Um Miss Truman Plätzchen zu backen? Aber sofort rief sie sich zur Ordnung: Was dieser Mann mit dem Rezept anfangen wollte, ging sie nichts an.

Er holte ein Notizbuch und einen kurzen Bleistift aus der Brusttasche seines Jacketts. »Man sagte mir, daß Sie zu den besten Köchinnen von Chandler gehören, und deshalb dachte ich, daß Sie vielleicht wissen, wie man Biskuits zubereitet. Haben Sie etwas dagegen, wenn ich mich setze?«

»Nein, natürlich nicht.« Sie stellte das Bügeleisen auf den Herd zurück. »Wozu brauchen Sie denn ein Rezept für Biskuits?«

»Ich benötige es eben. Nun lassen Sie mal sehen. Man braucht zuerst einmal Mehl dazu; aber wieviel?«

»Wie viele Biskuits wollen Sie denn backen?« Sie baute sich jetzt neben dem Tisch auf.

»Genügend Biskuits für sechs Kinder — also wieviel Mehl?«

»Warum kann denn deren Mutter keine Biskuits backen?«

»Weil sie krank ist. Wieviel Biskuits kann ich aus fünfzig Pfund Mehl backen? Brauche ich noch etwas? Ich schütte einfach Wasser dazu, richtig?«

»Mehl und Wasser zusammengerührt ergibt Klebstoff, aber keine Biskuits.« Sie setzte sich ihm gegenüber an den Tisch.

»Oh, richtig, Klebstoff«, sagte er, sich eifrig Notizen machend. »Und ich brauche Hefe, richtig?«

»Doch nicht für Biskuits. Wessen Kinder sind es?«

»Die Kinder eines Kutschers, der früher für Ihren Vater arbeitete. Ihr Vater hat ihn gefeuert, und der arme Mann muß sechs Kinder ernähren und eine kranke Frau. Ich habe dem Vater einen Job besorgt: er bringt eine Ladung Korn nach Denver. Aber nun ist niemand im Haus, der die Kinder versorgt, und deshalb dachte ich mir, daß ich mal in seine Wohnung gehen und für die Kinder kochen sollte. Nun wieder zurück zu den Biskuits — wenn ich keine Hefe nehmen soll, was dann?«

»Sind Sie denn nicht zu Reverend Thomas in die Kirche gegangen? Er hat immer ein paar Leute an der Hand, die bereit sind, zu helfen. Eine von diesen Frauen . . .«

Er warf ihr einen traurigen Blick zu. »Ich habe daran

gedacht; aber ich fühle mich für diese Leute verantwortlich. Wenn ich nämlich nicht diesen Job bei Ihrem Vater angenommen hätte, wäre der Kutscher vermutlich nicht gefeuert worden. Ich habe nämlich Ihrem Vater bei der Kalkulation des Kostenvoranschlags geholfen, der Ihrem Vater zu dem neuen Vertrag verhalf. Nun zurück zu den Biskuits . . .«

»Warum hat mein Vater den Kutscher gefeuert?«

»Je weniger Leute er bezahlen muß, um so mehr Geld verdient er«, erwiderte Jace schlicht. »Backpulver? Was steckt denn noch so alles in einem Biskuit? Schweineschmalz? Sie wissen nicht zufällig, wie man Pfannkuchen macht, oder? Verwendet man dazu Hefe?«

Nellie stand auf. »Nein, Sie verwenden keine Hefe für Pfannkuchen, Mr. Montgomery. Ich gehe mit Ihnen.«

»Mit mir?«

»Da scheint es sechs hungrige Kinder zu geben, die Hilfe brauchen, und ich werde mit Ihnen gehen, um ihnen diese Hilfe zu geben.«

»Ich bin mir nicht sicher, ob Sie das sollten.«

»Warum nicht?« forschte sie.

»Ich fürchte, Ihrem Vater wird das nicht gefallen. Und wie steht es mit Ihrem Ruf, wenn sie zwanzig Meilen mit mir allein in einer Kutsche über Land fahren? Sie haben doch gehört, was für ein Schürzenjäger ich bin.«

»Da der Hunger dieser Kinder offensichtlich auf das Verhalten meines Vaters zurückzuführen ist, ist es auch meine Christenpflicht, ihnen zu helfen.« Sie blickte auf ihn hinunter, auf seine dunklen Haare und Augen und seine breiten Schultern. »Mein Ruf ist ohne Bedeutung, wenn ich ihn mit hungrigen Kindern vergleiche. Ich muß eben das Wagnis Ihrer Begleitung auf mich nehmen.«

Er lehnte sich auf seinem Stuhl zurück und lächelte, damit sie sein Grübchen sah. »Wir müssen eben alle zuweilen Opfer bringen.«

Nellie versuchte nicht mehr daran zu denken, daß sie noch einen Berg von Terels Kleidern bügeln mußte. Sie nahm die Plätzchen aus dem Ofen, wollte die Bleche zum Abkühlen unter das Fenster stellen, überlegte es sich dann anders und kippte alle Plätzchen in eine Segeltuchtasche. Morgen gab es eben nichts Selbstgebackenes bei Terels Tee. Und heute abend würde es ganz bestimmt ein verspätetes Dinner geben.

Sie kritzelte rasch eine Nachricht für ihren Vater auf einen Zettel, um ihm mitzuteilen, wo sie hingefahren sei, und drehte sich dann zu Jace um: »Ich bin bereit.«

Er lächelte ihr zum zweitenmal zu und lenkte sie dadurch so sehr ab, daß sie nicht bemerkte, wie er heimlich den Zettel vom Tisch nahm und in seine Tasche steckte. »Ich habe draußen einen Wagen voller Lebensmittel; also können wir sofort aufbrechen.« Ehe uns jemand sieht und wieder anhält, dachte er bei sich.

»Ist Backpulver dabei?«

»Natürlich«, sagte er, obwohl er keine Ahnung hatte, was sich eigentlich auf dem Wagen befand. Er hatte dem Inhaber der Gemischtwarenhandlung einfach gesagt, er solle den Wagen vollpacken, und sich die Ladung gar nicht angesehen.

Jace war es ein großes Vergnügen, Nellie auf den Wagen zu helfen. Und sobald sie auf dem Kutschbock Platz genommen hatte, ließ er das Zügelleder auf die Pferderücken klatschen und preschte los. So rasch wie möglich wollte er aus der Stadt heraus. Er hielt den Atem an, bis die Häuser von Chandler hinter ihm versanken und sie von offenem Land umgeben waren.

Da zog er die Zügel wieder an und ließ die Pferde im Schritt gehen. »Wie ist es Ihnen inzwischen ergangen, Nellie?«

Nellie blickte ihn an, sein hübsches Gesicht mit den kräftigen weißen Zähnen zwischen den leicht geöffneten

Lippen, die so weich und warm sein konnten, wie sie aus Erfahrung wußte. Sie schluckte. Vielleicht war ihre Entscheidung, ihn zu dieser Familie mit den hungrigen Kindern zu begleiten, doch ein wenig überstürzt gewesen. »Ganz gut«, murmelte sie und suchte etwas Abstand zwischen ihn und sich auf dem Kutschbock zu legen. Aber so, wie er das Gespann lenkte — mit gegrätschten Beinen —, konnte sie nicht verhindern, daß sich ihre Schenkel berührten.

»Wie ich hörte, werden Sie und Ihre Schwester mit Einladungen überschüttet.«

»Terel, aber nicht ich.«

Er blickte sie überrascht an. »Erst gestern fragte mich Miss Emily, warum Sie jede Einladung ablehnen, die Ihnen ins Haus geschickt wird. Die Leute in der Stadt beginnen bereits zu munkeln, Sie wären dünkelhaft und wollten sie absichtlich kränken.«

Nun war es Nellie, die ihn überrascht ansah. »Aber ich bin doch gar nicht eingeladen worden. Alle Einladungskarten waren auf Terels Namen ausgestellt.«

»Hmm«, meinte er nur und blickte auf die Pferde zurück.

»Mr. Montgomery, wollen Sie damit andeuten, daß meine Schwester mir die Einladungskarten vorenthalten hat?«

»Haben Sie die Blumen bekommen, die ich Ihnen schickte? Ich habe Ihnen in der letzten Woche jeden Tag Blumen überbringen lassen.«

»Ich habe keine Blumen bekommen«, sagte sie leise.

»Und wie steht es mit den beiden Briefen, die ich Ihnen ins Haus sandte?«

Nellie gab ihm keine Antwort.

»Und dem kleinen Hund?«

»Hund?«

»Einen niedlichen kleinen Windhund-Welpen. Er wurde mir ins Hotel zurückgebracht mit der schriftlichen Mitteilung, daß Sie keine Geschenke von mir entgegennehmen und mich nicht wiedersehen wollen. Er war ein nettes kleines Bürschchen, nicht wahr?«

»Ich habe den Welpen nie zu Gesicht bekommen«, murmelte sie.

»Entschuldigung; aber ich habe nicht verstanden, was Sie eben sagten.«

»Ich habe den Hund nicht zu Gesicht bekommen«, wiederholte Nellie etwas lauter. Konnte Terel oder ihr Vater verhindert haben, daß sie von den Geschenken und Einladungen erfuhr, die man ihr ins Haus schickte? Warum mochten sie so etwas tun? Terel hatte ihr erzählt, daß Mr. Montgomery nichts von sich hatte hören lassen. »Wie geht es Olivia Truman?«

»Wem?«

»Olivia Truman. Sie ist eine sehr hübsche Rothaarige. Ihr Vater hat einen ziemlich großen Grundbesitz vor der Stadt.«

»Ich kann mich nicht erinnern, eine Miss Truman kennengelernt zu haben.«

»Sie müssen Sie doch auf einer dieser Partys getroffen haben, die Sie in den letzten Wochen besucht haben. Auf der Gartenparty? Beim Picknick? Dem Wohltätigkeitsessen im Pfarrhaus?«

Nun begriff Jace allmählich. »Seit ich Sie in der letzten Woche in der Küche besucht habe, habe ich nur noch im Büro Ihres Vaters gearbeitet, mich über Berge von schmutzigen Akten gebeugt und die Abende im Hause meines Vetters verbracht. Houston wird Ihnen bestätigen, daß ich jeden Abend in ihrem Haus gegessen habe, und mein gesellschaftliches Leben hat darin bestanden, daß ich unzählige Male diese drei Kinder huckepack getragen habe.«

Nellie blieb eine Weile stumm. Jeden Abend hatte ihr

Terel erzählt, wo sie Mr. Montgomery begegnet sei und mit welchem Mädchen er zusammen gewesen war. Einer der beiden log, und sie wußte instinktiv, daß Terel ihr die Unwahrheit gesagt hatte. Vielleicht hatte Terel sie beschützen wollen, überlegte Nellie. Vielleicht tat sie nur, was ihrer Meinung nach am besten für ihre ältere Schwester war.

»Wie gefällt es Ihnen in Chandler, Mr. Montgomery?« fragte sie in dem Bemühen, eine höfliche Konversation in Gang zu bringen.

»Mir gefällt es sehr gut, seit Sie neben mir sitzen«, antwortete er.

Nellie wußte nicht, was sie darauf sagen sollte. War er der durchtriebene Gauner, als den ihr Vater und Terel ihn darstellten, oder war er das, was er ihr zu sein schien? Sie hatte bisher nie Grund gehabt, die Lauterkeit ihrer Familie in Zweifel zu ziehen; aber nun begann sie sich doch über einige Dinge zu wundern.

Sie befanden sich inzwischen mehrere Meilen außerhalb von Chandler und kamen gerade über die Kuppe eines Hügels, als Jace in das Tal hinunterblickte und dort den Wagen des Kutschers sah, der mit Korn beladen war und noch neben dem Blockhaus stand. Er wußte sofort, daß der Mann seinen Plan nicht verstanden hatte.

Jace hielt das Gespann an. »Nellie, ich muß Sie jetzt hierlassen. Ich fürchte, die Frau des Kutschers könnte an einer gefährlichen Krankheit leiden. Ich wäre untröstlich, wenn Sie sich anstecken würden.«

»Das ist doch lächerlich«, meinte sie, als er um den Wagen herumging, um ihr vom Kutschbock herunterzuhelfen. »Wenn Sie sich dieser Krankheit aussetzen, kann ich das auch.« Aber er wollte nicht auf sie hören, legte nur seine starken Arme um sie und hob sie vom Wagen herunter. »Mr. Montgomery, ich möchte gerne mitfahren. Ich . . .«

Er küßte sie sacht, aber ein wenig zerstreut auf den Mund. »Ich werde so rasch wie möglich zurückkommen und dich nachholen, mein Schatz. Keine Angst.«

Er sprang wieder auf den Wagen, ließ das Zügelleder auf die Pferderücken klatschen und preschte in einer Staubwolke davon.

Nellie blieb hustend zurück und blickte ihm nach. »Mein Schatz«, murmelte sie. Niemand hatte sie bisher »mein Schatz« genannt.

Als Jace die Blockhütte der Everetts erreichte, hatte er eine tüchtige Wut im Bauch. »Ich drehe ihm den Hals um«, fluchte er leise, als er die Zügel strammzog. Er sprang vom Kutschbock herunter und eilte zur Vordertür, die offenstand, um die warme Luft des Altweibersommers einzulassen.

Innen saß die ganze Familie — zwei Erwachsene und sechs Kinder — friedlich beim Mittagessen. Der Tisch bog sich unter einer Platte mit Schinken, Schüsseln mit Gemüse und Maisbrot, und auf der Anrichte stand ein Kuchen für den Nachtisch.

»Was, zum Henker, soll das bedeuten?« brüllte Jace, so daß sich alle Augen auf ihn richteten. »Entschuldigen Sie meine etwas derbe Ausdrucksweise, Ma'am«, fuhr er fort, seinen Hut abnehmend. Dann trat er in die Hütte. »Was machen Sie denn hier?«

»Ich war die ganze Nacht auf gewesen, um das Korn aufzuladen«, erwiderte Frank Everett. »Ich bin eben erst aufgestanden.«

Jace funkelte ihn wütend an. »Sie haben ihr wohl nichts gesagt, wie?«

Frank lehnte sich auf seinem Stuhl zurück. Er trug schmutzige lange Unterhosen mit Hosenträgern. Er gähnte und kratzte sich in der Achselhöhle. »Ehrlich gesagt, Mr. Montgomery, bin ich nicht sicher, ob ich das alles verstanden habe.«

Jace' Ärger verflog, und er blickte nun verlegen auf seine Stiefelkappen hinunter.

Franks Ehefrau erhob sich vom Tisch. »Wollen Sie nicht Platz nehmen und mit essen? Wir haben mehr als genug. Ich vermute, Sie sind der Mann, der Frank den Auftrag mit dem Korntransport verschaffte.«

»Ja, der bin ich.« Nun, wo er hier in der Hütte war, schien ihm sein Plan ein lächerliches Unterfangen zu sein. »Aber ich kann nicht mit Ihnen essen. Jemand wartet draußen auf mich.«

Frank wandte sich mit einem verlegenen Gesicht seiner Frau zu. »Er wollte, daß du krank bist und die Kinder Hunger haben. Dann gedachte er mit einer jungen Lady hierherzukommen und uns alle zu retten. Ich konnte mir darauf keinen Reim machen.«

Mrs. Everett runzelte die Stirn, als sie einen Moment nachdachte; dann breitete sich ein Lächeln auf ihrem Gesicht aus. »Aber natürlich, Frank! Er ist verliebt.«

Jace' Gesicht wurde feuerrot, als die älteren Kinder zu kichern anfingen.

Mrs. Everett rettete nun die Situation mit den Worten: »Ich wäre froh, wenn ich ein paar Tage ausruhen könnte, und wenn eine von den Ladys aus der Stadt uns retten möchte, kann sie das gern tun.« Sie sah ihre Kinder der Reihe nach an. »Sarah, ich habe Lissie dabei ertappt, wie sie dem ältesten von den Simons-Jungen, mit dem du gehst, schöne Augen machte. Und Frank junior, dein Bruder hat behauptet, er könnte viel besser schießen und reiten als du.«

Sofort gab es eine lautstarke Auseinandersetzung zwischen den beiden ältesten Mädchen am Tisch, während die beiden ältesten Söhne sich gar nicht erst mit Worten aufhielten, sondern mit den Fäusten übereinander herfielen. Die jüngeren Geschwister bekamen Angst und fingen an zu weinen.

Frank blickte seine Familie an — auf die Mädchen, die sich gerade an den Haaren zogen, auf seine beiden ältesten Söhne, die über den Fußboden rollten und sich gegenseitig umzubringen versuchten, auf die Babies, die so energisch schrien, daß ihre Münder größer waren als ihre Gesichter — und blickte dann auf Jace zurück. »Sind Sie *sicher*, daß Sie einer Frau den Hof machen wollten?« rief er so laut, daß er das Getöse übertönte.

Mrs. Everett schob sich an ihrem Mann vorbei. »Nun gehen Sie schon«, rief sie Jace zu, »und bringen Sie Ihre junge Lady hierher. Wir werden die bedürftigste Familie sein, die sie in ihrem Leben gesehen hat.«

Jace nickte und trat in die relativ stille, kühle Luft von Colorado hinaus. Er nahm sich viel Zeit, um den Weg zu der Stelle zurückzulegen, wo er Nellie vom Kutschbock heruntergehoben hatte. Es war ihm gar nicht wohl dabei, daß er diese Farce hatte inszenieren müssen; aber ihm war keine andere Möglichkeit eingefallen, wie er Nellie sonst von ihrer Familie weglocken könnte. Sie saß still und geduldig unter einem Baum und erwartete dort seine Rückkehr, und dann fuhren sie langsam zu zweit zu der Blockhütte hinunter.

Als sie dort anlangten, war er fast so weit, Nellie zu beichten, daß er sie belogen habe, Mrs. Everett gar nicht krank sei und die Familie keinen Hunger litt, seit er Mr. Everett einen Job als Fuhrmann besorgt hatte. Doch sobald sie die Blockhütte betraten, war er froh, daß er Nellie nicht aufgeklärt hatte. Alle sechs Kinder blickten mit tränenfeuchten Gesichtern traurig und verlassen vor sich hin. Da war nicht ein Stück Brot im Haus; Mrs. Everett, die sehr elend aussah, lag im Bett, und Frank und sein Fuhrwerk waren verschwunden.

Nellie nahm sich sofort der Lage an. Binnen weniger Minuten war der Wagen ausgeladen, brannte ein Feuer im Herd und brodelte die erste Brühe auf der Herdplatte.

Jace hatte schon in der ersten Minute ihres Kennenlernens geahnt, was in dieser Frau steckte; aber das war nur ein instinktives Gefühl gewesen und keine Tatsache, die er aus Erfahrung wußte. Doch nun, unter dem Einfluß einer Familie, die sich anscheinend in einer Notlage befand, blühte sie erst richtig auf. Hier war keine Terel, die ihr sagte, daß sie fett, alt und unansehlich sei. Auch ihr Vater war nicht zugegen, der ihr sagte, sie sollte für alles dankbar sein, was sie hatte.

In dieser Hütte waren acht Leute versammelt, die sie alle für wunderbar hielten. Denn wenn Nellie, wie sie Jace gesagt hatte, Kinder über alles liebte, dann war das nichts im Vergleich dazu, wie sehr die Kinder Nellie liebten. Binnen einer Stunde nach ihrer Ankunft in der Hütte redeten alle sechs Kinder mit ihr gleichzeitig. Das kleinste Mädchen schleppte eine Puppe herbei, die Nellie reparieren sollte, die Jungen prahlten mit ihren »Heldentaten« und die ältesten Mädchen wollten alles über die jungen Männer in der Stadt wissen. Nellie erzählte ihnen, daß Jace ein Verwandter des sehr hübschen siebzehn Jahre alten Zachary Taggert sei, und danach hatte Jace keine ruhige Sekunde mehr.

Nelly kümmerte sich auch um Mrs. Everett, brachte ihr Essen auf einem Tablett, klopfte ihre Kissen auf, und Mrs. Everett fühlte sich so wohl und gut versorgt wie nie zuvor in ihrem Leben.

Jace war ein stiller Beobachter dieses geschäftigen Treibens und half, wo er konnte. Noch nie in seinem Leben hatte er sich so heimisch gefühlt wie jetzt. Er hielt ein Kind auf seinem Schoß und sah Nellie dabei zu, wie sie den Teig für einen Kuchen ausrollte und gleichzeitig einem der Jungen bei seinen Rechenaufgaben half. Die ältesten Mädchen waren hinausgegangen, um Eier zu sammeln und die Kuh zu melken, während einer der Jungen die Pferde fütterte.

Jace sah über den Scheitel des Kindes hinweg, das auf seinem Schoß saß, und tauschte mit Nellie ein Lächeln. Dies war die Erfüllung seiner Vorstellungen vom Leben. Er hatte niemals wie sein Bruder Miles möglichst viele Frauen haben wollen. Nein, Jace wünschte sich nur ein Heim mit einer Frau und ein paar Kindern, eine Stätte der Geborgenheit und des Friedens — einen Ort, wo er wußte, daß man ihn liebte.

Nellie blickte ihn über den Tisch hinweg an, während er das blondhaarige Kind behutsam auf seinem Schoß festhielt, und wußte, daß dieser Mann sie mit keinem Wort belogen hatte. Wenn er sagte, daß er sie mochte, dann mochte er sie auch. Wenn er sagte, er wäre mit keiner anderen Frau ausgegangen, dann hatte er das auch nicht getan. Sie lächelte ihm zu, und dabei durchzuckte sie der Gedanke, daß sie ihm gern für den Rest ihres Lebens so zulächeln würde.

Nachdem Nellie so viel Essen gekocht hatte, daß es für drei Tage reichte, die beiden kleinsten Kinder gebadet und deren ältere Geschwister ins Bett gebracht hatte, war es neun Uhr abends und draußen stockdunkle Nacht.

»Ich muß jetzt zu meiner Familie zurückfahren«, sagte Nellie in der Stille, die nun in der Blockhütte herrschte. »Aber ich lasse Mrs. Everett nur ungern allein.«

Jace nahm sie bei der Hand und führte sie hinaus in die kühle, frische Luft. Sie erschauerte, als sie aus der warmen Stube hinaus ins Freie kam.

Er zog sie an seine Brust und legte die Arme um sie. »Es wird bald Winter sein. Winter mit verschneiten Fluren und Bergen und einem prasselnden Feuer im Kamin. Und . . .«

»Weihnachten«, sagte sie.

»Ich weiß, was ich mir zu Weihnachten wünsche«, sagte er, ihren Nacken mit den Lippen liebkosend.

»Jace . . .«

»Es ist nett, zu hören, daß ich für dich nicht mehr Mr. Montgomery bin.«

Sie lehnte sich an ihn. Jetzt, wo sie so dicht bei diesem Mann stand, konnte sie fast glauben, daß dieser Moment ewig dauern könne. »Ich muß nach Hause«, sagte sie, machte aber keine Anstalten, sich aus seiner Umarmung zu lösen.

»Ich habe keine Laternen am Wagen, und der Mond ist nur eine dünne Sichel. Wir werden hier übernachten müssen.« Er zog sie noch fester an sich. »Ich denke, das kannst du ruhig wagen, wo so viele Personen im Haus über deine Tugend wachen.«

Sie drehte sich in seinen Armen zu ihm um. »Ich bin mir gar nicht so sicher, daß ich meine Tugend so streng bewacht haben möchte.«

Sie spürte, wie er heftig den Atem einsog und sie dann küßte — lang und innig und voller Liebe —, damit sie merkte, wie sein Gefühl für sie von Tag zu Tag größer wurde.

Von der Veranda drang ein leises Kichern zu ihnen.

»Wir haben Zuschauer«, flüsterte er, während er sacht an ihrem Ohrläppchen knabberte.

»Scheint so.« Sie mochte ihn nicht gern loslassen; aber das Kichern wiederholte sich, und so löste er seine Arme von ihrem Rücken, nahm sie wieder bei der Hand und ging mit ihr zur Hütte. Sie hörten, wie die Kinder vor ihnen schnell zurück in das Innere der Blockhütte huschten.

»Wenn sich unsere Kinder so benehmen, werde ich ihnen den Hintern versohlen.«

Nellie lachte. »Ich kann mir nicht vorstellen, daß du jemanden schlägst — schon gar nicht ein Kind.«

»Vielleicht tue ich das nicht. Vielleicht werde ich nur unser Schlafzimmer an das eine Ende unseres Hauses verlegen und die Kinderzimmer an das andere.«

Erst viel später, als Nellie sich zwischen den Mädchen ins Kissen legte, wurde ihr bewußt, daß sie so geredet hatten, als wäre ihre Heirat bereits eine beschlossene Sache. Sie schlief mit einem Lächeln auf den Lippen ein.

Kapitel 7

Als Nellie am nächsten Morgen aufwachte, lächelte sie noch immer. Es gab eine Menge zu tun, wenn sie das Frühstück für sechs Kinder und drei Erwachsene zubereiten mußte, aber sie liebte den Trubel und ließ sich die Arbeit gern gefallen. Die Kinder kamen rasch dahinter, daß Jace kein strenger »Familienvater« war und erfanden allerlei Ausreden, um sich vor den Arbeiten, die sie im Hof und Stall zu verrichten hatten, zu drücken. Erst als die ungemelkte Kuh zu blöken anfing, das Holz für den Herd ausgegangen und kein Wasser für den Kessel mehr vorhanden war, blies Nellie den Kindern den Marsch.

Jace neckte sie deswegen, löste die Schleife ihrer Schürzenbänder und lud sie zu einem Spiel mit ihm und den Kindern ein. Die älteren Jungen schafften Heuballen auf das Dach der Scheune und machten daraus eine Rutsche. Nach vielem Scherzen und Lachen konnten Jace und die Kinder Nellie zu einer Beteiligung an ihrer Rutschpartie überreden. Jace setzte sich hinter sie, streckte die Beine neben den ihren aus, und so rutschten sie beide vom Dach herunter und landeten in einem Haufen aus Stroh und Unterröcken. Jace versuchte ihr beim Aufstehen zu helfen; aber seine Hände schienen überall zugleich zu sein, und als er sie kitzelte, mußte sie so heftig lachen, daß sie wieder ins Stroh zurückfiel und die Kinder jauchzend über ihr und Jace in die Spreu purzelten.

Als sie aus dem Stroh auftauchte, um Luft zu holen, erkannte sie zunächst den Sheriff gar nicht, der sich über sie beugte.

»Hallo«, brachte sie endlich über die Lippen, während sie sich einen Strohhalm aus den Haaren klaubte und mit der anderen Hand eines der Kinder auf die Beine stellte.

»Nellie«, sagte der Sheriff, »hast du gewußt, daß ganz Chandler nach dir sucht? Es geht das Gerücht um, daß man dich entführt oder dir sogar noch Schlimmeres angetan hätte.«

Nellie saß im Stroh und blickte den Mann verwirrt an. »Aber ich habe doch eine Nachricht hinterlassen, wo ich bin«, stammelte sie und drehte den Kopf zur Seite, um Jace anzublicken, der neben ihr halb vergraben im Stroh lag. Er blickte von ihr weg, und da wußte sie, daß er den Zettel mit der Nachricht heimlich vom Küchentisch entfernt hatte.

»Du solltest jetzt am besten mit mir kommen, Nellie«, sagte der Sheriff, »damit du die Leute davon überzeugen kannst, daß dir nichts passiert ist.«

»Nellie«, sagte Jace, ihr die Hand auf die Schultern legend, »ich komme mit. Ich werde den Leuten erklären, daß es meine Schuld ist, wenn man dich vermißt hat.«

»Mach das lieber nicht«, flüsterte sie. Sie wußte, was sie zu Hause erwartete: Der Zorn ihres Vaters, Terels Tränen und die Gewissensbisse, die sie bei ihr weckten, weil sie den beiden so viel Kummer bereitet hatte. »Ich muß das allein mit ihnen abmachen. Auch kannst du die Kinder hier nicht alleinlassen, solange Mrs. Everett noch krank ist.«

Jace begleitete sie zum Einspänner des Sheriffs, und als sie sich anschickte, auf den Wagensitz zu klettern, drehte er sich noch einmal zu ihr um. »Nellie, laß dich nicht von ihnen zu sehr maßregeln. Ich werde noch heute abend deinen Vater aufsuchen und ihm alles erklären.«

»Nein«, sagte sie rasch, »das könnte dich deinen Job kosten.«

Er lächelte ihr zu. »Mach du dir meines Jobs wegen keine Sorgen.« Vor allen Leuten nahm er sie jetzt in die Arme und küßte sie. »Ich muß morgen geschäftlich nach Denver fahren; aber an dem Tag, wo der Erntedankfestball stattfindet, bin ich wieder zurück. Dann sehe ich dich wieder.« Er küßte sie abermals. »Hebe jeden Tanz für mich auf, ja?«

Sie nickte ihm zu, ließ ihn nur widerstrebend los, und er half ihr in die Kutsche.

»Passen Sie ja gut auf mein Mädchen auf, Sheriff«, rief Jace, als der Einspänner sich in Bewegung setzte.

Nellie drehte sich auf der Sitzbank um und winkte Jace, den Kindern und Mrs. Everett zu, die im Nachthemd auf die Veranda hinausgekommen war. Sie wischte sich eine Träne aus den Augen und blickte dann auf die Straße vor sich.

Die Begrüßung zu Hause war schlimmer, als sie sich das vorgestellt hatte. Sie hatte ihren Vater noch nie so wütend erlebt.

»Du hättest tot sein können«, brüllte er. »Deine Schwester und ich — ja, halb Chandler waren die ganze Nacht hindurch auf den Beinen und suchten überall nach dir. Wir waren krank vor Sorge, während du . . . du . . .« Er war zu zornig, um den Satz beenden zu können.

Terel hatte da weniger Probleme. Sie weinte in ihr Spitzentaschentuch. »Du hast mich zum Gespött von Chandler gemacht. Meine Schwester treibt sich mit diesem Mann herum und kommt abends nicht nach Hause. Wo hast du die Nacht verbracht? Bei ihm?«

Bei jedem Wort, das die beiden sprachen, wuchsen Nellies Schuldgefühle. Wenn ihre Schwester oder ihr Vater ohne eine Nachricht von zu Hause weggeblieben wären, wäre sie auch todkrank gewesen vor Sorge. Ein Teil von ihr war froh darüber, daß Jace den Zettel vernichtet hatte, weil sie sonst nicht diese himmlischen vierundzwanzig Stunden erlebt hätte, an die sie sich bis zu ihrem Lebensende erinnern würde. Ein anderer Teil in ihr war sehr bekümmert darüber, daß sie ihrer Familie so viel Ungemach bereitet hatte.

»Ich glaube nicht, daß du noch etwas für uns übrig hast«, schluchzte Terel. »Es ist dir egal, ob wir deinetwegen leiden müssen.«

»Es ist mir ganz und gar nicht egal«, erwiderte Nellie zerknirscht.

»Aber wie kann man verhindern, daß so etwas noch einmal passiert? Mir scheint, dieser Mr. Montgomery braucht nur einen Finger zu krümmen, und schon kommst du zu ihm gerannt.«

»So ist es nicht«, erwiderte Nellie, wußte aber, daß ihre Schwester recht hatte. Wenn Jace sie noch einmal aufforderte, mit ihm wegzugehen, würde sie das vermutlich tun. »Es tut mir leid, wenn ich dir Kummer gemacht habe. Es tut mir ehrlich leid.« Ihr kamen jetzt auch die Tränen. Sie hatte sich tatsächlich sehr rücksichtslos ihrer Familie gegenüber verhalten. »Ich wünschte . . .«

»Was wünschst du dir?« fragte ihr Vater streng.

»Ich wünsche mir, daß ihr beide von mir bekommt, was ihr von mir verlangt«, sagte sie und rannte schluchzend aus dem Zimmer.

Terel und Charles starrten ihr nach. In einer Sache waren die beiden sich einig: Was sie von Nellie verlangten, war, daß sie ihrer Bequemlichkeit nicht im Wege stand. Tatsächlich hatten sie sich beide keine großen Sorgen um Nellie gemacht, sondern waren nur darüber wütend gewesen, daß sie auf ihre Bedienung hatten verzichten müssen. Denn Charles hatte gestern abend nichts Warmes zu essen bekommen, und Terel hatte einen Teil ihrer Kleider ungebügelt vorgefunden, als sie nach Hause kam. Und heute mußte sie ihre Einladung zum Tee absagen, weil Nellie nicht zu Hause geblieben war, um die Kuchen und Plätzchen für die Gäste zu backen.

»Das ist ein Wunsch, der hoffentlich in Erfüllung geht«, murmelte Charles.

Terel war auf dem Weg zu ihrer Schneiderin in der Coal Avenue. Sie brauchte nur noch einmal ihr Ballkleid anzuprobieren, und dann würde es fertig sein. Sie hatte viel zu viel Geld für dieses Kleid ausgegeben; aber sie machte sich jetzt noch keine Sorgen, wie wütend ihr Vater sein würde, wenn er die Rechnung dafür bekam. Sie freute sich vielmehr auf das Kleid. Es war mit über hundert pinkfarbenen Rosen auf Rock und Mieder bestickt. Die kurzen Ärmel waren mit mehreren Lagen Spitzen versehen, und der gefältete Überrock aus pinkfarbener Seidencharmeuse war mit einem Rock aus Spitzen unterlegt.

Sie mußte schon jetzt bei dem Gedanken lächeln, was für ein Aufsehen sie bei den Taggerts erregen würde, wenn sie in diesem Kleid im Ballsaal Einzug hielt. Tatsächlich hatte sie in vielerlei Hinsicht Grund zum Lächeln. Einmal darüber, daß sie zu ihrer Überraschung doch noch eine Einladung zum Erntedankfest erhalten hatte. Sie war überzeugt gewesen, daß sie nach diesem Techtelmechtel mit den beiden Jünglingen auf dem Ball im vergangenen Jahr für immer von der Gästeliste der Taggerts gestrichen worden sei. Aber Terel vermutete, daß sie inzwischen so beliebt war in Chandler, daß es sich die Taggerts einfach nicht leisten konnten, sie zu übergehen. Zweitens war Nellie in den letzten vier Tagen die reine Freude gewesen. Noch nie hatte der Haushalt so reibungslos funktioniert wie jetzt. Die Mahlzeiten waren nicht nur auf die Sekunde pünktlich auf den Tisch gekommen, sondern hatten auch noch nie so gut geschmeckt. Und Terels Kleider hingen alle tadellos gebügelt in ihrem Kleiderschrank.

Über Nellies unentschuldigtes Fernbleiben von zu Hause war kein Wort mehr verloren worden, und von Mr. Montgomery hatten sie inzwischen auch nichts mehr gehört oder gesehen. Nachdem es wochenlang dieses Mannes wegen Pannen und Aufregungen im Haus gegeben hatte, schien der Haushalt der Graysons wieder in den Normalzustand zurückgekehrt zu sein. Nur in zweierlei hatte sich die Situation der Familie Grayson dauerhaft verändert: Terel war zweifellos die am heftigsten umschwärmte junge Dame von Chandler und konnte unmöglich alle Einladungen wahrnehmen, die ihr ins Haus geschickt wurden. Und das Geschäft ihres Vaters schien besser zu gehen als je zuvor.

Als Terel eine Stunde später vor dem Spiegel im Anprobezimmer ihrer Schneiderin stand, betrachtete sie sich in ihrem neuen Ballkleid und lächelte zufrieden. Da schien kein einziges Wölkchen mehr den blauen Himmel zu trüben.

»Ja, es sitzt perfekt«, sagte Terel. »Schicken Sie es zu mir nach Hause.«

Die Schneiderin war glücklich, daß sie Terel endlich hatte zufriedenstellen können. Die vielen Rosen, die sie auf das Kleid sticken mußte, hatten sie viel Arbeit gekostet. »Soll ich Nellies Kleid gleich mitschicken?«

Terel hörte auf, Pirouetten vor dem Spiegel zu drehen. »Nellies . . . was?«

»Nellies Kleid für den Erntedankfestball. Soll ich Nellies Kleid mit Ihrem zusammen zustellen, oder will sie zu einer letzten Anprobe hierherkommen?«

Terel war so beschäftigt gewesen in den letzten Tagen, daß sie ganz vergessen hatte, daß Nellie ebenfalls zu den geladenen Gästen gehörte.

»Lassen Sie mich das Kleid mal sehen«, flüsterte Terel.

»Aber gern«, meinte die Schneiderin lächelnd und trat hinter den Vorhang ihres Arbeitsraumes. »Ich bin sehr stolz darauf. Ich halte es für eines meiner besten Kreationen. Ich wußte gar nicht, daß Nellie einen so ausgezeichneten Geschmack hat, was Kleider betrifft. Aber die ganze Stadt redet ja inzwischen davon, daß es so vieles gäbe, was man bisher an Nellie gar nicht bemerkt hätte. Ich zum Beispiel habe nie gewußt, daß sie eine Schönheit ist.«

Die Schneiderin kam wieder hinter dem Vorhang hervor, ein eisblaues Satinkleid über den Arm gehängt. »Nellie sieht wunderbar aus in diesem Kleid — einfach wundervoll.«

Das Kleid war sehr schlicht, tief ausgeschnitten und schulterfrei, und Terel sah sofort, daß Nellie tatsächlich sehr gut in diesem Kleid aussehen mußte.

Die Schneiderin blickte betroffen in Terels bekümmertes Gesicht. »Habe ich etwas Falsches gesagt? Vielleicht wollte Nellie, daß ihr Ballbesuch eine Überraschung sein sollte, und nun habe ich ihr diese Freude verdorben.«

»Ja«, erwiderte Terel, die versuchte, ihre Fassung wiederzufinden, »ich glaube, das sollte wohl tatsächlich eine Überraschung werden. Ich hoffte zwar sehr, daß Nellie diesen Ball besuchen könne, war mir aber nicht sicher, ob sie die Zeit dafür findet.«

»Nellie hat mir etwas Ähnliches angedeutet. Tatsächlich war es eine sehr eigenartige Begründung, wie ich meine. Sie sagte, weil Sie und Ihr Vater an diesem Abend nicht zu Hause sein würden, wäre es Ihrem und dem Wohlbefinden Ihres Vaters nicht abträglich, wenn sie zum Ball ginge. War das nicht eine seltsame Erklärung für einen Ballbesuch? Daß er Ihrem Wohlbefinden nicht abträglich ist?«

Terel drehte sich von Nellies herrlichem Ballkleid weg. »Vielleicht sollten Sie doch lieber beide Kleider getrennt zustellen, damit ich auch *geziemend* überrascht bin, wenn ich es sehe.«

»Ja, natürlich. Das ist eine gute Idee.«

Später, als Terel wieder auf der Straße war, wußte sie, was sie unternehmen würde. Sie machte einen Umweg und kaufte in einem Kaufhaus einen großen Sack Murmeln.

Nellie glättete das Ballkleid, nachdem sie es auf dem Bett ausgebreitet hatte. Als sie mit den Fingerspitzen über die Seide hinstrich, wurde sie von einem erregenden, erwartungsvollen Gefühl ergriffen. Sie wußte, daß dieser Abend etwas ganz Besonderes sein würde. Einen Moment lang schloß sie die Augen und sah sich mit Jace einen Walzer tanzen.

Ein Klopfen an der Tür holte sie in die Gegenwart zurück. Ihr erster Gedanke war, das Kleid zu verstecken, aber Terel kam schon ins Zimmer, ehe Nellie ihren Vorsatz ausführen konnte.

»Nellie, ich wundere mich . . .« begann Terel und sah dann das Kleid. »Wie schön . . . unglaublich schön.« Sie blickte Nellie überrascht an. »Ich habe vollkommen vergessen, daß du heute abend ebenfalls zum Ball gehen willst.«

Nellie spürte, wie ihr das Blut ins Gesicht schoß. »Mr. Montgomery hat mich eingeladen, und da Vater und du heute abend nicht zu Hause sein werdet, dachte ich, es könnte nicht schaden, wenn ich auch hinginge. Ich werde bestimmt nicht den ganzen Abend ausbleiben . . .« Sie spürte, wie ihre Hoffnung auf diesen Abend sank, als sie den Ärger auf Terels Gesicht sah.

»Nellie, du benimmst dich, als wären Vater und ich Unmenschen — ja, schlimmer noch, Gefängniswärter. Ich laß mich nicht gern als Monster bezeichnen.«

»Nein, natürlich nicht. Es war nicht meine Absicht, dich zu kränken. Ich wollte nur verhindern, daß dein . . . dein Wohlbefinden leidet. Ich muß nicht auf diesen Ball gehen. Ich . . .«

Terel kam zwei Schritte ins Zimmer hinein und küßte Nellie auf die Wange. »Wie dumm du doch bist. Mein Wohlbefinden, wahrhaftig! Mir geht es darum, daß du dich wohlfühlst!« Sie hob das Kleid vom Bett. »Das ist wunderschön, und wenn du das trägst, wirst du ebenfalls schön aussehen. Oh, Nellie, wir werden die beiden hübschesten Mädchen auf diesem Ball sein.«

Nellie lächelte. »Glaubst du das wirklich?«

»Ich bin davon überzeugt.« Terel hielt das Kleid ins Licht. »Das ist ein unglaublich guter Seidenstoff, und die Farbe muß dir perfekt stehen. Hast du den Stoff selbst ausgesucht?«

»Ja«, erwiderte Nellie, jetzt schon viel beruhigter. Sie fragte sich, warum sie solche Angst gehabt hatte. Sie hatte ihre Besuche bei der Schneiderin absichtlich vor Terel geheimgehalten und ihr auch verschwiegen, daß sie zum Ball gehen wollte.

Vorsichtig, damit sie den Stoff nicht zerknitterte, legte Terel sich das Kleid über den Arm. »Wir müssen uns gemeinsam anziehen. Ich helfe dir bei der Frisur und — Nellie, mein Opalhalsband müßte perfekt zu diesem Kleid passen. Komm«, sagte sie, als sie bei der Tür war. »Bleib doch nicht mitten im Zimmer stehen. Wir haben viel zu tun. Morgen wird die ganze Stadt von den beiden Grayson-Schwestern reden.«

Nellie freute sich so sehr über Terels Worte, daß sie fast geheult hätte. Was, in aller Welt, hatte sie eigentlich befürchtet? Lächelnd folgte sie Terel aus dem Zimmer.

Drei Stunden später stand Nellie vor dem bodenlangen Spiegel in Terels Zimmer. Ihr Kleid sah sogar noch besser aus, als sie erhofft hatte, und das Opalhalsband paßte perfekt dazu. Ihr Haar war an einer Seite etwas voller als an der anderen, und die Locken über ihrer Stirn waren ein wenig versengt und sahen ein bißchen komisch aus. Aber Terel hatte zugegeben, daß sie mit der Brennschere nicht besonders gut umgehen konnte. Nellie focht das nicht weiter an. Zum erstenmal glaubte Nellie, als sie ihr Spiegelbild betrachtete, daß sie hübsch aussähe, und zu diesem Gefühl, daß sie gut aussah, kam noch die Wärme, die sie in sich spürte, nachdem sie drei angenehme Stunden mit ihrer Schwester verbracht hatte. Heute nachmittag war es ihr tatsächlich so vorgekommen, als wenn sie Schwestern wären und nicht, wie sie das sonst häufig so empfand, Mutter und Tochter. Sie hatten sich gegenseitig die Haare gerichtet, die Korsettschnüre festgezogen und einer dem Ballkleid des anderen reichlich Bewunderung gezollt.

»Du wirst wohl in Zukunft die Kleiderstoffe für mich aussuchen müssen«, sagte Terel, während sie Nellie in ihrem kühlblauen Ballkleid betrachtete. »Vielleicht hättest du für mich ein anderes Kleid gewählt.«

Nellie schwindelte fast der Kopf vor Freude auf den kommenden Ballabend, und da sie sich zum erstenmal in ihrem Leben nicht alt und verschroben vorkam, sagte sie, ohne erst zu überlegen: »Weniger Rosen und nicht dieses Pink.«

Terel hörte auf zu lächeln. »Oh?«

Nellies Freude bekam sofort einen Dämpfer. »Es tut mir leid. Ich hatte das nicht so gemeint. Ich wollte damit nur sagen . . .« Ihr fiel nicht ein, was sie angeblich hatte sagen wollen.

Terel lächelte wieder und setzte sich an ihren Frisiertisch. »Vielleicht hast du recht. Das nächstemal solltest du wirklich das Kleid für mich aussuchen. Oh, schau nur, wieviel Uhr es schon ist! Die Männer können jeden Augenblick hier sein.«

Nellies Atem ging schneller bei dem Gedanken an ein Wiedersehen mit Jace.

»Oh, Himmel«, sagte Terel, »das ist mir doch schon wieder passiert, daß ich den Deckel nicht auf das Tintenglas geschraubt habe. Ich habe so viel Danksagungen für die Einladungskarten schreiben müssen, daß ich das Glas zu verschließen vergaß. Nellie, würdest du mir bitte das Glas hierherbringen? Aber sei vorsichtig, damit du die Tinte nicht verschüttest.«

Immer noch mit den Gedanken bei Jace weilend, ging Nellie lächelnd zum Tisch neben dem Bett und nahm dort die Flasche mit indischer Tinte hoch. Sie bemerkte nicht, wie Terel heimlich den Sack mit den Murmeln öffnete und diese über den Boden rollen ließ. Mit einem Hustenanfall übertönte sie das Geräusch der rollenden Glaskugeln. Nellie rannte besorgt zu ihrer Schwester. Sie hatte noch keine drei Schritte gemacht, als sie auf eine Glasmurmel trat und stolperte, dann seitlich gegen Terels Bett stürzte.

»Nellie!« rief Terel. »Schau dich nur an!«

Entsetzt blickte Nellie auf ihr schönes Gewand hinunter, auf die Tinte, die sich nun in dem hellblauen Seidenstoff ausbreitete. Das Kleid war unwiderruflich ruiniert.

»Zieh es rasch aus. Wir werden die Tinte auswaschen und . . .«

»Es ist verdorben«, flüsterte Nellie, stand auf und bückte sich dann nach einer Glasmurmel.

»Wo kommen die denn her?« fragte Terel.

»Sie lagen auf dem Boden«, sagte Nellie, zwei Murmeln aufhebend.

Terel schlug sich entsetzt mit der Hand auf den Mund. »Oh, nein, Nellie — bist du etwa darauf ausgerutscht? Ich habe die Murmeln für die Kinder der Taggerts gekauft. Ich dachte, wenn ich ihnen die Murmeln schenke, würden mir die Taggerts vielleicht verzeihen, daß sich diese beiden Jungen auf dem letzten Ball meinetwegen geprügelt haben. Ich hätte nie gedacht . . .«

Terel sagte noch eine Menge mehr; aber Nellie hörte ihr nicht zu. Ein Teil von ihr sagte, sie hätte es eigentlich wissen müssen, daß etwas passieren würde, was ihr den Abend verdarb. Sie hatte sich viel zu sehr auf diesen Ball gefreut, und deshalb durfte er ihr gar nicht vergönnt werden. Ein anderer Teil von ihr war empört. Wie hatte Terel ihr nur so etwas antun können?

»Es war ein Unfall«, murmelte sie zu sich selbst.

»*Natürlich* war es ein Unfall«, sagte Terel ungehalten. »Du glaubst doch nicht etwa, daß ich . . . daß ich . . . daß ich es fertigbringen würde, dir . . .« Sie schlug die Hände vors Gesicht. »Nellie, wie kannst du mich nur so hassen, daß du auf den Gedanken kommst, ich könnte dein Kleid absichtlich ruiniert haben? *Warum* sollte ich so etwas denn tun?«

Nellies Ärger verflog, als sie Terel umarmte. »Es tut mir leid. Natürlich war es ein Unfall. Natürlich würdest du so etwas nie mit Absicht getan haben.« Sie blickte auf ihr Kleid hinunter. Nun würde sie nicht auf den Ball gehen können, weil sie kein Kleid mehr besaß, das auch nur im entferntesten geeignet gewesen wäre für einen Festball.

Terel drückte Nellie von sich weg. »Wir müssen uns beeilen und etwas für dich finden, das du heute abend tragen kannst. Die Männer werden bald hier sein.«

»Ich habe nichts anderes, was ich anziehen könnte«, sagte Nellie müde.

»Dann wirst du eben eines von meinen Kleidern tragen müssen. Du kannst mein grünes anziehen. Die Farbe würde dir stehen.«

Nellie suchte ihre Würde zu bewahren. »Ich könnte unmöglich eines von deinen Kleidern tragen. Ich bin zu . . . ich habe eine andere Größe als du.«

»Oh«, sagte Terel, Nellie von Kopf bis Fuß betrachtend, »ich glaube, daß es nicht einmal passen würde, wenn ich die Säume herausließe. Dann müssen wir uns eben ein Kleid leihen. Überlege mal, wer in der Stadt deine Größe haben könnte.«

»Niemand hat meine Größe«, erwiderte Nellie, mit den Tränen kämpfend. »Niemand.«

»Mrs. Hutchinson«, meinte Terel nachdenklich. »Ja, genau das ist es. Wir werden zu Mrs. Hutchinson gehen und . . .«

Mrs. Hutchinson war eine schreckliche alte Frau, die am Rand der Stadt wohnte. Sie mußte mindestens dreihundert Pfund wiegen, kleidete sich wie ein Mann und roch wie die Schweine, die sie züchtete. Man munkelte, daß sie in ihren jungen Jahren eine Maultiertreiberin gewesen sei.

»Nein«, sagte Terel. »Mrs. Hutchinson würde bestimmt kein Ballkleid besitzen. Aber wer in der Stadt könnte noch deine Größe haben?«

Die Muskeln in Nellies Hals arbeiteten heftig, als sie sich nach Kräften bemühte, nicht loszuheulen. War sie wirklich so fett wie Mrs. Hutchinson?

Terel drückte ihre Schultern nach hinten. »Ich werde nicht zum Ball gehen. Wenn meine Schwester nicht gehen kann, gehe ich auch nicht.«

Nellie wischte sich mit dem Handrücken die Tränen aus den Augen. »Das ist lächerlich. Natürlich wirst du auf den Ball gehen.«

Terel begann die Murmeln vom Boden aufzuheben. »Nein, das werde ich nicht. Was für eine Schwester würde ich wohl sein, wenn ich dich hier allein zu Hause ließe, und außerdem war es ja meine Tinte, die dir das Kleid verdorben hat. Und ich habe auch die Murmeln gekauft. Und es war mein Hustenanfall gewesen, der sie vom Tisch geworfen hat. Ich hätte nicht husten dürfen. Ich verstehe gar nicht, warum ich in letzter Zeit so oft husten muß. Ich sollte unbedingt zu Dr. Westfield gehen und mich untersuchen lassen. Wahrscheinlich hätte er mir verboten, zum Ball zu gehen, und mir Ruhe verordnet. Wir werden hinuntergehen in die Küche und Plätzchen backen, die du dann ganz allein aufessen kannst. Ja, Nellie, das werden wir tun. Willst du mir jetzt aus meinem Kleid helfen? Du fandest es ja ohnehin häßlich, und warum soll ich es da noch . . .«

Terels Bemerkung lenkte Nellie nun von ihrem Kummer ab. »Dein Kleid ist schön, und du bist schön, und du *mußt* unbedingt auf den Ball gehen.«

Nellie brauchte eine Dreiviertelstunde, um Terel zu überreden, ohne sie auf den Ball zu gehen. Ihr Kavalier traf ein und mußte eine halbe Stunde unten im Salon warten, während Nellie Terel zu überreden versuchte, daß sie ohne sie zum Ball gehen müsse. Und endlich verließ Terel mit ihrem Begleiter in einem Wirbel aus Rosen, Spitzen und pinkfarbener Seide das Haus, und Nellie schloß die Tür hinter den beiden.

Sie trug immer noch ihr blaues Ballkleid, und der Tintenfleck reichte nun fast über den ganzen Rock. Der Hunger überfiel sie — ein mächtiger, nagender Hunger. Sie schob sich von der Haustüre weg und wollte sich gerade auf den Weg in die Küche machen, als ein Klopfen an der Haustür sie wieder zum Umkehren zwang. Sie öffnete die Haustür und sah Jace vor sich stehen. Er trug einen dunklen Abendanzug und sah so hübsch aus wie ein Märchenprinz.

»Es tut mir leid, daß ich mich verspätet habe«, sagte er. »Aber da standen drei Kühe auf den Geleisen, und deshalb hatte der Zug Verspätung. Und — Nellie, was hast du denn?«

Noch während er das sagte, zog er sie schon in seine Arme, und die Tränen, die sie stundenlang zurückgehalten hatte, strömten nun mit Macht. Jace konnte kaum verstehen, was sie ihm erzählte. Er zog ihren Kopf von seiner Schulter weg und hob mit dem Finger ihr Kinn an. »Was soll das heißen, daß du nicht mit mir zum Ball gehen kannst?«

»Mein Kleid ist ruiniert.«

Er trat einen Schritt zurück, um ihren Rock zu betrachten. »Hatte deine kleine Schwester wieder einmal ihre Hand dabei im Spiel?«

»Terel hatte keine Schuld. Sie mußte husten, und dabei rollten die Murmeln auf den Boden, und ich . . .«

»Ja, ja, ich verstehe.« Er zog sein Taschentuch hervor und wischte damit Nellie die Tränen aus den Augen. »Und jetzt schneuzt du dir die Nase, mein Herzblatt, weil ich eine Überraschung für dich habe.« Er trat zur Seite und gab damit den Blick auf zwei Leute frei, die hinter ihm gestanden hatten — einen Mann und eine Frau. Der Mann war mit Schachteln beladen, und die Frau trug eine kleine Ledertasche bei sich. Nellie blickte Jace fragend an.

»Das ist Houstons Zofe, und sie ist mitgekommen, um deine Haare zu richten.« Er betrachtete die Locken auf Nellies Stirn. »Hat Terel dir die Haare verbrannt?«

»Sie tat es nicht aus Absicht. Sie ist nur etwas ungeschickt mit . . .«

»Und der Mann hat ein paar Kleidungsstücke für dich mitgebracht«, fiel Jace ihr ins Wort.

»Kleidungsstücke? Ich verstehe nicht . . .«

»Geh nach oben und laß dich von Elsie ankleiden. Ich kann dir später alles erklären. Deine Schwester ist doch schon aus dem Haus, nicht wahr? Ich möchte keine Tinte auf diesem Kleid haben, und ich will auch nicht, daß sie dir die Haare vom Kopf sengt.«

»Terel hat mir nicht . . .«

»Hinauf mit dir!« befahl Jace, und Nellie drehte sich gehorsam um und eilte die Treppe in den Oberstock hinauf, gefolgt von den beiden Dienstboten.

Houstons Zofe arbeitete rasch und geschickt und hatte eine ausgezeichnete Hand für Frisuren. »So ein wunderschönes, dichtes Haar«, sagte sie immer wieder, während sie die Locken aufdrehte und mit Nadeln feststeckte. »Und was für eine makellose Haut!«

Nellie spürte, wie sie bei den Komplimenten der Frau errötete. Aber als sie dann das Kleid sah, war sie sprachlos.

»Wir müssen Ihnen das verdorbene Kleid ausziehen und . . .«

»Das kann ich doch unmöglich tragen«, hauchte Nellie. »Das ist viel zu schön für mich.«

Das Kleid bestand aus einem wundervollen silbernen Seidensatin, und der Rock war über und über mit Zuchtperlen bestickt. Das tief ausgeschnittene Oberteil hatte Ärmel aus silberfarbenen Spitzen. Es war das kostbarste und schönste Kleid, das Nellie jemals in ihrem Leben gesehen hatte.

Houstons Zofe ließ sich von Nellies Bedenken nicht irritieren. Binnen wenigen Minuten hatte sie Nellie aus dem verdorbenen Kleid herausgeholfen und sie in das silberfarbene gesteckt. Nellie stand vor dem Spiegel und betrachtete sich im Glas. Sie mochte nicht glauben, daß der Spiegel sie selbst zeigte.

»Und nun zum Schmuck«, sagte Elsie. Sie legte Nellie ein Kollier mit drei Reihen von Diamanten um, befestigte noch zwei große Solitär-Diamanten an Nellies Ohrläppchen und steckte ihr dann ein Diamantdiadem ins Haar.

»Bin ich das?« flüsterte Nellie vor dem Spiegel.

»Hinreißend«, sagte Elsie lächelnd. »Sie werden das schönste Mädchen auf dem Ball sein.«

Nellie blickte vom Spiegel fort. »Ich bin kein junges Mädchen mehr, und nicht schlank genug, um schön zu sein.«

»Mr. Montgomery hat aber an Ihrer Figur offenbar nicht das geringste auszusetzen.«

»Wirklich nicht?« meinte Nellie erstaunt und blickte wieder in den Spiegel. Heute abend mochte sie selbst fast glauben, daß sie keine alte Jungfer war — keine dicke Frau, die ihre besten Jahre schon hinter sich hatte.

»Nun scheinen Sie sich selbst ein bißchen zu gefallen, wie?« sagte Elsie lachend. »Ich hoffe, Sie verleben einen wunderbaren Abend.«

»Das hoffe ich auch«, flüsterte Nellie und lächelte, als sie an Terel dachte. Nun brauchte Terel nicht mehr unglücklich zu sein über dieses Mißgeschick mit dem Tintenfaß.

Wenn Nellie noch irgendwelche Zweifel hegte, so verflogen sie sofort, als sie nach unten ging und Jace ihr in der Halle entgegenkam. Zum erstenmal in ihrem Leben erfuhr Nellie, wie schön sich eine Frau fühlen kann, wenn ihre Schönheit sich in den Augen eines Mannes spiegelt. Jace blickte sie fast ehrfürchtig an, und Nellie spürte, wie sie sich verwandelte. Sie schwebte förmlich die letzten Stufen hinunter und sonnte sich in Jace' Bewunderung.

»Sind diese Blumen für mich?« fragte sie, als sie vor ihm stand. Er war zu keiner Antwort fähig, sah sie nur unverwandt an.

Nellie lachte und nahm ihm dann die Blumen aus der Hand, während Elsie ein Nerzcape um Nellies Schultern legte.

»Nun geht«, sagte Elsie und trieb die beiden durch die Tür ins Freie.

Auf der Fahrt zu Taggerts Villa blickte Jace sie auf eine Weise an, als habe er sie noch nie zuvor gesehen. Und als sie schließlich das Ende der Einfahrt erreichten, hatte Nellie das Gefühl, als könnte Elsie recht haben — als sei sie tatsächlich die schönste Frau der Welt.

Sie waren die letzten geladenen Gäste, die zum Festball kamen, und als ein Lakai Nellie aus der Kutsche helfen wollte, schob ihn Jace fast gewaltsam zur Seite.

»Du bist die schönste Frau, die ich jemals in meinem

Leben gesehen habe«, flüsterte Jace. »Ich weiß nicht, ob ich möchte, daß andere Männer dich anschauen.«

Nellie lächelte ihm zu. »Ich bin sicher, du bist der einzige Mann auf dem Ball, der ein so dickes altes Mädchen wie mich für hübsch hält«, erwiderte sie. Doch zum erstenmal glaubte sie selbst nicht an ihre Worte. Heute abend, in diesem Kleid, fühlte sie sich weder alt noch dick.

Im Ballsaal blickten die Männer sie tatsächlich genau so an, wie Jace das in der Kutsche getan hatte.

»Ist das Nellie Grayson?« fragte ein Mann.

»*Das* ist Terels Schwester?«

»Terel wer?«

Lachend drängten sich die Männer um Nellie und Jace.

»Nun?« fragte Houston ihren Gatten, als Kane Nellie anstarrte. »Hattest du nicht neulich etwas von einer ›fetten Lady‹ gesagt?«

Kane grinste. »Fett und fett ist eben nicht dasselbe. Sie sieht wie ein Pfirsich aus — so rund und reif wie ein Pfirsich.«

Houston schon ihren Arm unter den ihres Gatten. »Da ich deine Vorliebe für Pfirsiche kenne, denke ich, es wäre besser, wenn du dich von Nellie fernhieltest.«

Er lächelte auf seine Frau hinunter. »Ich wette, diese Terel wird nicht gerade begeistert sein über das Aussehen ihrer älteren Schwester.«

»Ich fürchte, du hast recht«, sagte Houston leise.

Es dauerte eine Weile, ehe Terel begriff, wie schnell die Menge ihrer Bewunderer sich auflöste. Seit sie den Ballsaal betreten hatte, war sie das beliebteste Mädchen im Raum gewesen. Man hatte sie ununterbrochen zum Tanzen aufgefordert und sie mit Einladungen zu den Veranstaltungen der nächsten Woche überhäuft. Sie hatte auf einem wunderschönen vergoldeten Sessel Platz genommen und Hof gehalten mit der gnädigen Herablassung einer Prinzessin, die mit ihren Untertanen spricht. Louisa, Charlene und Mae hatten in einer Ecke beisammengestanden und Terel empörte Blicke zugeworfen. Und bei jedem Blick hatte sich Terel noch ein bißchen besser gefühlt.

Sechs Männer hatten den Kreis ihrer Bewunderer verlassen, ehe sie erkannte, wie rasch ihre Zahl dahinschmolz.

Sie sah, wie ein sehr hübscher Mann einen anderen in die Rippen stieß und mit dem Kopf in eine Richtung deutete. Beide Männer tauchten sodann in der Menge unter. Terel blickte zu Charlene hinüber und bemerkte, daß diese ebenfalls zur Mitte des Saales hinsah.

Terel hörte auf, sich mit ihrem Fächer Luft zuzuwedeln. Als die Kapelle eine Pause einlegte und das Tanzparkett sich leerte, konnte Terel endlich erkennen, wer da plötzlich die allgemeine Aufmerksamkeit auf sich lenkte. In der Mitte des Saales, in einem Kleid, für das jede Frau ihre Seele verkauft hätte, stand Nellie. Nur daß diese Nellie, mit erhobenem Kopf und mit funkelnden Diamanten geschmückt, ein glückliches Lächeln auf dem Gesicht, nicht die Nellie war, die ihre Kleider wusch und bügelte. *Diese* Nellie war eine ganz andere.

Nellie sah in diesem Moment zu Jace Montgomery hoch, und Terel mußte zugeben, daß dieser hübsche Mann heute sogar noch bestechender aussah als sonst. Und kein Mann hatte sie bisher so angeschaut, wie Montgomery nun Nellie anblickte.

Terel ballte die Hände zu Fäusten, daß die Fingernägel ihr in die Haut schnitten.

»Wer hätte gedacht«, flüsterte Charlene, »daß deine eigene Schwester dir Konkurrenz machen würde?« Charlene ärgerte sich sehr über Terels neue, unerklärliche Beliebtheit bei Chandlers Männerwelt.

»Sieht Nellie nicht nett aus?« meinte Mae. »Ich habe

sie noch nie so hübsch erlebt wie heute. Wo sie wohl das Kleid herhat, das sie trägt?«

Da merkte Terel, daß die Leute nun zu ihr hinsahen. Sie setzte ein gezwungenes Lächeln auf, erhob sich aus ihrem Sessel und ging auf Nellie zu.

»Terel«, sagte Nellie, ihre Schwester auf die Wange küssend. »Ich habe doch noch zum Ball kommen können.«

Terel betrachtete die Diamantkette an Nellies Hals, die Diamantohrringe und das Diadem in Nellies Haaren. Sie betrachtete die Perlen an Nellies Rock und sagte: »Ich bin ja so froh für dich, daß du noch kommen konntest. Hat ein Mann dir dieses Kleid gekauft?« Da war eine unterschwellige Andeutung in ihrer Stimme, daß Nellie sich das Kleid vielleicht mit gewissen »Vergünstigungen« erkauft haben könnte.

»Ich habe Nellie dieses Kleid besorgt«, sagte Houston, ehe Nellie ihrer Schwester antworten konnte, und blickte Terel dabei scharf an.

Danach verlor Terel jede Lust an diesem Ball. Nichts bedeutete ihr mehr etwas: weder die Einladungen, mit denen sie überhäuft worden war, noch die Komplimente der Männer — nichts. Sie konnte den Blick nicht mehr von Nellie abwenden. Wie kam das nur? fragte sich Terel. Wie konnte nur jemand, der so fett und langweilig war wie Nellie, so großes Aufsehen erregen? Fast alle Gäste bemühten sich nun um Nellie. Zwar hielten sich noch ein paar junge Männer in Terels Nähe auf; aber die Frauen, ganz gleich welchen Alters, wollten alle mit Nellie plaudern.

Ja, eigentlich wollten sie ihr alle vorgestellt werden und wenigstens ein paar Worte mit ihr wechseln: alte Damen, junge Frauen, Männer, sogar die Taggert-Kinder, die sich nur ein paar Minuten lang im Ballsaal aufhalten durften. Sie liefen zu ihrem Vetter Jace und wollten nicht eher wieder gehen, ehe sie nicht einen Gute-Nacht-Kuß von Nellie bekommen hatten. Terel verzog das Gesicht, als sie den Beifall der Menge hörte, weil Nellie den Gören einen Kuß gab.

Nellies Gegenwart wäre ja noch zu ertragen gewesen, wenn nur die älteren Semester ihr den Hof gemacht hätten; aber daß *alle* Männer sich um ihre Schwester bemühten, war geradezu empörend. Zwar forderten die *Jünglinge* sie noch zum Tanzen auf, aber die *Männer* wollten nur noch mit ihrer Schwester Nellie auf das Tanzparkett gehen. Sie sah, wie Dr. Westfield sich mit Nellie im Walzertakt wiegte und plötzlich bei einer Bemerkung von Nellie herzhaft lachte. Edan Nylund und Rafe Taggert — Männer, die Terel bisher auch nicht eines Blickes gewürdigt hatten — baten Nellie um einen Tanz.

»Ich habe Nellie bisher gar nicht beachtet«, sagte der junge Mann, mit dem Terel gerade auf der Tanzfläche war. »Ich dachte, sie wäre alt und vielleicht ein bißchen — äh — dick. Aber sie sieht mir heute abend nicht dick aus. Und sie bewegt sich wie eine Göttin.«

Terel hörte auf zu tanzen und ließ den Mann auf der Tanzfläche stehen. Sie verließ den Ballsaal und ging hinaus in die kühle Nachtluft.

»Sie konnten es wohl nicht ertragen, mitanzusehen, wie beliebt Nellie bei den Leuten hier ist, wie?«

Terel erschrak. Und als sie sich umdrehte, sah sie Jace im Schatten der Veranda stehen. »Ich habe keine Ahnung, was Sie meinen, Mr. Montgomery. Ich bin sehr froh, meine Schwester so glücklich zu sehen.«

»Sie mögen es nicht, wenn es jemandem besser geht als Ihnen.«

»Ich muß mich doch nicht von Ihnen beleidigen lassen«, erwiderte Terel und wollte in den Ballsaal zurückkehren; aber Jace hielt sie am Arm fest.

»Ich weiß, was Sie vorhaben. Mich können Sie nicht täuschen. Sie sind ein verzogener Fratz, dem man immer alles nachgesehen und jeden Wunsch erfüllt hat, und Sie glauben, Nellies Daseinszweck bestehe darin, sich für Sie aufzuopfern. Heute abend wurden Sie ganz krank vor Eifersucht, weil Sie erkannt haben, daß jeder in diesem Saal Nellie *mag,* während es mit Ihrer Beliebtheit bei den Leuten nicht besonders gut steht.«

Terel riß sich von ihm los. »Sie reden von Mögen und Beliebtheit, wo Sie doch von meiner altjüngferlichen Schwester nichts anderes wollen, als an das Geld unseres Vaters heranzukommen. Ich versuche lediglich meine Schwester vor solchen Männern zu beschütz . . .« Sie hielt inne, weil Jace in ein Gelächter ausgebrochen war.

»Das Geld Ihres Vaters«, meinte er spöttisch. »Ehe Sie andere Leute beschuldigen, sollten Sie sich erst mal über sie erkundigen. Ich will Nellie haben, weil sie alles hat, was man sich von einer Frau nur wünschen kann — alles das hat, was Sie nicht haben.« Dann beugte er sich in drohender Haltung vor. »Ich warne Sie. Lassen Sie Nellie in Ruhe. Keine Tinte mehr auf ihre Kleider, kein Gerede mehr, daß sie dick sei. Haben Sie mich verstanden? Wenn Sie sie noch einmal so unglücklich machen, daß sie weinen muß, bekommen Sie es mit mir zu tun.«

Damit drehte er sich um und kehrte in den Ballsaal zurück.

Eine Weile lang war Terel so verblüfft, daß sie sich nicht von der Stelle rühren konnte. Noch nie hatte jemand so mit ihr geredet, und während sie Jace nachsah und beobachtete, wie er Nellies Arm nahm und sie auf die Tanzfläche führte, erwachte in ihr ein Gefühl, das weitaus stärker war als Empörung und Eifersucht. Sich erkundigen, hatte er gesagt, und zwar in einem Ton, als lohnte es sich, Nachforschungen über ihn anzustellen.

Sie ging in den Saal zurück und begann Fragen zu stellen. Es dauerte nicht lange, bis sie erfuhr, daß Jace Montgomery einer der Erben der Warbrooke-Reederei sei. Terel zweifelte nicht mehr daran, daß ihr Vater alles über diese Reederei wußte und deshalb Jace als Mitarbeiter in seinem Geschäft hatte gewinnen wollen. Und daß dieser Mann den Job nur angenommen hatte, um Nellie nahe sein zu können.

Während Terel tanzte, lächelte und plauderte, arbeitete ihr Verstand fieberhaft. Unter keinen Umständen würde sie zulassen, daß ihre fette altjüngferliche Schwester sich einen der reichsten Männer Amerikas angelte. Sollte sie, Terel, irgendeinen Jungen aus Chandler heiraten und sich mit einem bescheidenen Haus abfinden. Während Nellie in einem Stadtpalais in New York wohnte? Oder in Paris? Oder wo auch immer sie zu leben gedachte? Wenn Terel damals den Mann, der zum Dinner gekommen war, zuerst begrüßt hätte, würde er jetzt zweifellos in sie verliebt sein.

Nellie nimmt sich alles, was eigentlich mir gehören *sollte,* dachte Terel bei sich. Meine eigene Schwester hat mich verraten, indem sie sich alles nahm, was ich mir jemals wünschte.

Nun, sie kann es nicht bekommen, dachte Terel. Was mein ist, ist mein, und das kann sie mir nicht wegnehmen.

Sie blickte zu Nellie hin, die neben Jace stand, ein Glas Punsch trank und Kane Taggert zuhörte. Dieser Mann hatte bisher zu Terel nicht einmal guten Tag gesagt.

»Ich werde es ihr besorgen«, flüsterte Terel. »Und wenn ich tot umfallen sollte — ich werde verhindern, daß sie mir nimmt, was mir gehört.«

Sie drehte sich von Nellie fort und lächelte dem jungen Mann in ihrer Nähe zu. Für die Ballbesucher sah es so aus, als würde sie sich amüsieren; aber im Geiste arbeitete sie fieberhaft an einem Plan.

Kapitel 8

Die Küche

Berni stieg aus der Badewanne und blickte wieder auf ihre Liste. Sie wußte nicht, wie lange sie sich schon im Luxus-Saal aufgehalten hatte; aber immerhin lange genug, daß sie drei Positionen auf der Liste hatte ausprobieren können.

Nachdem Berni Nellie ihre drei Wünsche geschenkt hatte, war sie in den Luxus-Raum gegangen, wo ihr eine lange Liste von Vergnügungen überreicht wurde, aus der sie wählen konnte. Da sie die vorhergehenden vierzehn Jahre auf Partys verbracht hatte, war das erste, was sie auf der Liste aussuchte, »Videos«.

Sie folgte einem goldenen Licht durch den Nebel, betrat einen riesigen Saal mit Regalen, in denen Videos von allen jemals gedrehten Filmen standen, wozu auch Fernsehserien und Fernsehaufzeichnungen gehörten. Sie hatte nur den Titel lesen müssen, und schon wurden die Bänder für sie reserviert.

Nachdem sie sich ein paar hundert Filme und Fernsehshows ausgesucht hatte — alles, was Mary Tyler Moore fabriziert hatte und alle frühen »Bonanza«- Episoden —, folgte sie dem goldenen Licht in ein wunderschönes Schlafzimmer. Das Bett, mit einer zweihundertfünfzig-Dollar-Bettwäsche bezogen, und mit Kopfkissenbezügen, die mit in Handarbeit gefertigten Spitzen versehen waren, stand hoch über dem Boden und war so weich wie Daunen (da gab es auch orthopädische Matratzen in der Küche, die besonders hart waren). Sie lag sehr lange in diesem Bett, aß unzählige Schüsseln mit buttrigem Popcorn und sah sich ein Video nach dem anderen an. Sie mußte nicht einmal aus dem Bett steigen, um die Videobänder zu wechseln, und wenn Mel Gibson jemanden küßte, lief das Band automatisch in Zeitlupe ab.

Nachdem ihr alles, was sie sich ausgesucht hatte, vorgeführt worden war, stieg sie vom Bett herunter und sah wieder auf ihre Liste. Den nächsten Luxus, den sie wählte, war »Freundschaft mit Frauen«. Auf der Erde hatte Berni nie eine Frau zur Freundin gehabt, hatte aber oft davon gehört und sogar geglaubt, daß es zwischen Frauen sehr solide, innige Freundschaften gäbe. Und so hatte Berni eine sehr lange Zeit Frauenfreundschaften. Sie gingen zusammen zum Einkaufen, kicherten und speisten zusammen. Ihre Freundinnen gaben für sie eine Geburtstagsparty und waren immer bereit und willens, ihr zuzuhören. Als eine ihrer Freundinnen mit ihrem Freund brach, hielt Berni die ganze Nacht bei ihr Wache.

Aber Berni wurde es schließlich leid, immer nur anderen Leuten zuzuhören, und so sah sie abermals auf ihre Liste. Diesmal wählte sie »Schaumbad«. Sie saß in einer gewaltigen, weichen Badewanne, die mit heißem Wasser und viel prickelndem Schaum gefüllt war, las pikante Romane, aß dazu kandierte Früchte und trank rosenfarbenen Champagner. Das Wasser wurde nie kalt, die Schaumblasen platzten nie, die Bücher waren immer gut, und die kandierten Früchte und der Champagner schmeckten köstlich.

Nun stieg sie aus der Wanne und blickte erneut auf ihre Liste. »Neue Kleider« weckten nun ihr Interesse. Auf der Erde hatte sie festgestellt, daß Kleider, die sie wirklich gern trug, stets neu waren. Sie hätte sie am liebsten nur einmal tragen und dann wieder wegwerfen wollen. »Kinder, die sich so benehmen, wie man es im Fernsehen sieht«, interessierten sie ebenfalls. Da gab es auch die Positionen »Preise gewinnen«, »Beliebt sein in der Oberschule« und »Allgemeine Wertschätzung«, die sie neugierig machten.

Sie war gerade dabei, sich für eine dieser Positionen zu entscheiden, als Pauline ins Badezimmer kam. Sogleich sah Berni ihr Schaumbad sich in Nichts auflösen, und sie trug wieder den Hosenanzug, in dem sie beerdigt worden war.

»Du mußt mit mir kommen«, sagte Pauline streng. »Da gibt es ein Problem im Haushalt der Graysons.«

Berni schnitt eine Grimasse und folgte Pauline durch den Nebel.

Sie hatte kein einziges Mal an diese dicke Nellie gedacht, seit sie ihr die drei Wünsche geschenkt hatte. »Was hat sie denn angestellt? Ihre kleine Schwester ins Grab gewünscht?«

Pauline antwortete nicht, bis sie im Betrachtungsraum angelangt waren. Dann bewegte sie die Hand, und der Nebel lichtete sich, Berni konnte nun in das Haus der Graysons hineinsehen — wie in ein Puppenhaus, das man mittendurch gesägt hatte —, so daß sie den Oberstock und das Erdgeschoß gleichzeitig beobachten konnte. Terel befand sich, wunderbar herausgeputzt, im Salon und bewirtete ein halbes Dutzend nicht weniger hübsch zurechtgemachter Freundinnen mit Tee und Gebäck. Charles befand sich mit vier Männern im Eßzimmer und betrachtete mit ihnen den Bauplan für ein neues Frachtbüro. Die Männer tranken Whisky und aßen dazu dick mit Roastbeefscheiben belegte Brötchen. Nellie rannte von der Küche zum Salon und zum Eßzimmer und versuchte, jede Forderung, die ihr Vater und ihre Schwester an sie stellten, zu erfüllen.

Berni betrachtete die Szene und runzelte die Stirn. »Kann ich etwas dafür, wenn sie von meinen Wünschen keinen Gebrauch macht? Es ist nicht meine Schuld, daß sie zu dumm ist, um sich etwas . . .«

»Nellie hat ihre Wünsche ausgesprochen; aber zum Vorteil anderer Menschen.«

»Anderer Menschen? Wie kann man denn nur anderen etwas wünschen?«

Pauline sah wieder auf das Haus. »Nellie schenkte ihren ersten Wunsch ihrer Schwester. Terel sagte, sie wolle das beliebteste Mädchen in der Stadt sein, und so wünschte Nellie das für sie. Natürlich mußte Nellie nun um so mehr kochen, saubermachen und sich um Terels Garderobe kümmern, weil ihre kleine Schwester plötzlich so populär geworden war in Chandler.«

Pauline sah jetzt zu Berni hin. »Nellie wünschte sodann, daß das Geschäft ihres Vaters erfolgreicher sein sollte als bisher. Das wurde es in der Tat, wie du dort sehen kannst. Und Nellie mußte nun noch mehr Arbeit auf sich nehmen.«

»Kräftig genug ist sie ja dafür«, murmelte Berni. »Und wie lautete ihr dritter Wunsch?«

»Das war ein ungewöhnlicher Wunsch, in der Tat. Sie wünschte sich, daß ihr Vater und ihre Schwester alles von ihr bekommen sollten, was sie von ihr haben wollten. Was die beiden sich im Grunde wünschten, war, daß Nellie nichts unternehmen sollte, was ihr Wohlbefinden stören konnte.«

»Ihr Wohlbefinden?«

»Ja«, erwiderte Pauline. »Nellies dritter Wunsch hat sie buchstäblich zum Sklaven ihres Vaters und ihrer Schwester gemacht. Sie kann das Haus nicht verlassen, solange sie nicht sicher sein kann, daß ihre Familie noch irgendwelche Bedürfnisse hat. Schau sie dir doch an.« Pauline drehte sich wieder dem Wandschirm zu. »Sie ist nun viel schlimmer dran als am Anfang. Damals war sie doch wenigstens Herrin ihres Willens gewesen und konnte sich für etwas frei entscheiden, ehe du ihr die Wünsche schenktest.«

Berni sah zu, wie Nellie von einem Zimmer zum anderen hastete und ihre Schwester und ihr Vater sie böse anzischelten, wenn sie ihnen nicht schnell genug war. Und wenn Nellie gerade mal nicht in der Küche war, plünderte das Dienstmädchen Anna die vorbereiteten Platten, um die belegten Brötchen und den Kuchen einem übel aussehenden Subjekt zuzustecken — ihrem Freund, der sich draußen auf der Terrasse versteckte. Und wenn Nellie in die Küche zurückkam und nach Anna rief, damit sie ihr helfen sollte, versteckte sich das Mädchen ebenfalls und kicherte.

»Warum hat sie denn ihre Wünsche nicht für sich selbst verwendet?« fragte Berni. »Sie hätte alles, was sie nur möchte.«

»Du hast ihr nichts davon gesagt, daß sie drei Wünsche hat, und du hast zur Bedingung gemacht, daß diese Wünsche nur dann in Erfüllung gehen sollten, wenn sie *aufrichtig und ehrlich* gemeint seien. Und Nellie wünscht sich ehrlich und aufrichtig, daß andere Menschen glücklich sind.«

Berni runzelte die Stirn. »Und was ist aus diesem gutaussehenden Typ geworden?«

»Er ist immer noch in der Stadt und er liebt Nellie; aber ich fürchte, da bahnt sich eine Katastrophe an.«

»Was zum Beispiel?«

»Gestern fand ein Ball statt, und Nellie sah reizend aus. Das machte Terel schrecklich eifersüchtig und . . .«

»Eifersüchtig? Die hübsche kleine Terel wurde eifersüchtig auf diesen dicken Pummel?«

»Figur ist nicht alles«, erwiderte Pauline. »Denn jeder in Chandler mag Nellie, und die Leute dort freuen sich, wenn Nellie hübsch aussieht und mit so einem Mann wie Mr. Montgomery befreundet ist. Denn bei all ihrer Hübschheit hat Terel kein angenehmes Wesen.«

Berni blickte zur Seite. Auf der Erde hatte es Zeiten gegeben, wo sie geradezu krankhaft eifersüchtig gewesen war, und es waren nicht die Schönheitsköniginnen gewesen, denen ihre Eifersucht galt, sondern Frauen wie — nun, wie Nellie, die überall Zuneigung fanden, wo sie auch hingingen.

»Was mache ich also jetzt?« fragte Berni leise. »Ihr noch mehr Wünsche schenken? Kann ich die Wünsche widerrufen, die sie verpatzt hat?«

»Nein. Was geschehen ist, ist geschehen. Du mußt dir überlegen, wie du Nellie helfen kannst. Das liegt ganz bei dir.«

Ein für sie vollkommen neuartiges Gefühl beschlich Berni. Ein Schuldgefühl. Sie hatte sich vor Pauline damit gebrüstet, daß sie in ihrem Leben niemandem geschadet habe, zumindest keinem, der ihr nichts angetan hatte. Doch diese Nellie hatte ihr, Berni, nichts zuleide getan und mußte dennoch für Bernis leichtsinnige, unüberlegte Handlungsweise büßen.

»Kann ich mal sehen, was sich seit meiner letzten Betrachtung der Szene ereignet hat?«

»Natürlich.« Pauline machte eine Handbewegung, und auf dem Schirm erschien die Szene, als Jace Montgomery zum erstenmal ins Haus der Graysons zum Dinner kam.

Berni lehnte sich in das Polster der Sitzbank zurück und beobachtete, wie Jace in der Küche Nellie dazu überredete, ihn auf einen Spaziergang zu begleiten. Sie sah, wie er ihr auf die Parkmauer hinaufhalf, sah, wie Nellies Gesicht aufleuchtete, als er die Arme um sie legte.

»Und sie weiß nicht einmal, daß er reich ist«, murmelte Berni. Sie beobachtete Terels Reaktion, als sie erfuhr, daß Nellie einen halben Tag mit Jace verbracht hatte. Sie zuckte zusammen, als sie Zeuge wurde, wie Charles und Terel Nellie bittere Vorhaltungen machten, weil sie mit Jace ausgegangen war.

»Sie sind nur darüber empört, daß Nellie versäumte, ihnen das Abendessen zuzubereiten«, murmelte Berni.

»Wie bitte?« sagte Pauline.

»Ich sagte, daß Nellie ihnen gleichgültig ist. Sie denken nur an sich.«

»Woher weißt du denn das?«

»Weil ich . . .« Berni stockte, und dann fuhr sie mit leiser Stimme fort: »Weil ich mit meiner Schwester dasselbe gemacht habe. Ich mußte ihr nur sagen, daß sie ein Egoist sei und sie war bereit, *alles* zu tun, was ich von ihr verlangte.« Berni sah auf den Schirm zurück. »Wenn Nellie nur nicht so dick wäre . . .«

»Wie könnte ihr das helfen?«

»Ich weiß es nicht; aber ich bin davon überzeugt, daß ihre Figur an all ihren Problemen schuld ist.«

»Da bin ich mir nicht so sicher«, erwiderte Pauline. »Vielleicht wirst du, wenn du alles gesehen hast, besonders die Stelle, wo Nellie ihre Wünsche verschenkt, zu einem anderen Urt . . .!«

Sie wurde von einer Frau unterbrochen, die in den Raum hereinstürzte und rief: »Ein Schiff ist untergegangen!«

»O je«, sagte Pauline lächelnd.

»Was ist passiert?« fragte Berni.

Die Frau, die ein ägyptisches Kleid aus der Pharaonenzeit trug und deren schwarze Haare mit Öl getränkt waren, erklärte ihr aufgeregt: »Ein Schiff ist im Jahre 1712 untergegangen — mit Mann und Maus.«

Pauline erhob sich von der Polsterbank. »Ich muß jetzt gehen. So etwas geschieht nicht oft und — nun ja, ich möchte es nicht versäumen. Du bleibst hier und schaust dir das bis zum Ende an.«

»Moment.« Berni griff nach Paulines Arm. »Erkläre mir, was das zu bedeuten hat.«

»Die Besatzung ging mit dem Schiff unter. Gewöhnlich

besteht diese aus ein paar hundert Männern — aus jungen, gesunden Männern, die oft ein Jahr lang oder sogar noch länger auf hoher See gewesen sind. Allein. Ohne Frauen.«

Berni begann zu verstehen. »Du meinst, ein paar hundert Seeleute . . .«

»Zweihundertundsechsunddreißig«, sagte die ägyptische Frau.

»Zweihundertundsechsunddreißig einsame junge Seeleute kommen in die Küche?«

»Richtig«, antwortete Pauline.

»Wenn ich also damit fertig bin, mir anzusehen, was mit Nellie geschehen ist, kann ich . . .«

»Du wirst dich vermutlich daran erinnern, daß keine Männer in der Küche zugelassen sind. Keine *echten Männer* jedenfalls. Es gibt zwar einige Männer in verschiedenen Sälen: aber es sind tatsächlich nur Abbilder. Diese Männer jedoch sind *echt.*«

Berni dachte an all die Dinge, die ihr an Männern gefielen — wie sie lachten, einherstolzierten und einem ein schlechtes, aber auch ein unglaublich schönes Gefühl verschaffen konnten. »Echte Männer«, meinte Berni verträumt.

»Ja«, gab Pauline lächelnd zurück. »Wenn ein Schiff untergeht oder eine Mine explodiert oder irgendeine andere Naturkatastrophe dafür sorgt, daß eine Menge Männer das Leben verlieren, werden sie manchmal zuerst hierhergeschickt, ehe sie weitergesandt werden in den Himmel oder in die Hölle. Sie weilen nur wenige Stunden hier, und dann sind sie verschwunden. Wenn du sie besuchen willst, mußt du *jetzt* gehen.«

Berni sah auf den Schirm zurück. Nellie war in der Küche, streckte den Arm hinter ihrem Rücken aus, und dieser prächtige Jace Montgomery küßte sie hungrig. Berni hatte nicht den Eindruck, daß Nellie in diesem Augenblick viel zu leiden hatte. Wäre sie nur nicht so fett gewesen . . .

»Laß uns die Seeleute besuchen«, sagte Berni.

»Aber was wird aus Nellie?«

Berni schwenkte den Arm auf den Schirm zu. »Werde schlank, Kind.« Sie sah auf Pauline zurück. »Das sollte sie von ihren Sorgen befreien. Mit einer schlanken Figur hätte sie keine Probleme mehr in ihrem Leben.«

»Da bin ich mir nicht so sicher. Vielleicht solltest du doch hierbleiben und dir . . .«

»Nun kommt schon«, sagte die ägyptische Frau. »Wenn wir uns nicht beeilen, sind bereits alle Männer vergeben, bis wir dort sind.«

»Da brauchst du keine Bedenken zu haben«, sagte Berni zu Pauline. »Nellie ist ihre Sorgen los. Sie wird schlank sein und schön. Und mit ihrer dicken Figur verschwinden auch ihre Probleme. Also — gehen wir.«

Nach kurzem Zögern hob Pauline ihre langen Röcke an und rannte hinter Berni und der ägyptischen Frau her.

Chandler, Colorado

1896

Jace wurde durch ein lautes Hämmern gegen seine Hoteltür aus dem Schlaf geschreckt. Er rieb ein Streichholz an, entzündete die Lampe neben seinem Bett und blickte auf seine Taschenuhr. Es war halb vier Uhr morgens. »Schon gut — ich komme«, rief er, schlüpfte in seine Hose und knöpfte sie zu, während er zur Tür ging. Er öffnete sie und sah einen Jungen vor sich stehen, einen pummeligen Burschen von etwa elf Jahren.

»Ich habe ein Telegramm für Sie«, sagte der Junge.

Jace rieb sich den Schlaf aus den Augen, nahm das Telegramm entgegen und las:

IHR VATER SCHWER ERKRANKT STOP
SOFORT NACH HAUSE KOMMEN

Jace las das Telegramm dreimal, ehe er einen klaren Gedanken fassen konnte. »Wann geht der nächste Zug nach Osten?«

»Um vier; aber das ist ein Güterzug. Er nimmt keine x-beliebigen Passagiere mit.«

Jace überlegte fieberhaft. »Komm«, sagte er dann zu dem Jungen. Er ging zu dem Sekretär, der in seinem Zimmer stand, setzte sich hin und schrieb ein Billett für Nellie. Er erklärte ihr darin, warum er abreisen mußte und wohin. Er schrieb, daß er so rasch wie möglich wieder zurückkäme, und bat sie, ihrem Vater den Grund seiner Abwesenheit mitzuteilen. Und zuletzt schrieb er noch, daß er sie liebte.

Jace stand auf, versiegelte das Billett in einem Umschlag, adressierte diesen an Nellie und drehte sich dann zu dem Jungen um. »Kennst du Miss Nellie Grayson?«

»Jeder hier kennt Nellie.«

»Ich möchte, daß du ihr diesen Umschlag gibst. Ihr und niemandem sonst. Hast du mich verstanden?«

»Klar, Mister.«

Jace holte eine Vierteldollar-Münze aus der Tasche. Es war eine zu große Entlohnung für einen schlichten Botengang; aber er wollte sich damit die Loyalität des Jungen erkaufen. »Nellie und niemandem sonst, ja?«

»Das weiß ich inzwischen.«

»Geh jetzt«, sagte Jace. »Ich muß packen.« Der Junge verließ das Zimmer, und Jace warf ein paar Sachen in einen Kleidersack. Er hatte sich vorgenommen, mit dem Vier-Uhr-Zug zu reisen. Und wenn er auf einen Kohlewaggon aufspringen mußte: er würde die erste Transportmöglichkeit zur Ostküste wahrnehmen. Als er den Sack zugebunden hatte, stand er eine Weile regungslos da. Sein Vater krank. Sein so robuster, bisher kerngesunder Vater ernsthaft erkrankt. Seine Hände zitterten ein wenig, als er den Sack auf die Schulter hob.

Da war niemand in der Empfangsloge, als er nach unten kam; also schrieb er rasch auf einen Zettel, daß er sein Zimmer aufgab, und steckte Geld zu dem Zettel in den Umschlag. Als er das erledigt hatte, begann er zu laufen. Er rannte zur Bahnstation, so rasch ihn seine langen Beine dorthin tragen konnten, und bezahlte dort einen unglaublich hohen Preis für eine Passage in einem Güterwagen nach Denver. Es war ihm egal, welche Unbequemlichkeiten er ertragen mußte. Er wollte so rasch wie möglich nach Maine zu seinem Vater.

»Nun?« fragte Terel den Jungen. Sie war im vergangenen Sommer Zeugin geworden, wie der Junge ein Mädchen, das halb so alt und groß war wie er, terrorisiert hatte. Sie wußte, daß sie sich den Richtigen für ihr Vorhaben ausgesucht hatte.

»Erledigt«, sagte der Junge und schielte zu ihr hinauf. »Er hat mir zwei Dollar gegeben.«

»Du kleiner Erpresser«, murmelte Terel. Sie hatte dem Jungen versprochen, ihm das Doppelte dessen zu geben, was er von Jace bekam, wenn er ihr das Billett brachte, das Jace vermutlich schreiben würde. Sie gab dem Jungen fünfzig Cents und riß ihm gleichzeitig das Billett aus der Hand. »Wenn etwas davon bekannt wird, weiß ich, woher die Leute es wissen«, sagte sie in drohendem Ton.

»Sie können meinetwegen Ihre Schwester so oft eintunken, wie Sie wollen«, sagte der Junge, sich von ihr zurückziehend. »Mir ist das egal. Aber wenn Sie dabei einen Helfer brauchen — Duke ist mein Name.«

Sie funkelte ihn böse an und weigerte sich, ihn bei seinem Spitznamen zu rufen, den er sich selbst zugelegt hatte. »Ich werde dich nicht mehr brauchen. Geh nach Hause.«

Er grinste abermals und rannte davon.

Terel erschauerte in der kalten Morgenluft. Sie spürte, daß die frischen, klaren Tage des Spätherbstes fast vorüber waren und bald der Winter einziehen würde. Sie hob ihr Ballkleid ein wenig an und begab sich auf den Heimweg. Sie war seit gestern, der Nacht des Erntedankfestballes, nicht mehr zu Hause gewesen — die Nacht, die um ein Haar ihr Leben vollkommen verändert hätte.

Sie zerknüllte den Brief, den Jace an Nellie geschrieben hatte, und schritt dann schneller voran. Es würde Wochen dauern, bis Jace Montgomery nach Maine kam und wieder zurück, und in dieser Zeit wollte Terel Nellie davon überzeugen, daß Jace Montgomery ein Schuft war und sie verlassen hatte. Sie lächelte im fahlen Grau der anbrechenden Dämmerung und beschleunigte ihren Schritt noch mehr. Heute gab sie ihren Freundinnen eine Teeparty und würde mit ihnen den Ball erörtern. Und dabei gedachte sie ein unglaublich pikantes Gerücht in die Welt zu setzen.

Nellie erwachte mit einem leisen Schreck, und glaubte zunächst, was sich da in der letzten Nacht ereignet hatte, wäre nur ein Traum gewesen. Doch als sie das wunderschöne Ballkleid sah, das an der Innenseite ihrer Tür am Bügel hing, und es immer noch da war, als sie die Augen ein paarmal schloß und wieder öffnete, legte sie sich ins Kissen zurück und durchlebte noch einmal mit geschlossenen Augen die Ballnacht. Wie sie in Jace' Armen über die Tanzfläche schwebte. Wie sich sein Grübchen zeigte, wenn er sie anlächelte. Sie erinnerte sich, wie stolz sie gewesen war: stolz auf ihn, stolz auf sich selbst, stolz darauf, sich so lebendig zu fühlen. Er hatte sie geküßt, als er sie nach Hause brachte — hatte sie geküßt und ihr gesagt, daß er sie liebte.

Nellie hatte nichts darauf erwidert. Was sie für Jace empfand, war mehr als Liebe — es war eher eine Verehrung. Er veränderte ihr Selbstwertgefühl. Er veränderte die Art, wie sie die Welt betrachtete. Er veränderte die Weise, wie die Leute in Chandler sie betrachteten, mit ihr sprachen, über sie dachten. Was sie für ihn fühlte, war beträchtlich mehr als Liebe.

Langsam erhob sich Nellie aus ihrem Bett und begann sich anzukleiden. Sie meinte noch immer zu schweben nach dieser Ballnacht. Obwohl sie nur wenige Stunden geschlafen hatte, fühlte sie sich wunderbar. Einen Moment lang wirbelte sie in ihrer Unterwäsche im Walzertakt durchs Zimmer.

Sie hielt inne und lächelte. »Große, dumme Kuh«, schalt sie sich, aber es war keine richtige Schelte. »Hör auf zu träumen und geh an die Arbeit.« Sie nahm ihr Korsett hoch, streifte es über den Kopf und fing dann an, es vorne zu verschnüren.

»Das ist seltsam«, sagte sie laut. In der Regel mußte sie kräftig ziehen, ehe die Seitenteile einen Abstand von vier Zoll zueinander hatten; aber heute morgen betrug dieser Abstand nur noch zwei Zoll. Sie zog ihr altes braunes Kleid an. Gestern hatte es noch so stramm gesessen, daß sich die Korsettstangen unter dem Stoff abzeichneten; doch heute schlotterte ihr das Kleid förmlich am Leib.

Nellie lächelte. »Wahrscheinlich kommt das vom vielen Tanzen«, sagte sie und eilte aus dem Zimmer.

Den Rest des Tages über fand sie keine Zeit mehr zum Nachdenken, denn sie hatte ein enormes Arbeitspensum zu bewältigen. Ihr Vater verhandelte mit Geldgebern, und sie mußte das Essen für diese Leute kochen. Terel hatte einige von ihren Freundinnen zum Tee eingeladen, und dafür mußten Kuchen gebacken und mit Glasur versehen werden.

So gegen drei Uhr nachmittags war sie vollkommen erschöpft. Sie war nicht eine Sekunde zum Sitzen gekommen; hatte aber nicht einen Moment an diesem Tag zu lächeln aufgehört. Zum erstenmal schien sie es jedem recht gemacht zu haben.

Beim Frühstück hatte ihr Vater sie angestrahlt und gesagt, er habe gehört, daß Mr. Montgomery Gefallen an ihr gefunden hätte. Er sagte auch etwas von Schiffen, was Nellie aber nicht verstand; aber sie war zu sehr damit beschäftigt gewesen, frische Buttermilch-Brötchen zuzubereiten, um ihn um eine Erklärung bitten zu können. Später hatte sie zufällig gehört, wie ihr Vater zu Terel sagte: »Wenn Montgomery sie haben möchte, kann er sie haben. Für das Geld, das er in die Familie einbringt, kann ich uns eine Haushälterin engagieren.«

»Wenn Montgomery sie haben möchte«, hatte Nellie geflüstert, und sie spürte, wie ihre Haut sanft erglühte, als es ihr ganz warm wurde ums Herz. Dann trug sie rasch eine Schinkenplatte ins Speisezimmer.

Den ganzen Tag über war Terel besonders nett zu ihr. Terel hatte davon geredet, daß sie in Zukunft immer gemeinsam zum Tanzen und Einkaufen gehen würden. Und vielleicht würden sie sogar zusammen vor dem Traualtar stehen.

Traualtar, hatte Nellie gedacht, als sie den Teig für Apfeltörtchen ausrollte. Terel stand am anderen Ende des Küchentisches und lächelte sie an. »Ich bin mir nicht so sicher, daß Mr. Montgomery gleich ans Heiraten denkt. Vielleicht will er . . .« Eigene Kinder haben, dachte Nellie bei sich. Ein eigenes Heim.

»Du hast ja nicht sehen können, wie er dich immer angeschaut hat. Oh, Nellie, ihr beiden habt gestern abend ein herrliches Paar abgegeben. Kaum jemand bemerkte, daß du doppelt so breit bist wie er.«

»Doppelt so . . .« Nellie aß zwei mit Zucker und Zimt bestreute Apfelscheiben.

»Das war auch gar nicht wichtig. Du hast einfach göttlich ausgesehen. Ich war ja so stolz auf dich.«

Nellie lächelte und begann, den Teig mit Apfelscheiben zu belegen. »Ich habe eine wunderbare Zeit verbracht.«

»Ja. Ich weiß. Wann wirst du ihn denn wiedersehen?«

»Ich weiß nicht. Manchmal schaut er nachmittags hier herein.« Sie blickte zum Küchenausgang, als erwartete sie, ihn dort unter der Tür stehen zu sehen.

»Ich bin sicher, er wird schon früher oder später hier auftauchen. Nellie, ich will ja keine Kritik an dir üben; aber du hast dich nicht . . . ich meine, du hast dich gestern abend recht freizügig benommen. Es geht mich ja eigentlich nichts an; aber du hast ihn ständig — nun, auf eine Art berührt, die sich wirklich nicht gehört.«

»Ich tat es nicht mit Absicht.« Nellie verzehrte vier Apfelscheiben.

»Nein, natürlich hast du das nicht mit Absicht getan, und nur wenige Leute haben sich darüber ereifert. Und ich bin sicher, sie wissen, daß du als Frau einen guten Ruf hast. Sie sind sich sicherlich bewußt, daß du nicht . . . nun, nicht so leichtfertig bist, wie du dich gestern abend benommen hast.«

Am Tischende stand ein großes Blech mit frischgebackenen Plätzchen. Nellie aß zwei davon.

»Deshalb hatte ich so meine Bedenken«, fuhr Terel fort, »ob du ihm vielleicht nicht mehr gegönnt hast, als sich für eine unbescholtene Frau gehört. Du bist doch hoffentlich noch eine Jungfrau, oder?«

Nellie steckte drei Plätzchen auf einmal in den Mund. »Ich bin noch immer eine Jungfrau«, flüsterte sie.

Terel stand vom Tisch auf. »Gut. Ich hatte Vater versprochen, dich danach zu fragen. Er hat so viel von deinem Betragen gestern nacht gehört, daß er zu mir kam und mich um Rat bat. Ich versicherte ihm, daß du uns meiner Überzeugung nach keine Schande gemacht hättest, selbst wenn dein Verhalten auf dem Ball seine Befürchtungen zu bestätigen scheinen. Nun hast du mich in dieser Hinsicht beruhigt, und ich kann ihm und allen anderen in der Stadt diese Angst nehmen.« Sie ging um den Tisch herum und küßte Nellie auf die Wange. »Du hast gestern nacht so gut ausgesehen, Nellie. Bitte, denke daran und iß nicht so viele Plätzchen, sonst wirst du dieses herrliche Ballkleid, das du gestern anhattest, nie mehr tragen können. Es wäre doch eine Schande, Mrs. Taggerts Großzügigkeit damit zu bestrafen, daß du noch mehr zunimmst.« Terel lächelte. »Ich sehe dich dann beim Tee«, sagte sie zum Abschluß und verließ die Küche.

Nellie aß zwei Dutzend Butterplätzchen, ehe sie ihre Eßlust zügeln konnte. *Hatte* sie sich gestern auf dem Ball wie ein lockeres Mädchen aufgeführt? *War* ihr schlechtes Betragen tatsächlich zum Stadtgespräch geworden? Sie wußte, was sie für Jace empfand; aber hatte sie das so offen gezeigt, daß sie damit sich und ihre Familie vor der ganzen Stadt blamierte?

Als sie drei Dutzend Petits fours aus der Backröhre holte, verzehrte sie ein Dutzend davon, ehe sie den Rest mit einer Schokoladenglasur überzog. Wenn sie sich nun an den Ball erinnerte, fiel ihr jedesmal Terels Satz dazu ein: »Doppelt so breit als er.« Und sie sah, wie die Leute in der Stadt ungläubig den Kopf schüttelten, weil sie sich benommen hatte wie ein Straßenmädchen.

Sie mußte für die Butterplätzchen eine neue Glasur anrühren, weil sie die Schüssel mit der Kuvertüre leergegessen hatte.

»Terel, was hast du denn?« fragte Mae, als Terel sich auf eine höchst anmutige Weise in ihr Spitzentaschentuch schneuzte.

Acht junge Damen aus Chandler waren im Salon der Graysons versammelt und unterhielten sich angeregt über die Ereignisse der letzten Ballnacht. In ihrer Erörterung nahmen Nellie und die unglaubliche Veränderung, die mit ihr vorgegangen war, den breitesten Raum ein.

»Und vorher hatte ich Nellie nicht einmal angeschaut.«

»Sie war so schön, und Mr. Montgomery hat sie so verliebt angeblickt. Er . . .«

Es geschah in diesem Moment, daß Terel ihr Taschentuch zierlich ans Näschen hob und abermals schniefte. Die jungen Damen waren so sehr in ihr Gespräch vertieft, daß es eine Weile dauerte, ehe Mae dies bemerkte und sich bei Terel erkundigte, was ihr denn fehle.

»Es ist nichts«, erwiderte Terel. »Wenigstens nichts, was ich mit einem nicht zur Familie Gehörenden besprechen könnte.«

Charlene blickte Louisa an. »Wir kennen dich schon von unserer Kindheit an. Wir gehören doch quasi zu deiner Familie.«

Terel berührte mit dem Taschentuch den linken Augenwinkel. »Ihr werdet es früher oder später ja ohnehin erfahren.«

»Besser früher als später«, meinte Mae, während Charlene sie in die Rippen boxte.

»Mr. Montgomery ist ein . . .«

Sie warteten alle, auf ihren Stühlen vorgelehnt, die Teetassen auf halbem Wege zum Mund in der Schwebe haltend.

»Er ist ein Heiratsschwindler.«

»Nein«, hauchten alle drei Frauen entsetzt.

»Ich fürchte, es ist wahr«, sagte Terel mit betrübter Miene. »Ich fürchte, er hatte von Anfang an keine ehrlichen Absichten. Offenbar wollte er nur die Grayson-Frachtgesellschaft kaufen.«

»Aber wie ich hörte, ist er ein reicher Mann«, sagte Mae.

»Oh, ja, das ist er; aber wollen die Reichen denn nicht

immer noch reicher werden? Da braucht man sich doch nur Kane Taggert anzusehen.«

Die Frauen schauten sich gegenseitig an und nickten zustimmend.

»Mir kam er gleich verdächtig vor«, fuhr Terel fort. »Schon am ersten Abend, als er zu uns zum Dinner kam, hatte ich so ein Gefühl, als ob man ihm nicht trauen könne. Ich bin sicher, daß er das gemerkt hat, weil er anfing, meiner armen, lieben Schwester Nellie den Hof zu machen. Die arme, arme Nellie. Sie hat ja keine Ahnung, daß es solche Männer überhaupt gibt. Nellie ist so eine naive, liebenswürdige Person, und es war ja das erstemal in ihrem Leben, daß ein Mann sie überhaupt beachtete. Ich hatte nicht den Mut, ihr zu sagen, was ich über diesen Mr. Montgomery dachte. Zudem hätte ich mich ja auch in ihm täuschen können.«

Terel legte eine Pause ein, um sich abermals ins Taschentuch zu schneuzen.

»Dein Instinkt hat dich nicht betrogen?« fragte Louisa.

»Aber gestern nacht schien er doch unglaublich verliebt zu sein in Nellie«, meinte Mae. »Er schien sie geradezu anzuhimmeln. Ich habe noch nie einen Mann erlebt, der einer Frau so verliebte Augen gemacht hat wie Mr. Montgomery.«

»Mr. Montgomery hätte Schauspieler werden sollen«, fauchte Terel. »So gegen neun Uhr ging ich hinaus ins Freie, um ein bißchen frische Luft zu schnappen — meine Tanzpartner hatten mich vollkommen aus der Puste gebracht —, und wen fand ich dort draußen auf der Terrasse vor? Mr. Montgomery.«

»Was hat er dort getan?« fragte Mae gespannt.

»Er küßte mich!«

»Nein!« empörten sich alle drei Frauen gleichzeitig.

»Wie schrecklich für dich.«

»Wie entsetzlich.«

»Dieser Schuft.«

»Skandalös.«

»Ich wünschte, er hätte es auf das Geschäft *meines* Vaters abgesehen«, sagte Mae verträumt; faßte sich dann aber schnell, als die anderen sie vorwurfsvoll anblickten.

»Damit bestätigte er mir, was ich von Anfang an vermutet hatte«, fuhr Terel fort. »Mein Vater weigerte sich, ihm sein Frachtunternehmen zu verkaufen, und als Mr. Montgomery das erfuhr, hat er wahrscheinlich versucht, sein Ziel auf andere Weise zu erreichen — indem er Nellie den Hof machte.«

»Ich habe mich schon gewundert«, sagte Louisa, »wie ein Mann sich so heftig um eine Frau bemühen kann, die . . . ich meine, ich will nicht leugnen, daß Nellie ein hübsches Gesicht hat; aber sie ist doch ein bißchen . . . nun . . .«

»Du brauchst gar nicht so taktvoll zu sein«, sagte Terel. »Vater und ich haben die Wahrheit schon vor langer Zeit erkannt. Nellie ist fett, und sie wird mit jedem Tag fetter. Das war eine Last, die Vater und ich schon immer hatten tragen müssen. Wir haben alles bei ihr versucht. Wir haben ihr beide täglich ins Gewissen geredet. Vor drei Jahren schickte Vater sie sogar in eine Klinik in der Nähe von Denver. Sie hat dort zwar einige Pfunde abgenommen, aber kaum war sie wieder zu Hause, hatte sie in kürzester Zeit ihr altes Gewicht. Wir wissen uns einfach keinen Rat mehr bei ihr. Sie verschlingt ganze Kuchen, Pasteten und Dutzende von Plätzchen auf einmal. Es ist wie eine Krankheit bei ihr. Wir wissen nicht, was wir dagegen unternehmen können.« Terel bedeckte ihr Gesicht mit einem frischen Taschentuch.

»Wir hatten ja keine Ahnung, daß du die ganze Zeit mit einem so schweren Geheimnis belastet warst«, sagte Charlene und tätschelte Terels Schulter.

»Du weißt ja erst die Hälfte der Wahrheit.«

Die Frauen lehnten sich abermals auf ihren Stühlen vor.

»Heute morgen ist Mr. Montgomery mit dem Zug um vier Uhr morgens abgereist. Er hat sein Hotelzimmer gekündigt und keine Nachricht oder neue Adresse hinterlassen. Er stahl sich einfach bei Nacht und Nebel aus der Stadt. Er . . . er . . . oh, ich kann euch das einfach nicht sagen.«

»Wir sind doch deine Freundinnen«, sagte Charlene, und Louisa nickte zustimmend.

»Ich denke, Mr. Montgomery hatte begriffen, daß er das Geschäft meines Vaters niemals bekommen wird. Und ich fürchte, er hatte . . . er hat sich an Nellie vergriffen.«

Die Frauen keuchten alle drei entsetzt auf.

»Er . . .«

»Sie . . .«

»Sie haben beide . . .«

»Ist sie . . . wird sie ein Baby bekommen?« flüsterte Mae. Sie kannte sich zwar mit den technischen Einzelheiten der Handlung nicht aus, die Nellie angeblich um ihre Jungfernschaft gebracht hatte; aber ihre Mutter hatte sie nachdrücklich vor Männern und der Möglichkeit, ein Baby zu bekommen, gewarnt.

»Ich weiß es nicht«, sagte Terel und schluchzte kurz hinter ihrem Taschentuch. »Was soll ich jetzt nur machen? Vater hat mich gebeten, Nellie schonend beizubringen, daß ihr . . . ihr Liebhaber die Stadt verlassen hat. Aber wie kann ich ihr das sagen? Sie ist so vernarrt in diesen Schuft, daß sie mir das niemals glauben wird. Ich bin sicher, sie wirft mir vor, ich würde sie aus Eifersucht belügen, wenn ich ihr erzähle, daß Mr. Montgomery mich auf der Terrasse geküßt hat.«

»Wie schrecklich für dich«, sagte Louisa. »Sie wird doch den Worten eines Fremden nicht mehr trauen wollen als ihrer eigenen Schwester!«

»Wenn Mr. Montgomery mir erzählte, daß der Himmel nicht blau ist, sondern rot, würde ich ihm glauben. Und nichts, was meine Schwester zu mir sagen würde, könnte mich in meinem Glauben erschüttern«, sagte Mae. Als die anderen sie nun wütend anfunkelten, gab sie den Blick nicht minder wütend zurück.

»Mae hat recht«, sagte Terel. »Ihr habt Nellie ja gestern nacht selbst erlebt. Sie glaubt, daß sie diesen Schuft liebt. Sie wird *mir* niemals auch nur ein Wort glauben.« Sie schielte über ihr Taschentuch hinweg auf die drei jungen Frauen. Ihr Idioten, dachte sie bei sich, gebraucht das bißchen Verstand, das ihr in eurem Schädel habt.

»Ich werde Nellie erzählen, daß er auch *mich* geküßt hat«, sagte Charlene und sah dabei wie eine Märtyrerin aus, die sich für eine gute Sache opfert.

»Und das werde ich ihr ebenfalls sagen«, meinte Louisa mit demselben Stolz, eine gute Tat zu vollbringen.

»Ich werde ihr erzählen, daß ich mit seinem Kind schwanger ginge«, flüsterte Mae mit verklärtem Blick, ehe sie sich erschrocken aufrichtete und hastig sagte: »Also gut. Nur einen Kuß.«

»Ihr beweist mir wieder mal, was für gute und treue Freundinnen ihr seid«, meinte Terel, die Gerührte spieltend. »Und eines Tages wird Nellie sicherlich zu schätzen wissen, was ihr für sie getan habt.«

»Wir sind auch Nellies Freundinnen, und wir werden alles tun, um ihr zu helfen. Aber Terel, dabei fiel mir gerade ein — nur, weil wir das eigentlich wissen müßten, wenn Nellie sich bei uns danach erkundigen sollte —, wie war denn der Kuß von Mr. Montgomery?« sagte Charlene.

»Ja, auch aus Gründen, die uns erlauben, Vergleiche anzustellen, solltest du uns das sagen«, meinte Louisa.

»Nun gut«, begann Terel, »nur aus den ebengenannten

Gründen würde ich sagen, daß er göttlich war. Er ist ein sehr starker Mann, und er hat mich sehr heftig an sich gezogen, ehe er . . . oh, Himmel, ich glaube, Mae ist in Ohnmacht gefallen!«

Kapitel 9

Jace kam nicht an dem Tag nach dem Ball ins Haus, um sie zu besuchen, und Nellie bemühte sich, nicht enttäuscht darüber zu sein. Sie sagte sich, daß sie zu viel von ihm erwartete und daß er sich vielleicht geschäftlich in eine andere Stadt hatte begeben müssen. Als aber noch ein Tag verging, an dem er sie nicht besucht hatte, beschloß sie, zu Randolphs Laden zum Einkaufen zu gehen und vielleicht kurz in das Kontor ihres Vaters hineinzuschauen, um nachzusehen, ob Jace dort war. Sie buk sechs Hafermehl-Rosinenkuchen, die sie an die Angestellten ihres Vaters verteilen wollte.

Nach Terels Kritik an ihrem Verhalten in der Ballnacht hatte sie sich zwei Tage lang nicht aus dem Haus getraut. Sie hatte befürchtet, daß die Leute sie schief ansehen und sie wegen ihres Benehmens auf dem Ball zur Rede stellen würden. Sie wußte, daß sie ihrem Ruf vermutlich am meisten damit schaden konnte, daß sie Jace nachlief, aber sie hatte ihn nun schon eine fast unerträglich lange Zeit nicht mehr gesehen. Auch wollte sie einen kurzen Besuch bei der Schneiderin machen und sich erkundigen, ob sie ihr vielleicht ein neues Kleid anfertigen könne. Aus irgendeinem Grund wollten ihr die alten Kleider einfach nicht mehr passen.

Sobald sie hinaustrat auf den Bürgersteig, fand sie ihre schlimmsten Befürchtungen bestätigt. Ein paar junge Männer, die gerade am Haus vorbeikamen, tippten an ihre Hutkrempe und lachten dann frech. Nellie drehte sich von ihnen weg. Sie winkte drei jungen Frauen auf der anderen Straßenseite zu, aber die wandten demonstrativ das Gesicht ab und taten so, als würde Nellie gar nicht existieren.

Es war viel schlimmer, als Terel ihr das beschrieben hatte, dachte Nellie bei sich. Ich habe mich zum Gespött der ganzen Stadt gemacht. Und nun will ich mich ihm sogar noch an den Hals werfen, überlegte sie weiter. Sie sagte sich, daß sie unter keinen Umständen Jace besuchen dürfe, lenkte aber dennoch ihre Schritte auf das Kontor ihres Vaters zu.

Sobald sie dort eintrat, bemerkte sie sogleich, daß niemand am Pult von Jace stand. Sie versuchte, nicht auf die leere Stelle hinter dem Stehpult zu blicken und auch nicht suchend in den Korridor hineinzusehen. Sie lächelte, verteilte ihre Kuchen und erkundigte sich freundlich bei allen Angestellten ihres Vaters nach deren Wohlbefinden. Sie war sich bewußt, wie sie von allen Seiten verstohlen betrachtet wurde. Obwohl diese Leute nicht den Ball besucht hatten, waren sie offenbar von ihrem Benehmen dort informiert.

Sie blieb so lange im Frachtkontor, wie ihr das die Höflichkeit erlaubte, und ging dann wieder davon. Niemand hatte ihr gegenüber Jace erwähnt. Sie wollte sich nun zum Gemischtwarenladen begeben; aber Miss Emily erspähte sie aus einiger Entfernung und kam zu ihr gerannt.

»Nellie«, sagte Miss Emily, nach Atem ringend, »ich möchte mit dir sprechen.«

Nellie errötete. »Ich entschuldige mich für mein Betragen auf dem Ball«, flüsterte sie. »Ich wollte wirklich niemanden blamieren.«

»Ich wollte dir lediglich sagen«, sagte Miss Emily, »daß ich kein Wort davon glaube. Dieser junge Mann ist wirklich in dich verliebt.«

»Ja, ich denke, das ist er; aber das entschuldigt nicht mein Betragen.«

»Wir machen alle mal Fehler«, erwiderte Miss Emily, »aber wir müssen praktisch sein. Was wirst du denn mit dem Kind machen?«

»Was für ein Kind?«

»Du brauchst mir nichts vorzuspielen. Jeder in dieser Stadt weiß, daß du mit seinem Kind schwanger bist. Du mußt dich jetzt entscheiden, was du in deiner Lage machen willst.«

Nellie hatte Mühe, ihren offenen Mund wieder zu schließen. »Ich bin nicht mit irgend jemandes Kind schwanger.«

»Aber ich hörte doch . . .« Miss Emily hielt mitten im Satz inne. »Sage mir jetzt nur nicht, daß das alles nur Gerüchte sind! Jeder in dieser Stadt behauptet, daß man diesem Montgomery mitgeteilt hat, du wärest mit seinem Kind schwanger, und deshalb habe er die Stadt verlassen.«

Nellie blinzelte sie ungläubig an. »Die Stadt verlassen? Wer hat die Stadt verlassen?«

Miss Emily holte tief Luft. »Du armes Kind. Was, in aller Welt, tun dir die Gerüchtekocher in dieser Stadt nur an? Du solltest besser mit mir nach Hause kommen und mit mir darüber reden.«

Es war eine Stunde später, als Nellie wieder Miss Emilys Haus verließ. Sie empfand nichts in diesem Moment. Ihr Schmerz war zu groß, als daß sie irgend etwas hätte empfinden können. Miss Emily hatte ihr alles wiederholt, was ihr die jungen Damen, die in ihrer Teestube verkehrten, erzählt hatten. Es schien so, daß Jace nicht nur Nellie, sondern auch andere junge Damen in der Stadt regelmäßig besucht hatte. Mindestens fünf Frauen wollten jeden Eid darauf schwören, daß Jace sie geküßt habe. Und Mae Sullivan hatte eine so ausführliche Schilderung von

Mr. Montgomerys Zärtlichkeitsbekundungen gegeben, daß drei junge Damen, die ihr zuhörten, um ein Haar in Ohnmacht gefallen wären.

»Wenn nur ein Mädchen diese Sachen behauptet hätte, würde ich sie ihm ja nicht glauben; aber es scheint so, als habe Mr. Montgomery die halbe Stadt beglückt. Oh, Nellie, es tut mir ja so leid für dich. Ich schmeichle mir, eine gute Menschenkennerin zu sein, und ich war davon überzeugt gewesen, daß dieser Mann ein echter Gentleman sei. Aber anscheinend habe ich mich in diesem Punkt geirrt. Man erzählte mir, er habe nur das Frachtunternehmen deines Vaters haben wollen, und als er es nicht bekam, habe er die Stadt verlassen.« Das wäre nicht der einzige Grund gewesen, weshalb er die Stadt verlassen hatte, hatten die jungen Damen Miss Emily erzählt. Wenn er tatsächlich so verworfen war, wie die Stadt es von ihm behauptete, dann hatte er auch Nellie mißbraucht. Die Zeit würde es an den Tag bringen, ob die Gerüchte stimmten und Nellie mit Mr. Montgomerys Kind schwanger ging. Es hatte keinen Sinn, Nellie noch größere Schmerzen zuzufügen, als sie sowieso schon hatte.

»Ich bin sicher, daß er ein echtes Gefühl für dich hatte«, sagte Miss Emily, Nellie heftig die Hand drückend. »Auch wenn er sich nun als ein niederträchtiger Mensch entpuppt hat, bin ich mir trotzdem sicher, daß er ehrlich in dich verliebt war. Er . . .«

»Ich muß jetzt gehen«, hatte Nellie gesagt und war ohne ein Abschiedswort aus Miss Emilys Wohnung gegangen. Sobald sie auf der Straße stand, lenkte sie den Schritt in die Richtung ihrer Wohnung. Wenn die Leute sie behandelten, als sei sie Luft, bemerkte sie das gar nicht.

Aber sie ging nicht geradewegs nach Hause. Statt dessen hielt sie bei dem Bäckerladen an, trat ein und kaufte dort Schmalzgebäck, Kremtörtchen, Sahnetorten und einen großen, mit Schokolade überzogenen Napfkuchen. Sie ignorierte den neugierigen Blick, den die Verkäuferin ihr zuwarf, nahm die beiden großen Kuchenpakete und verließ den Laden wieder. Sie dachte nicht über ihre Handlungsweise nach. Sie nahm die Kuchenpakete und setzte einfach einen Fuß vor den anderen.

Als sie endlich wieder anhielt, befand sie sich im Fenton-Park — an eben der Stelle auf dem Hügel, wo Jace seinen Kopf in ihren Schoß gebettet hatte. Sie setzte sich auf den Boden, öffnete die Pakete und begann zu essen. Sie hatte keinen Geschmack von den Kuchen, die sie aß und mehr schluckte als kaute, aber sie verzehrte langsam und systematisch das erste Kuchenpaket.

Als das erste Paket leer war, begannen ihr die Tränen zu kommen. Sie weinte nicht richtig: ihr rannen nur die Tränen über die Wangen.

Als sie das zweite Kuchenpaket zur Hälfte leergegessen hatte, war sie so genudelt, daß sie sich der Länge nach im Gras ausstrecken mußte, um den Rest der Schmalzgebäcke vertilgen zu können.

Sie sollte also sein Kind unter dem Herzen tragen, dachte sie. Nein, sie war nicht von ihm schwanger. Er hatte sich nicht dazu überwinden können, um das Geschäft ihres Vaters willen sein Spiel mit ihr so weit zu treiben. Er hatte sich lediglich dazu gezwungen, ihr hin und wieder einen Kuß zu geben, sie hier und dort flüchtig anzufassen und ihr einen Haufen Lügen zu erzählen.

Nein, sie ging nicht mit einem Kind von ihm schwanger; aber sie wußte, daß sie eine Frau war. Sie war eine Frau, die von einem Mann mißbraucht worden war — mißbraucht und weggeworfen. Sie dachte daran, wie sehr sie an ihn geglaubt und ihm vertraut hatte. Und als sie daran dachte, daß sie ihm ihre Liebe geschenkt hatte, überwältigte sie wieder der Hunger.

Sie erinnerte sich an die Nacht des Erntedankfestballes. Miss Emily hatte ihr erzählt, daß Jace in jener Nacht auch Terel geküßt hätte. Und Mae und Louisa ebenfalls. Nellie sah sich wieder neben Jace stehen — »doppelt so breit wie er«, Terels Worten zufolge. Alle Leute in Chandler mußten über sie gelacht haben, als sie mit ihm Walzer tanzte: er so schlank und hübsch, sie so dick und unattraktiv. Jeder in der Stadt mußte sich großartig auf ihre Kosten amüsiert haben. Jeder mußte gewußt haben, warum Jace ihr den Hof machte. Jeder wußte es — nur sie, Nellie, nicht. Ihr Vater und Terel hatten versucht, sie zu warnen, aber sie hatte auf die beiden ja nicht hören wollen. Sie hatte sich sogar empört, daß sie diesen Mann besser kennen würde als jeder andere.

Die Sonne war schon fast untergegangen, als sie endlich ihre leeren Kuchenpakete einsammelte und sich auf den Heimweg machte. Sie legte in Randolphs Laden eine Zwischenstation ein und bestellte dort so viele Nahrungsmittel, daß sie damit sechs Familien vier Monate lang hätte ernähren können.

»Bekommen Sie Besuch?« fragte Mr. Randolph; aber Nellie gab ihm keine Antwort. Sie war nicht zum Reden aufgelegt, nicht einmal zum Nachdenken oder zum Weiterleben. Das einzige, was sie empfand, war ein tiefer, unstillbarer Hunger.

Zu Hause beschwerte sich ihr Vater darüber, daß er nicht rechtzeitig sein Dinner bekam, und Terel wollte wissen, wo Nellie gewesen sei. Aber Nellie gab ihr keine Antwort. Sie ging in die Küche und begann zu kochen, und für jedes Gericht, das sie zubereitete und servierte, kochte sie zwei andere, die sie selbst verzehrte. Vielleicht sagten ihr Vater und Terel etwas zu ihr, aber sie hörte ihnen nicht zu. Ihre Gedanken waren vollkommen und ausschließlich von dem Hunger beherrscht, den sie empfand, und wie sie diesen zu stillen vermochte.

Nellie aß drei Wochen lang. Es war ihr egal, was sie aß,

wann sie aß oder wieviel sie aß. Es ging ihr nur darum, diesen wahnsinnigen Hunger endlich zu stillen, den sie empfand. Doch gleichgültig, wieviel sie auch verschlang: sie fühlte sich immer noch leer. Es war so, als könnten alle Nahrungsmittel dieser Erde ihren Hunger nicht vertreiben.

Wenn sie in die Speisekammer trat, wo Jace sie geküßt und umarmt hatte, zog sich ihr Magen vor Hunger zusammen. Wenn sie aus der Hintertür in den Garten blickte, der nun vom ersten Schnee des Winters bedeckt war, erinnerte sie sich an Jace' Worte, daß er ihre Blumen liebte, und sofort überkam sie ein Heißhunger nach Kuchen. Wenn sie einen Mann lachen oder sprechen hörte, wurde sie sogleich vom Hunger geplagt, von Hunger überfallen. Ja, es genügte schon, daß sie einen Mann nur sah, und sie mußte etwas essen.

Es war Terel, die als erste bemerkte, daß Nellie abgenommen hatte.

»Das kann nicht sein; denn sie ißt so viel, daß ich demnächst Bankrott anmelden muß«, sagte Charles. »Nellie, die Rechnung unseres Gemischtwarenhändlers für diesen Monat war dreimal so hoch wie die des letzten Monats.«

Nellie gab ihm darauf keine Antwort, aber ihre nächste Bestellung beim Gemischtwarenhändler war sogar noch größer als die vom vergangenen Monat.

»Ich kann nicht zulassen, daß du dich so in der Stadt zeigst«, sagte Charles zu Nellie, als Jace einen Monat fortgeblieben war. »Du siehst ja aus wie eine Vogelscheuche. Geh und besorg dir ein neues Kleid.«

Nellie hatte sich seit Wochen nicht mehr die Mühe gemacht, in einen Spiegel zu blicken; doch nun tat sie es und stellte fest, daß ihr Körper nur noch ein Schatten ihres früheren Selbst war. Sie konnte ihr Kleid um einen halben Meter seitlich raffen, und es schien noch immer locker zu sitzen. Widerwillig, weil es ihr egal war, was sie anhatte, begab sie sich auf den Weg zu ihrer Schneiderin.

Die Schneiderin warf nur einen Blick auf Nellies bekümmertes Gesicht und sagte kein Wort. Sie hatte natürlich alle Gerüchte, die über Nellie in der Stadt kursierten, vernommen, und Terel hatte ihr erzählt, daß Nellie nichts anderes tat als zu Hause zu sitzen und zu essen, daß sie sich weigerte, das Haus zu verlassen. Und daß Terel Nellies langes Gesicht nicht mehr sehen könne.

Wenn Nellie ständig aß, mußten das winzige Häppchen sein, dachte die Schneiderin, als sie Nellie bis auf die Unterwäsche entkleidete. Sie war erstaunt, daß jemand in so kurzer Zeit so viel abnehmen konnte, wie Nellie das getan hatte. Sie ging in ihren Arbeitsraum, um ihr Zentimetermaß zu holen; aber sie blieb auf dem Weg dorthin stehen und blickte auf eine Auftragsarbeit, die an einem Bügel hinter dem Vorhang hing. Es war ein Winterkostüm, das sie soeben für Mrs. Kane Taggert angefertigt hatte. Es bestand aus dunkelblauem Samt mit Aufschlägen aus Seide in einem etwas helleren Blau, und das herrliche Cape zu diesem Kostüm war aus dem gleichen Satinstoff geschneidert.

Die Schneiderin betrachtete diese Kombination, und da sie wußte, daß Mr. und Mrs. Taggert bis nach Weihnachten verreist waren, und sie daran dachte, wie dieser Mann die arme, reizende Nellie hintergangen hatte, ging sie entschlossen zum Kleiderständer und nahm das Kostüm herunter. Dann holte sie eines von ihren eigenen Korsetts aus einer Schublade.

»Und jetzt, Nellie, bringen wir dich wieder zum Lächeln.«

Sie mußte eine Stunde arbeiten, um Nellie zurechtzumachen. Sie frisierte Nellies Haar. Und da es schmutzig war, mußte sie es zweimal pudern, um das Öl daraus zu entfernen. Sie legte Nellie ihr Korsett an und zog an den Schnüren, bis Nellies Taille den respektablen Umfang von einundzwanzig Zoll besaß und ihr Busen und ihre Hüften sich über und unter ihrer Wespentaille gefällig rundeten.

Während dieser ganzen Prozedur saß oder stand Nellie nur da, wie es ihr befohlen wurde, und nahm so viel wie gar keinen Anteil an der Verwandlung, die die Schneiderin mit ihr vornahm.

Die Schneiderin ging zum Telephon und rief die Hutmacherin an. »Ich möchte, daß du das runde blaue Hütchen, das du für Mrs. Taggert fertiggestellt hast, zu mir bringst. Nein, sie ist noch nicht von der Reise zurück; aber jemand anderer sitzt hier. Du solltest lieber selbst kommen, weil du mir sonst nicht glaubst, wenn du es nicht mit eigenen Augen gesehen hast.«

Als die Hutmacherin in der Schneiderei eintraf, wollte sie tatsächlich nicht glauben, was sie dort sah. Sie hatte Nellie schon gekannt, als sie noch ein kleines hübsches Kind gewesen war; aber mit zwölf, als ihre Mutter starb, hatte Nellie angefangen, zuzunehmen, und ihr hübsches Gesicht war über dem dicken Leib fast untergegangen.

Die Hutmacherin schob die Ärmel über die Ellenbogen hinauf. »Die Haare stimmen nicht. Hol mir eine Brennschwere und rufe Miss Emily hierher. Das muß sie gesehen haben.«

Eine halbe Stunde später stand eine neue Nellie vor ihnen, mit weich arrangierten Haaren, den blauen runden Samthut schräg und keck auf die Locken gesetzt, ihre Stundenglasfigur wie eingegossen in ein unglaublich fesches Samtkostüm. Ihr hübsches Gesicht blickte mit großen, etwas verstörten Augen aus dem Spiegel auf die Hutmacherin und ihre Schneiderin.

Als Miss Emily eintraf, wichen die beiden Frauen vor Nellie zurück. Sie konnten unmöglich mit Worten beschreiben, was sie da vollbracht hatten, und so traten sie einfach beiseite, damit Miss Emily ihr Werk besichtigen konnte. Einen Moment lang war Miss Emily sprachlos. Sie stand nur da, starrte Nellie an, öffnete ein paarmal den Mund und brachte ein paar unartikulierte Laute hervor. Doch dann lächelte sie. Da lag ein wenig Rachedurst in diesem Lächeln. Das Gerede von dem Verrat dieses Jace Montgomery war in der Stadt inzwischen fast zum Erliegen gekommen, aber nun hatte sich Miss Emily wochenlang das Geschwätz von der »armen Nellie« anhören müssen — von der armen Nellie, die so dumm gewesen war zu glauben, daß ein hübscher Mann wie Montgomery sich in so ein altes Mädchen wie sie hätte verlieben können. Nun, dieser Traum von einer Frau war alles andere als ein »altes Mädchen«.

»Komm mit mir, Nellie«, sagte Miss Emily mit energischer Stimme. »Ich möchte dich vorzeigen.«

Die Schneiderin faßte Miss Emily beim Arm. »Sie hat keine zwei Worte gesagt, seit sie hier ist. Sie scheint von diesem schrecklichen Mann tatsächlich tief verletzt worden zu sein. Ich bin mir nicht sicher, daß sie begreift . . .« Sie drehte sich um und lächelte Nellie an. »Sie begreift wohl nicht, daß sie eine Schönheit ist.«

»Sie wird es bald genug begreifen, wenn die Leute von Chandler sie sehen«, sagte Miss Emily und schob Nellie vor sich her durch die Tür.

Nellie merkte nicht, was für ein Aufsehen sie erregte, als sie durch die Straßen von Chandler ging. Männer, junge wie alte, blieben stehen, um sie anzustarren. Die Frauen mußten erst zweimal hinsehen, ehe sie ihren Augen glaubten. Als Miss Emily Nellie in die Teestube führte, hörten alle Gespräche auf, kamen alle Bewegungen zum Stillstand.

»Mae, Louisa, Charlene«, sagte Miss Emily, »ihr erinnert euch doch noch an Nellie, nicht wahr?« Sie nahm mit großer Genugtuung zur Kenntnis, wie sich die Augen der jungen Damen weiteten. »Die arme Nellie? Die arme, teure Nellie?«

»Kann ich etwas zu essen haben?« fragte Nellie leise.

Miss Emily führte sie zu einem Tisch, und während Nellie nur Augen für den Kuchenwagen hatte, hatten die jungen Damen von Chandler nur Augen für sie. Nellie war nicht länger eine Person, die Mitleid verdiente, sondern die man beneiden mußte.

Später, nachdem sie ein Teegedeck für sechs Personen verzehrt hatte, begab sich Nellie wieder auf den Heimweg, und sie beachtete auch nicht mit einem Blick die Leute, die stehenblieben und sie angafften. Zu Hause begab sie sich geradewegs in die Küche, band sich ihre Schürze um und begann, das Abendessen zuzubereiten. Sie hatte der Tür den Rücken zugedreht, so daß sie nicht bemerkte, wie Terel hereinkam.

Terel hatte von ihren Freundinnen erfahren, daß Nellie ein sensationeller Anblick sei, und war deshalb sogleich nach Hause geeilt, um sich davon selbst zu überzeugen. Doch obschon sie vorgewarnt war, übertraf die Wirklichkeit bei weitem ihre Erwartungen. Sie hatte noch nie eine so schöne Frau gesehen wie Nellie. In ganz Chandler gab es nur die Zwillinge, Houston und Blair, die Nellie in dieser Hinsicht vielleicht das Wasser reichen konnten. Und das blaue Samtkostüm betonte noch Nellies neugewonnene schlanke Figur.

Der Zorn stieg in Terel auf — der Zorn, von ihrer eigenen Schwester verraten worden zu sein. Sie zwang ein Lächeln auf ihr Gesicht und ging in die Küche hinein. »Nellie, du siehst schön aus — wahrhaftig schön.

Nellie drehte sich um und bemühte sich ebenfalls zu lächeln. »Es ist ein hübsches Kostüm, nicht wahr?«

»Ja, wirklich reizend: aber meinst du, daß du es in der Küche tragen solltest? Hast du denn keine Bedenken, daß es beim Kochen verdorben werden könnte?«

»Ja, wie gedankenlos von mir.« Nellie band sich die Schürze ab und ging in den Oberstock, Terel ihr dicht auf den Fersen.

»Ich bin ja so froh zu sehen, daß du abgenommen hast. Ich glaube, jetzt kann ich es dir offen sagen, wie sehr Vater und ich uns deinetwegen geschämt haben. Es gab Zeiten, wo wir nicht mit dir zusammen in der Stadt gesehen werden wollten. Nicht, daß wir dich nicht lieb gehabt hätten: aber wir liebten dich trotz deiner Figur. Verstehst du, was ich meine?«

Als Nellie aus dem blauen Samtkostüm stieg, knurrte ihr der Magen vor Hunger. »Ja, ich glaube, ich verstehe, was du meinst.«

Terel betrachtete forschend Nellies Figur in dem geliehenen Korsett. Es sieht so aus, als ob du eine total neue Garderobe brauchtest. Vielleicht sollte ich sie besser für dich aussuchen. Vielleicht hast du nicht erkannt, daß Samt nicht unbedingt zur Küchenarbeit paßt. Oder vielleicht willst du jetzt gar nicht mehr für Vater und mich kochen. Vielleicht möchtest du jetzt nur noch einen Ball nach dem anderen besuchen und mit Männern wie Mr. Montgomery tanzen. Vielleicht mit mehr Männern, als du . . .«

»*Nein*!« schrie Nellie förmlich auf. »Keine Männer mehr. Ich traue ihnen nicht. Ich möchte nichts mit ihnen zu tun haben. Du suchst die Kleider aus; mir ist es egal, was ich anziehe.« Sie streifte ihr ältestes Hauskleid über, das ihr nun wie ein Fahnentuch um den Leib schlotterte, als sie wieder nach unten eilte und es auf der Treppe zuknöpfte.

Sobald sie in der Küche war, nahm sie einen Kuchen, der noch heiß war vom Ofen, und begann ihn zu verschlingen. »Keine Männer mehr«, sagte sie laut. »Keine Männer mehr.«

Wenn Nellie nichts mehr mit Männern im Sinn hatte, so hatten die Männer, Nellie betreffend, eine sehr gegenteilige Einstellung. Nachdem das Mädchen von der männlichen Bevölkerung in Chandler ihr Leben lang mit Nichtachtung bestraft worden war, wurde sie plötzlich förmlich von dieser belagert. Es regnete Einladungen; junge Männer harrten stundenlang vor ihrem Haus aus und folgten ihr dann überall hin, wenn sie zum Einkaufen ging. Sie boten ihr an, ihre Einkäufe nach Hause zu tragen und Botengänge für sie zu übernehmen. Und es gab keine Veranstaltung, zu der sie nicht gleich dutzendweise eingeladen wurde.

Offenbar konnte Nellie machen, was sie wollte: Es gelang ihr nicht, die Männer abzuschrecken. Sie redete nicht mit ihnen, gönnte ihnen nicht das kleinste Lächeln. Sie unternahm nichts, was sie in den Augen der Männer hätte begehrenswert erscheinen lassen. Im Gegenteil — sie trug die unansehnlichen, ihr viel zu großen Kleider, die Terel für sie aussuchte, und beklagte sich nicht, wenn Terel ihre Haare absichtlich mit der Brennschere versengte. Dennoch vermochte das alles offenbar die jungen Männer nicht zu entmutigen. Tatsächlich waren alle Bemühungen von Terel, Nellies Schönheit zu verschleiern, vergeblich, und Nellies Zurückhaltung ermunterte die jungen Männer nur noch mehr.

Zu Hause hörte Nellie nur noch auf Terel, weil sie einmal ihren Rat nicht befolgt hatte und prompt von einem hinterhältigen, heuchlerischen Mann hereingelegt worden war.

»Du willst doch sicherlich nicht die Weihnachtsparty in Masonic Lodge besuchen, oder?« fragte Terel, die Einladungskarten für Nellie studierend. »Du erinnerst dich doch noch daran, was auf dem Erntedankfestball geschah, nicht wahr? Ich glaube nicht, daß ich es ertragen könnte, noch einmal mitanzusehen, wie sich meine geliebte Schwester zum Gespött der Leute macht.«

»Nein, ich will nicht hingehen«, flüsterte Nellie und verspürte dabei ein nagendes Hungergefühl. Nach zwei

Monaten genügte bereits ein Gedanke an Jace, um einen brennenden Schmerz in ihrer Brust auszulösen. »Ich möchte weder dich noch Vater blamieren.«

»Es ist nicht so, daß du *uns,* sondern dich *selbst* blamierst, wo du doch die ganze Zeit nur ißt und keinen Geschmack besitzt, was Männer betrifft. Ich habe Angst, es könnte der Dorftrottel zur Party kommen und du dir einbilden, du seist in ihn verliebt.«

»Terel, bitte . . .« sagte Nellie mit flehender Stimme.

»Oh, es tut mir leid, Nellie, ich wollte dich nicht kränken. Ich schätze, es ist mein übertriebener Beschützerinstinkt, der aus mir spricht. Hier ist eine Einladung an dich, daß du im Chor mitsingen sollst. Das willst du doch nicht, nicht wahr? Ich meine, es ist ein gemischter Chor, und du weißt doch, wie du auf Männer reagierst.«

»Nein«, sagte Nellie mit tränenerstickter Stimme. Sie wollte nirgends hingehen. Sie wollte einfach vom Erdboden verschwinden.

»Ich glaube wirklich, es wäre am besten, wenn du zu Hause bliebest, wenigstens eine Zeitlang. Sind das dort Napfkuchen? Sie duften köstlich. Warum ißt du nicht einen oder zwei davon? Die Leute sagen schon, du seist zu mager.« Sie küßte Nellie auf die Wange. »Wir sehen uns dann am Nachmittag.«

Als Terel aus der Küche gegangen war, verzehrte Nellie ein Dutzend Napfkuchen.

Jace stieg aus dem Zug und atmete die kalte Gebirgsluft von Colorado ein. Es war ein gutes Gefühl, wieder hier zu sein — zurück an dem Ort, den er inzwischen bereits als seine Heimat betrachtete.

Er gab einem Jungen einen Nickel, damit er sein Gepäck ins Hotel trug und ein Zimmer für ihn reservierte. Er wollte sich nicht die Zeit nehmen, zuerst ins Hotel zu gehen. Ihn verlangte jetzt nur danach, Nellie wiederzusehen.

Er lächelte, als der kalte, trockene Wind ihm ins Gesicht schlug, und er klopfte leicht gegen seine Brusttasche, in dem, mit einem rosenfarbenen Band umwickelt, der Packen von Nellies Briefen steckte. Es war nun zweieinhalb Monate her, daß er sie zuletzt gesehen hatte — die längsten zehn Wochen seines Lebens. Aber er hatte das, was er regeln mußte, nicht in kürzerer Zeit bewerkstelligen können.

Als er in Warbrooke eintraf und dort seinen Vater bei bester Gesundheit vorfand, war sein erster Impuls gewesen, gleich wieder in den nächsten Zug zu springen, der ihn nach Chandler zurückbringen sollte. Er hatte keinen Zweifel, daß Terel hinter diesem elenden Telegramm steckte.

Doch das Telegramm hatte ihm auch deutlich gemacht, wieviel ihm seine Eltern bedeuteten, und so war er mit dem Segelboot aufs Meer hinausgefahren — nur sein Vater und er — und hatte ihm alles von Nellie gebeichtet. Als er am Ende dieses Tages mit dem Boot in den Hafen zurückkehrte, hatte er gewußt, was er mit seinem Leben anstellen wollte. So sehr er auch das Meer liebte, so genau er wußte, daß es ihm fehlen würde: es blieb dennoch sein Wunsch, mit Nellie in Colorado zu leben.

An jenem Abend hatte er sich hingesetzt und ihr von seinen Plänen geschrieben. Er teilte ihr nicht mit, daß jemand dieses Telegramm nur vorgetäuscht hatte. Er hatte nicht die Absicht, Terel über einen Kontinent hinweg zu bekämpfen; und so schrieb er ihr nur von seinem Vorhaben, daß er so lange in Warbrooke bleiben wolle, bis er dort den größten Teil seines Besitzes verkauft hatte — das Land und das Haus, das ihm und Julie gehört hatte, seine drei Segelschiffe, und ihm Anteile überschrieben waren, die ihm aus dem Besitz der Familie zustanden. Wenn er das alles geregelt hatte, wollte er nach Chandler zurückkehren und Nellie heiraten.

Er hatte ihr lange Briefe geschrieben, in denen er ihr von seiner Heimatstadt erzählte, von seinem Vater und seinen Brüdern, von der Hausmusik, die seine Mutter veranstaltete, und wie gut es ihm bekam, sie wieder singen zu hören. In Warbrooke war ihm bewußt geworden, wie wenig er und Nellie miteinander geredet hatten, und nun floß ihm das alles nur so aus der Feder. Er schrieb ihr, wie er das Grab von Julie und seinem kleinen Sohn besucht hatte und wie der Kummer um sie nur noch ein leises, dumpfes Pochen gewesen war. Und eines Nachts, als er nicht einschlafen konnte und sich sehr einsam fühlte, hatte er ihr gebeichtet, was er für einen Trick mit der angeblich hungrigen Everett-Familie angewendet hatte, um sie von zu Hause wegzulocken. Und in jedem Brief versicherte er ihr mehrmals, daß er sie liebte.

Nellies Briefe an ihn waren nicht so lang gewesen, wie er sie sich gern gewünscht hätte. Tatsächlich waren sie kurz angebunden und schroff; aber sie hatten wenigstens die Zeilen enthalten, daß es ihr gutginge. Er hatte ihr nicht mitgeteilt, daß er heute in Chandler eintreffen würde; denn er hatte unerwartet einen Käufer für sein letztes Segelschiff gefunden und war endlich wieder frei in seinen Entschlüssen. Nachdem er ein paar Anzüge in eine Tasche geworfen hatte, war er mit dem nächsten Zug aus Warbrooke abgereist. Er wollte dieses Weihnachten mit Nellie verbringen, und beim nächsten, so hatte ihm seine Familie versprochen, gedachten sie alle nach Colorado zu kommen, um ihn und Nellie zu besuchen — vielleicht schon, dachte er grinsend, mit ihrem ersten Kind.

Als er jetzt den Bahnhof verließ, war er in einer Stimmung, als schwebte er über den Wolken. Alle Hindernisse waren für ihn und Nellie weggeräumt worden. Nichts stand ihrem Glück noch im Weg.

Er war so sehr in seine frohen Gedanken vertieft, daß er gar nicht bemerkte, wie die Leute in Chandler auf der Straße stehenblieben und ihn anstarrten.

Sie gafften ihm nach, runzelten die Stirn, steckten dann die Köpfe zusammen und murrten, wie er die Frechheit besitzen könne, sich noch einmal in dieser Stadt zu zeigen.

Er ging so schnell dahin in dem Bemühen, so rasch wie möglich zu Nellies Haus zu gelangen, daß er nicht sah, wie die Tür des Kaufhauses »The Famous« aufschwang und Terels Freundinnen auf den Bürgersteig hinaustraten. Er rannte mitten in sie hinein, so daß ihre Einkaufspakete über das Pflaster hinpurzelten.

»Entschuldigen Sie«, sagte er und bückte sich, um die Pakete aufzusammeln. »Es war allein meine Schuld. Ich habe nicht auf den Weg geachtet.«

»*Sie*!« rief Louisa.

Jace blickte zu den drei jungen Damen hoch und vermochte nicht zu begreifen, warum sie ihn so entsetzt anstarrten.

»Wie können Sie es wagen, in dieser Stadt Ihr Gesicht zu zeigen?« zischelte Charlene durch die zusammengepreßten Zähne. »Nach allem, was Sie Nellie angetan haben!«

»Geht es Nellie gut?« fragte Jace, sich wieder aufrichtend.

»Als ob Ihnen etwas daran läge, daß es ihr gutgeht!« fauchte Louisa.

Mae hatte bis jetzt kein Wort gesagt; aber plötzlich holte sie mit dem Arm aus und schlug Jace mitten ins Gesicht. »Ich will *nicht* ein Kind von dir bekommen«, sagte sie und drängte sich dann an ihm vorbei. Louisa und Charlene rissen ihm ihre Pakete aus der Hand und beeilten sich, Mae einzuholen.

Jace hielt sich die rechte Wange und starrte den drei

jungen Damen nach. »Was, in aller Welt, geht hier vor?« sagte er laut.

Nach dem unerfreulichen Zusammentreffen mit diesen drei jungen Damen setzte Jace seinen Weg im langsameren Tempo fort und begann die gehässigen Blicke zu bemerken, die ihm von fast allen Passanten zugeschickt wurden. Allmählich kam er sich vor wie der Schuft in einer tragischen Oper.

Als er nur noch drei Häuserblocks von Nellies Haus entfernt war, lief ihm Miss Emily über den Weg.

»Ich hätte nicht geglaubt, daß Sie den Nerv haben, noch einmal hierherzukommen«, sagte sie. »Ich schätze, Sie erfuhren, daß Nellies — wie sollen wir es nennen — Dilemma ein falscher Alarm gewesen ist, und deshalb hatten Sie sich vielleicht gedacht, daß Sie hier wieder unbehelligt Ihre Kreise ziehen könnten. Aber ich bezweifle sehr, daß Charles Ihnen jetzt noch sein Frachtgeschäft überlassen wird.«

Sie wollte an ihm vorbeigehen; aber er hielt sie am Arm fest.

»Würden Sie mir bitte verraten, was hier vorgeht?«

Miss Emily blickte über ihre Habichtsnase auf seine Hand auf ihrem Arm hinunter, und Jace ließ ihren Ärmel los. »Ist denn keine Frau sicher vor Ihnen?«

»Sicher?«

Miss Emily setzte sich wieder in Bewegung, und Jace wurde so wütend, daß er seine guten Manieren vergaß und brüllte: »Was, zum Teufel, geht hier vor?«

Miss Emily war entsetzt über seine Ausdrucksweise und empört über die Behandlung, die er Nellie hatte widerfahren lassen, aber etwas in seiner Stimme zwang sie dazu, noch einmal stehenzubleiben und sich umzudrehen: »Wo sind Sie denn seit dem letzten Erntedankfestball gewesen?« schnaubte sie ihn an.

»Zu Hause in Warbrooke in Maine. Ich habe dort meinen ganzen Besitz verkauft, damit ich wieder hierherkommen, Nellie heiraten und mich in Chandler niederlassen kann.«

Miss Emily stand da und blinzelte ihn an. »Warum haben Sie das nicht Nellie gesagt?« flüsterte sie.

Jace war überzeugt, daß sie alle in dieser Stadt den Verstand verloren hatten. »Ihr sagen? Ich habe ihr jeden Tag geschrieben, seit ich Chandler verließ.« Er zog den Packen Briefe aus seiner Brusttasche, an dem die rosenfarbene Schleife im Wind flatterte. »Hier sind ihre Briefe an mich, und —« er zog eine kleine Schmuckschatulle aus der Hosentasche, öffnete sie und zeigte Miss Emily einen Goldreifen mit einem riesigen gelben Diamanten — »hier ist der Verlobungsring, den ich Nellie geben will. Er ist schon seit vielen Jahren in unserer Familie. Glauben Sie, daß er ihr gefallen wird?«

Miss Emily bemühte sich, ihre Fassung wiederzugewinnen.

Ein Mann, dessen Familie solche Ringe zur Verlobung verschenkte, hatte es wahrhaftig nicht nötig, sich so ein kleines Geschäft wie die Grayson-Freight unter den Nagel zu reißen. »Oh, gütiger Himmel, was geht in dieser Stadt nur vor sich? Haben Sie auch für die anderen jungen Damen in Chandler Verlobungsringe mitgebracht?«

Nun war Jace sich absolut sicher: die Leute hier waren verrückt geworden. »Nein«, sagte er geduldig. Er hatte nicht geglaubt, daß Miss Emily senil sein könne; aber nun revidierte er seine Meinung. »Ich pflege nie mehrere Frauen auf einmal zu heiraten. Vielleicht verwechseln Sie mich mit Ritter Blaubart. Aber wenn Sie mich jetzt entschuldigen wollen?« Er tippte mit dem Finger an seine Hutkrempe und drehte sich von ihr fort.

»Mr. Montgomery!« rief Miss Emily und zwang ihn, wieder stehenzubleiben. »Wir beide müssen miteinander reden.«

»Gewiß, das werden wir. Ich verspreche es Ihnen. Aber erst später; denn jetzt will ich Nellie besuchen.«

Miss Emily hielt ihn energisch am Arm fest. »Wir beide reden *zuerst* miteinander. *Bevor* Sie Nellie besuchen. Ich glaube, da gibt es ein paar Dinge, die Sie wissen müssen.« Als er den Mund öffnete, um zu protestieren, fuhr Miss Emily fort: »Ich bezweifle sehr, daß Nellie Sie sehen möchte.«

»Nellie will mich nicht sehen? Aber Nellie hat mir doch ihre Einwilligung gegeben, als ich sie fragte, ob sie mich heiraten möchte.« Er hielt den Packen Briefe in die Höhe.

»Ich glaube nicht, daß Nellie Ihnen diese Briefe geschrieben hat. Nellie glaubt, wie jeder hier in der Stadt, daß Sie ihr den Kopf verdreht und sie dann haben sitzen lassen.«

Einen Moment lang war Jace sprachlos. Er blickte die Straße zu Nellies Haus hinunter. »Vielleicht sollten wir miteinander reden«, sagte er leise.

Es war eine Stunde später, als er wieder Miss Emilys Haus verließ. Und er war so wütend, daß er ganz weiß war im Gesicht.

«Du wirst nie erraten, wen ich heute gesehen habe«, sagte Johnny Bowen zu Terel. Er begleitete sie nach einem Einkaufsbummel nach Hause und trug ihre Pakete.

»Wen?« fragte Terel, nicht sonderlich neugierig. Sie wußte, daß Johnny sie nur begleitete, weil er hoffte, einen Blick auf Nellie zu erhaschen. Seit dem Erntedankfestball und vor allem seit dem Tag, als Nellie sich abgemagert in diesem blauen Kostüm auf den Straßen von Chandler zeigte, schien es, als ob jeder Mann in dieser Stadt ihr den Hof machen wollte. Wie Miss Emily eines Tages lachend zu ihr bemerkte: »Nellie hat alles — Schönheit, Verstand, ein liebenswürdiges Wesen, einen reichen Vater, und sie kann kochen. Sie ist der Traum eines jeden Mannes.« Und es schien, als habe Miss Emily die Männer gar nicht so falsch eingeschätzt; denn sie umschwärmten Nellie wie Bienen eine Honigblüte. Nicht daß Nellie sie beobachtet hätte, aber je mehr sie die Männer ignorierte, um so heftiger versuchten diese, Nellies Aufmerksamkeit auf sich zu lenken. Terel konnte nicht mehr aus dem Haus gehen oder niemanden mehr in ihr Haus einladen, ohne mit Fragen über Nellie bestürmt zu werden.

»Ich sah diesen Mann — diesen Jace Montgomery.«

Terel hielt mitten im Schritt inne. »Du hast ihn gesehen? Wann? Wo?«

»Hier in Chandler, vor etwa einer Stunde. Er sprach mit Miss Emily. Vielmehr sah es so aus, als würden die beiden miteinander streiten; aber ich ging auf der anderen Straßenseite, und so konnte ich nicht hören, was sie sagten. Er sah nicht gerade glücklich aus.«

Terel fühlte sich plötzlich gar nicht gut. Tatsächlich hatte sie mit einemmal große Angst. Sie griff sich mit der Hand an die Stirn und fiel schwer gegen Johnnys Schulter.

»Terel, fehlt dir etwas?«

»Ich bin krank«, flüsterte sie. »Bring mich ins Haus.«

»Klar.« Er legte ihr den Arm um die Schultern und wollte sie beim Gehen stützen.

»Trage mich, du Dummkopf«, zischelte sie.

»Oh, klar.« Johnny bückte sich und hob sie auf seine Arme. »Du bist schwerer, als du aussiehst.« Schwankend trug er sie die Vortreppe zum Hauseingang hinauf und balancierte sie auf einem Knie, damit er die Tür öffnen konnte. Er schwitzte heftig, und sein Rücken machte sich unangenehm bemerkbar. »Aufs Sofa?« fragte er mit vor Anstrengung schriller Stimme.

»In den Oberstock, du Idiot; und rufe nach Nellie.«

Johnny lehnte sich am Fuße der Treppe gegen die Wand und keuchte. »Nellie«, sagte er, und es war nicht viel mehr als ein Flüstern.

»Sie wird dich nie hören, wenn du nicht lauter sprichst.«

»Nellie!« rief Johnny.

»Noch einmal.«

»Nellie!« Und dann etwas leiser: »Terel, was hast du zum Frühstück gegessen? Backsteine?«

Sie hörte Nellie kommen. »Trag mich nach oben. Aber langsam.«

»Schnell könnte ich auch gar nicht.« Stöhnend und mit schmerzenden Armen und wundem Rücken schleppte er sie nun von Stufe zu Stufe hinauf in den Oberstock.

»Terel?« rief Nellie. »Oh, Terel, was ist mit dir passiert?«

»Nichts weiter, nur ein kleiner Schwindelanfall. Wahrscheinlich ist es wieder das Herz.«

»Trag sie hier herein.« Nellie dirigierte Johnny zu Terels Bett. »Geh und hole Dr. Westfield. Sag ihm, er muß sofort kommen. Sag ihm, es wäre ein dringender Notfall!«

In diesem Moment flog unten die Haustüre auf und schepperte gegen die Wand, daß das ganze Haus wackelte.

»*Nellie*!« brüllte Jace Montgomery. »Wo steckst du?«

Alles Blut wich aus Nellies Gesicht, während sie sich an Terels Bett aufrichtete.

»Nellie.« Terel packte ihre Schwester beim Arm. »Oh, meine teure Nellie, er ist es, und ich bin zu krank, um dir beistehen zu können gegen ihn. Ich werde alles tun, um dir zu helfen. Johnny, schick ihn weg.«

Johnny machte ein entsetztes Gesicht. »Der Mann ist doppelt so breit und groß wie ich.«

Unten konnten sie Jace von Zimmer zu Zimmer gehen hören.

»Ich muß zu ihm gehen«, sagte Nellie leise.

»Nein, verlaß mich nicht. Bitte, bitte, Nellie, verlaß mich jetzt nicht. Du sagst doch, daß du immer um mein Wohlergehen besorgt bist. Willst du mich jetzt verlassen, wo ich sterben könnte?«

»Nein, nein, natürlich nicht.«

»Schwöre, daß du mich nicht verlassen wirst. Schwöre es.«

»Ich werde dich nicht verlassen«, flüsterte Nellie. »Ich glaube nicht, daß ich das *kann*.«

Die drei standen schweigend im Zimmer und hörten, wie Jace die Treppe heraufjagte — und dann war er bereits unter der Tür. Er war noch hübscher, als Nellie ihn in Erinnerung hatte; kräftiger, viel lebendiger.

Sein wütendes Gesicht wurde sofort weicher, als er Nellie erblickte, und trotz allem, was sie inzwischen über ihn wußte, trat sie auf ihn zu; aber Terels Griff um ihren Arm wurde noch fester. »Verlaß mich nicht«, flüsterte sie.

»Was kann ich für Sie tun, Mr. Montgomery?« gelang es Nellie endlich zu sagen.

»Ich bin gekommen, um dich von hier wegzuholen — dich zu heiraten.« Nach der Aussprache, die er eben mit Miss Emily gehabt hatte, war es eigentlich sein dringendstes Bedürfnis, Terel zu erwürgen. Er war sicher, daß sie für alle Gerüchte verantwortlich war, die über ihn in Chandler kursierten. Er war überzeugt, daß sie die Briefe verfaßt hatte, die sie mit dem Namen ihrer Schwester unterschrieben und ihm nach Maine geschickt hatte.

»Ich bin vielleicht einmal eine Närrin gewesen, aber ein zweites Mal passiert mir das nicht mehr«, sagte Nellie. Ihr Herz klopfte ihr bis in den Hals hinauf.

Jace konnte nun seinen Zorn nicht länger unterdrücken. »Solange du in diesem Haus bleibst, wird man dich immer zur Närrin machen.«

Terels Griff um Nellies Arm wurde noch fester. Sie wimmerte leise.

»Meine Schwester ist krank. Sie . . .«

»Krank? Das stimmt. Sie ist krank im Kopf.« Jace versuchte sie zu beruhigen. »Nellie, ich liebe dich. Ich fuhr nach Hause, weil ich ein Telegramm bekam, in dem stand, daß mein Vater im Sterben läge. Ich schrieb dir ein Billett. Darin erklärte ich dir, warum ich fort müsse und wo ich zu erreichen sei. Ich schrieb dir während meiner Abwesenheit fast täglich einen Brief.«

»Wir haben keine Briefe von Ihnen bekommen, Mr. Montgomery«, sagte Terel.

»Sie halten sich da raus«, sagte Jace, sie wütend anfunkelnd. »Ich weiß nicht, wie Sie das geschafft haben, aber ich weiß, daß Sie die Drahtzieherin eines Komplotts gewesen sind. Für zwei Cents . . .«

»Reden Sie nicht in so einem Ton mit meiner Schwester. Sie ist krank, Johnny, geh und hole den Arzt.«

Da Mr. Montgomery die Tür blockierte, war Johnny nicht bereit, sich an ihm vorbeizudrücken. Er blieb, wo er war — in eine Ecke des Zimmers an die Wand gepreßt.

»Schau dir das an.« Jace holte den Packen Briefe aus der Brusttasche seines Jacketts und warf ihn auf das Bett. »Diese Briefe habe ich von dir erhalten, als ich in Maine war.« Er blickte Terel an. »Was haben Sie mit meinen Briefen an Nellie gemacht?«

Terel nahm die Briefe an sich, ehe Nellie sie vom Bett aufheben konnte. »Wessen Handschrift ist das? Gewiß nicht die von Nellie. Und ganz bestimmt nicht meine.« Sie warf die Briefe vor Jace' Füße auf den Boden.

»Du gemeines, kleines . . .« begann Jace und wollte auf Terel losgehen.

Terel versteckte sich hinter Nellies Rücken. »Er will mich umbringen! Rette mich, Nellie!«

»Mr. Montgomery, Sie müssen jetzt gehen.«

»Ich werde nicht eher gehen, bis ich dir alles erklärt habe.«

Nellie fand allmählich ihr Gleichgewicht wieder. »Ich denke nicht. Nein, lassen Sie mich jetzt reden. Sie hatten genügend Gelegenheit, sich zu erklären. Ich fürchte, daß ich Ihnen einmal alles geglaubt habe, was Sie zu mir sagten, Sir. Ich habe mich damals Ihnen zuliebe gegen meine Familie gestellt. Doch das passiert mir nicht zum zweitenmal. Ich kann Ihnen nicht zweimal mein Vertrauen schenken. Sie haben es einmal gebrochen, und deshalb glaube ich Ihnen nicht mehr.«

»Nellie«, sagte Jace, und das Wort kam aus dem tiefsten Grund seines Herzens. »Ich habe nie etwas getan, was dein Vertrauen enttäuschen konnte. Ich schrieb dir. Ich . . .«

»Ich habe weder Briefe geschrieben noch welche erhalten.«

»Weil *sie* dort die Briefe abfing.«

Terel klammerte sich an Nellie und wimmerte.

»Meine Familie liebt mich und hätte keinen Grund, mir zu schaden. Sie jedoch wollten nur das Geschäft meines Vaters in Ihren Besitz bringen. Sie haben sogar einer alten Jungfer den Hof gemacht, weil sie seine Tochter ist und sie auf diesem Weg ans Ziel zu gelangen hofften.«

Jace holte tief Luft und versuchte seinen Zorn zu beherrschen. »Nellie«, sagte er leise, »deine Schwester hat allen Grund, sich zu wünschen, daß du bei ihr bleibst. Du bist nicht viel mehr als eine Sklavin für sie. Man kann sich nicht so eine Ergebenheit und solche Sklavendienste, wie du sie ihr leistest, für noch so viel Geld kaufen. Sie braucht sich nur etwas zu wünschen, und du verschaffst es ihr.«

Er holte abermals tief Luft. »Und wenn du behauptest, ich wollte dich nur haben, um mir das Geschäft deines Vaters zu verschaffen, dann solltest du inzwischen doch erfahren haben, daß meiner Familie die Warbrooke-Reederei gehört. Ich könnte das Geschäft deines Vaters mit dem Kleingeld in meiner Westentasche kaufen. Jeder andere in dieser Stadt scheint zu wissen, wieviel Geld ich habe.« Er schielte zu Terel hin, die sich noch immer hinter Nellie versteckte. »Ich wollte nie euer Geschäft haben; ich wollte nur *dich.*«

Nellie schwindelte der Kopf. War das, was er sagte, wahr? Wenn sie ihm glaubte, was die Briefe und sein Vermögen betraf, mußte sie auch glauben, daß ihre Familie sie belogen und hintergangen hatte. Ihre Familie liebte sie. Sie würde ihr niemals schaden wollen. Sie wollte nur ihr Bestes.

»Nellie, komm mit mir«, sagte Jace leise, ihr seine Hand hinstreckend. »Ich habe dich vom ersten Moment an, als ich dich sah, geliebt. Bitte, komm mit mir.«

Sie wollte mit ihm gehen. Gott möge ihr helfen, dachte sie: vielleicht war sie eine törichte, verzweifelte, nach Liebe hungernde alte Jungfer. Vielleicht hatte er sie belogen. Vielleicht würde er sie nur verführen, wenn sie mit ihm ging, ihr ein Kind machen und sie dann sitzen lassen. Aber das störte sie in diesem Moment nicht. Sie wollte seine Hand nehmen, mit ihm das Haus verlassen und sich kein einziges Mal mehr umsehen.

Aber sie konnte nicht. Sie *konnte* ihre Familie nicht verlassen. Als ob Ketten sie hier festhielten, so war dieses Gefühl, daß sie ihre Familie nicht verlassen durfte, weil sie sie damit um ihr Wohlbefinden brächte. Wer würde für sie kochen? Sie betreuen? Sich um ihre Bedürfnisse kümmern?

»Ich kann nicht«, flüsterte sie.

Jace ließ ihre Hand los, und der unverhüllte Schmerz auf seinem Gesicht war erschreckend. »Du willst nicht.«

»Ich kann nicht.«

Jace blickte Terel an. »Es scheint, als ob Sie gewinnen.

Meine Liebe ist nicht so stark wie Ihr Egoismus.« Er blickte auf Nellie zurück. »Ich werde drei Tage lang im Hotel Chandler bleiben. Komme dorthin.« Er drehte sich um und verließ das Zimmer.

Die drei im Zimmer lauschten, bis sie die Haustür ins Schloß fallen hörten. Johnny löste sich von der Wand und blickte Nellie an. »Du hättest mit ihm gehen sollen«, sagte er leise und ging dann aus dem Zimmer.

Ich weiß, dachte Nellie, aber sie konnte niemandem erklären, wie sie sich fühlte. *Sie konnte die Familie nicht verlassen.*

Terel legte sich in die Kissen zurück. »Ich bin froh, daß das vorbei ist. Nellie, ich denke, ich hätte jetzt doch ganz gern einen Tee und vielleicht ein Stück von dem Kuchen, den du heute morgen gebacken hast.«

Nellie drehte sich um und blickte ihre Schwester an. War da etwas Wahres an Jace' Behauptung? Hatte er ihr geschrieben und Terel seine Briefe vernichtet?

»Nellie, nun schau mich bloß nicht so an. Ich bekomme noch eine Gänsehaut davon.«

War sie wirklich nicht mehr als eine Sklavin ihrer Familie? »Hast du gewußt, daß er reich ist?« flüsterte Nellie. »Ist das wahr? Ist er reich?«

»Wenn er reich wäre, würde er dann den Posten eines Schreibers in Vaters Kontor angenommen haben? Würde er dann einer Frau den Hof gemacht haben, die kein anderer in der Stadt haben wollte? Manchmal ist es schockierend, erleben zu müssen, daß du Fremden mehr glaubst als der eigenen Familie, Nellie. Und vorhin hatte ich tatsächlich einen Moment lang das Gefühl, daß du mit ihm gehen wolltest. Mit einem Mann, den du gar nicht kennst. Daß du seinetwillen eine Familie verlassen wolltest, die dich liebt.« Sie faßte nach Nellies Hand. »Du würdest mich doch nicht verlassen, nicht wahr? Du hast es mir versprochen.«

»Nein, ich glaube nicht, daß ich das kann.« Sie entzog Terel ihre Hand. »Ich bringe dir jetzt deinen Tee.«

»Und iß nicht den ganzen Kuchen allein auf. Vater möchte auch gern ein Stück davon haben.«

Nellie blieb unter der Tür stehen, und der Blick, den sie Terel zuschickte, war eisig. »Ich glaube nicht, daß mein Gewicht noch länger Anlaß zur Besorgnis gibt. Falls du es noch nicht bemerkt haben solltest: *du* bist jetzt die Dickere von uns beiden.« Damit drehte sich Nellie um und stieg die Treppe ins Erdgeschoß hinunter.

Kapitel 10

Die Küche

Berni verließ den Eßsaal und bemerkte sofort, daß sie wieder den Hosenanzug trug, in dem sie beerdigt worden war. Sie hatte ziemlich lange gegessen, sich all die köstlichen Dinge schmecken lassen, die sie auf Erden hatte meiden müssen, um schlank zu bleiben. Doch nun stand sie draußen im Korridor und dachte nach.

Pauline erschien aus dem Nebel. »Bist du schon im Phantasie-Saal gewesen?«

Bernis Augen weiteten sich. »Was für eine Art von Phantasie wird dort geboten?«

»Alles, was du dir wünschst.«

Bernis Augen wurden begehrlich: »Mittelalterliche Ritter? Drachen?«

»Alles.« Pauline ging auf einen goldenen Torbogen zu. Berni ihr dicht auf den Fersen. Aber dann blieb sie stehen.

»Ich habe eben an Nellie gedacht. Ich fragte mich, was aus ihr geworden ist. Hat sie abgenommen? Hat sie dieses prächtige Mannsbild geheiratet?«

»Sie hat abgenommen, trifft sich aber nicht mehr mit diesem Mr. Montgomery. Er ist zwar noch in Chandler, aber ich denke, er wird bald alle Hoffnungen aufgeben. Nellie will ihn nicht sehen. Dort ist der Phantasie-Saal.«

»Warte einen Moment. Warum will sie diesen Montgomery nicht sehen? Ich dachte, sie würde ihm gefallen, wenn sie nicht mehr dick ist.«

»Mr. Montgomery liebt sie — seine Liebe hat nichts mit ihrem Leibesumfang zu tun. Aber Nellie ist an die Wünsche gebunden, die du ihr geschenkt hast. Sie kann das Haus ihres Vaters nicht verlassen und das Wohlbefinden ihres Vaters und ihrer Schwester stören.«

»Oh«, sagte Berni und sah auf ihre Füße. »Ich hatte nicht die Absicht, ihr zu schaden. Sie schien mir eine wirklich nette Person zu sein. Ich dachte . . .«

»Was hat so ein Dickwanst wie Nellie schon zu bedeuten?«

»Nellie bedeutet vielen etwas. Man brauchte ihr doch nur zuzusehen, wie sie anderen Menschen hilft. Leute wie sie zählen. Nellie würde niemals . . .«

Berni hielt inne, weil Pauline mit ihr durch den Bogen gegangen war und der Nebel sich lichtete. Vor ihnen war in der Tat eine Szene, wie sie Berni in ihren wildesten Träumen nicht besser hätte erfinden können. Eine schöne junge Frau mit hüftlangen blonden Haaren, die ein hautenges rosenfarbenes Seidenkleid trug, war an einen Pfahl gekettet. Vor ihr war ein mächtiger, aber auch irgendwie niedlicher Drache mit einer gegabelten Zunge, der Feuer durch die Nüstern blies und mit einem unglaublich gutaussehenden, muskulösen, dunkelhaarigen, mit einem Kettenhemd bekleideten Mann kämpfte. Berni wäre um ein Haar in Ohnmacht gefallen.

»Komm«, sagte Pauline. »Du kannst die Jungfrau am Pfahl sein.«

Berni rückte zwei Schritte vor, blieb dann aber wieder stehen. »Nein, ich möchte nach Nellie schauen.«

»Nellie kann warten. Hast du das Pferd dieses Mannes gesehen?«

Der Nebel lichtete sich zu ihrer Rechten, und da stand ein wunderschöner Rappenhengst mit einer Satteldecke aus roter Seide.

Berni schluckte und wich einen Schritt zurück. »Nein«,

versuchte sie mit fester Stimme zu sagen: aber sie hörte sich eher atemlos an. »Ich möchte Nellie sehen.«

Abrupt senkte sich wieder der Nebel über diese Szene, und Berni seufzte erleichtert. Sie grinste Pauline an. »Ich hätte mich sowieso nicht zwischen dem Mann und dem Drachen entscheiden können.«

»Deine Wahl«, sagte Pauline und führte sie durch den Nebel zum Goldenen Bogen des Betrachtungszimmers.

Berni setzte sich auf die gepolsterte Bank und wartete, bis der Nebel sich lichtete und das Wohnzimmer der Graysons zeigte. Nellie legte gerade Tannenzweige auf den Kaminsims.

»Sie sieht großartig aus«, sagte Berni. »An ihr ist wirklich was dran, und jetzt ist sie viel hübscher als ihre Schwester. Wo ist da das Problem? Warum hat sie nicht diesen Montgomery? Mehr noch — warum ist sie nicht auf irgendeiner Party? Mit diesem Aussehen kann sie *jeden* Mann haben.«

»Nellie hat sich nie viel aus ihrem Aussehen gemacht. Sie wollte immer nur lieben und geliebt werden. Mr. Montgomery hatte das sofort gespürt.«

Berni sah zu, wie Nellie das Haus für Weihnachten schmückte und Tannenzweige um das Geländer der Treppe wand.

Sie war überaus hübsch geworden; aber auf ihrem Gesicht lag eine tiefe Traurigkeit. Als Berni sie zum erstenmal gesehen hatte, war Nellie fett gewesen, jedoch nicht so traurig wie jetzt. Berni konnte das nicht verstehen. Auf der Erde hatte sie viele Tausend Dollar für kosmetische Chirurgen ausgegeben, damit sie auch nur halb so gut ausgesehen hatte wie Nellie jetzt; doch da sah sie diese jetzt in der Halle stehen mit einem Gesicht, das einen Weltkrieg hätte auslösen können, und einer Figur, die besser war als jeder Poster eines Herrenmagazins, und sah ganz verlassen und elend aus.

»Warum geht sie denn nicht zu diesem Mann?« schnaubte Berni.

»Aus zwei Gründen. Einmal, weil sie durch den Wunsch, den du ihr geschenkt hast, gebunden ist, und zum anderen, weil sie nicht weiß, wie sie es anstellen soll, ihm nachzulaufen. Du kannst nicht erwarten, daß ein Schaf sich in einen Wolf verwandelt, nur weil du diesem Schaf einen Wolfspelz umgelegt hast. Nellie bleibt Nellie, ob dick oder dünn.«

Berni drehte das Gesicht vom Schirm und legte die Hände an die Schläfen. »Ich kann es nicht ertragen, ihr noch länger zuzuschauen.«

Pauline bewegte die Hand, und der Schirm und das Haus der Graysons verschwand.

»Was passiert jetzt?« fragte Berni.

»Das liegt bei dir. Wir liefern die . . .«

»Ja, ja, ich weiß. Ich soll die Weisheit liefern. Aber ich bin bis jetzt nicht sonderlich weise gewesen, nicht wahr?«

»Oh, nun, was bedeutet schon ein Dickwanst mehr oder weniger?«

Berni zuckte zusammen. »Du mußt es nicht dauernd betonen. Ich habe es begriffen. Man kann sich doch schließlich mal täuschen. Du sagtest, dieser Montgomery liebt sie. Würde Sie jetzt bei ihm sein, wenn sie nicht durch diesen Wunsch an ihre Familie gebunden wäre?«

»Vermutlich. Aber wer weiß das schon? Man kann in solchen Dingen nie eine korrekte Voraussage machen.«

Berni blickte wieder auf den Nebel an der Wand zurück. »Ich würde gern mehr über Nellie wissen. Ist es möglich, ihr ganzes bisheriges Leben zu sehen? Von Anfang an?«

»Natürlich.« Pauline bewegte abermals die Hand, und da lag eine hübsche Frau in einem viktorianischen Bett und bemühte sich, ihr Kind zur Welt zu bringen.

»Ich verlasse dich jetzt«, sagte Pauline, sich von der

Polsterbank erhebend. »Ich werde zurückkommen, wenn Weihnachten 1896 vor der Tür steht.«

Berni winkte ihr zerstreut mit einer Hand zum Abschied zu und streckte sich dann auf der Bank aus, um die Vorgänge auf dem Schirm zu verfolgen. Sie hatte bereits gelernt, daß die Küchen-Zeit nicht identisch war mit der irdischen Zeit. Die Szenen auf dem Schirm schienen nur so vorbeizufliegen. Berni sah, daß Nellie von Anfang an ein stilles, ernstes Kind gewesen war, das jedem nur Freude machen wollte. Ihre Mutter war kränklich; und so war es Nellie nicht gestattet, auch nur einen Muckser von sich zu geben. Und da das Geschäft ihres Vaters am Anfang kaum etwas abwarf, hatte Nellie immer viel zu tun. Als Belohnung für ihren Gehorsam wurde Nellie von ihren Eltern fast immer ignoriert.

Als Nellie acht Jahre alt war, brachte ihre Mutter Terel zur Welt, wurde darauf noch kränker und starb vier Jahre später. Aber Nellie schien es nichts auszumachen, für ihre kleine Schwester zu sorgen. Sie hielt das plärrende Kind auf ihrem Arm und betrachtete es liebevoll. Zum erstenmal in ihrem Leben glaubte sie jemanden zu haben, der ihre Liebe erwidern würde.

Nach dem Tod seiner Frau schien Charles Grayson keine Skrupel zu haben, seiner zwölfjährigen Tochter die Verantwortung für das Baby zu überlassen. Nellie war eine gute Mutter; aber sie war so hungrig nach Liebe, daß sie dem Baby alles gab, wonach es verlangte, so daß Terel in dem Glauben aufwuchs, daß Nellies einziger Daseinszweck darin bestand, ihre, Terels, Wünsche zu erfüllen.

In ihren Pubertätsjahren begann Nellie Speck anzusetzen. Berni sah, wie die Jungs mit Nellie flirteten und sie zum Erröten brachten. Da verbot Charles, wenn er heimkam, seiner Tochter Nellie auszugehen und ihn mit ihrer kleinen Schwester alleinzulassen. Nellie ging nach diesen Verboten in die Küche und aß.

Als Berni Nellies Leben bis zum Jahre 1896 verfolgte, hatte sie Nellies irdisches Los begriffen. Nellie wußte nicht, wie sie für das, was sie sich wünschte, kämpfen sollte. Sie hatte nur gelernt, zu geben und sich für andere aufzuopfern.

Berni beobachtete nun, wie Jace Montgomery in Nellies Leben trat, sah, wie sie unter seiner Liebe aufblühte, und lächelte warm.

Nellie verdiente es, jemanden zu haben, der sie liebte, verdiente es, von dem Los einer Sklavin für ihren Vater und ihre Schwester befreit zu werden.

Die Dinge änderten sich, als Nellie sich anschickte, ihre drei Wünsche zu verschenken, und Berni spürte, wie sie immer kleiner wurde. Sie hatte Nellie nicht schaden wollen. Nellie hatte nun, weiß Gott, genug Schmerzen in ihrem Leben ertragen müssen. Aber mit ihren Wünschen hatte Berni ihr nicht eine Last abgenommen, sondern ihr nur noch größere Bürden aufgeladen.

Berni beobachtete Nellie auf dem Erntedankfestball und fand, daß sie schön aussah. Ein bißchen breit vielleicht; aber sie war so verliebt, daß ihr ganzer Körper zu glühen schien. Nach dem Ball sah Berni dann, was Terel mit Jace anstellte, ihm ein getürktes Telegramm schickte, anschließend Jace' Briefe an Nellie stahl und eine arme Frau dafür bezahlte, daß sie Jace Briefe schrieb, damit er glauben sollte, Nellie hätte seine Briefe auch erhalten.

»Du hinterhältige kleine Kröte«, murmelte Berni.

Sie beobachtete, wie Jace nach Chandler zurückkam, sah dann die Szene, wie Terel die Herzkranke spielte. Berni hörte, wie Jace Nellie bat, mit ihm das Haus zu verlassen, und sie hörte Nellie sagen, daß sie das Haus nicht *verlassen konnte.* »Meines dritten Wunsches wegen«, sagte Berni laut.

Endlich tauchte dann die Szene wieder auf dem Schirm auf, wo Nellie das Haus mit Tannenzweigen schmückte.

Es war zwei Tage her, daß Jace sie gebeten hatte, mit ihm zu gehen, und drei Tage vor dem Weihnachtsfest.

Der Schirm bedeckte sich mit Nebel.

»Was soll es sein?« fragte Pauline. »Noch mehr Wünsche?«

»Kann ich auf die Erde zurückkehren und Nellie helfen?«

»Auf die Erde zurückkehren? Du willst die Küche verlassen? Die Freuden dieses Ortes für die Leiden und Tücken der Erde aufgeben? Du weißt, daß du noch nicht alle Wonnen des Bankettsaals ausgekostet hast. Dort gibt es Schokoladenberge. Und das ist nicht irgendeine billige Milchschokolade; sondern allerfeinste Schokoladenkrem. Du kannst so viel davon essen, wie du willst, und wirst dennoch kein Gramm zunehmen.«

Berni zögerte, als sie sich diese Schokoladenberge vorstellte. »Nein«, sagte sie fest, »ich will auf die Erde zurückkehren. Nellie braucht eine Lehrerin. Sie ist dieser Schwester nicht gewachsen. Sie braucht Hilfe.«

»Aber ich dachte, du magst diese Terel. Wenn ich mich recht erinnere, sagtest du, Terel würde dich an dich selbst erinnern.«

»Terel ist *exakt* so wie ich, und deshalb ist es nötig, daß *ich* sie bekämpfe.«

»Sie bekämpfst?« meinte Pauline verwundert. »Aber ich dachte, du betrachtest sie als Aschenputtel, die du in eine Märchenprinzessin verwandeln wolltest.«

»Sie glaubt ja schon, daß sie Aschenputtel ist und einen Anspruch besitzt, als Märchenprinzessin behandelt zu werden. Was berechtigt sie dazu, Nellie alles wegzunehmen? Nellie ist hundertmal wertvoller als sie. Kann ich jetzt auf die Erde zurückkehren?«

»Du darfst gehen, aber das Limit beträgt drei Tage. Und ich warne dich: diese Besuche führen nur selten zu akzeptablen Ergebnissen.«

»Dieses Risiko darf ich nicht scheuen. Nun muß ich aber noch mehr über diese Familie wissen. Ich habe vor, mich bei den Graysons als eine lange verloren geglaubte, sehr reiche Verwandte einzuführen. Glaubst du, ich könnte eine dazu passende Garderobe bekommen, etwas aus grüner Seide, das zu meinen Augen paßt?«

Pauline lächelte. »Ich denke, das läßt sich machen. Es gibt aber Gesetze, an die du gebunden bist. Was geschehen ist, ist geschehen. Du kannst nicht ändern, was Nellie sich bereits gewünscht hat.«

»Ich habe nicht vor, das Wohlbefinden ihrer Familie zu stören«, erwiderte Berni mit einem Lächeln. »Im Gegenteil — keine Familie in Amerika wird sich wohler fühlen als die Graysons.«

»Und drei Tage«, sagte Pauline. »Mehr Zeit hast du nicht.«

»Ich habe meinen zweiten Ehemann in drei Tagen unter Dach und Fach gebracht, und das ohne jeden Zauber. Wie wäre es mit einem Hut mit Straußenfedern? Und könnte ich ein Paar Schuhe mit vielen Knöpfen bekommen?«

»Ich hoffe, du machst deine Sache gut«, sagte Pauline leise.

»Ich bekomme immer, was ich will. Terel hat gegen mich überhaupt keine Chance.«

Pauline seufzte. »Schön, dann komm mit mir. Wir werden dich in das Gedächtnis der Graysons einimpfen, so daß sie eine vage Erinnerung an eine Tante Berni haben, und dich dann hinunterschicken.«

»Und die dazu nötigen Kleider«, sagte Berni. »Vergeßt mir ja die Kleider nicht. Wie wäre es mit einem Bernsteinkollier, das zu grüner Seide paßt?«

»Du wirst alle Kleider haben, die du dir wünschst. Ich hoffe, ich werde das nicht zu bereuen haben — und, wichtiger noch, daß Nellie es nicht bereuen muß.«

»Keine Angst. Wenn es darauf ankommt, ein Biest zu sein, bin ich allererste Qualität. Da kann ich dir ein Lehrbuch drüber schreiben.«

»Das ist ein Buch, das ich nicht lesen möchte«, murmelte Pauline, als sie sich in Bewegung setzten.

Chandler, Colorado

1896

»Wie reich?« fragte Terel, in eines von Nellies knusprigen Apfeltörtchen beißend.

»*Sehr* reich«, sagte Charles, den Brief auf den Tisch legend. »Und außer uns hat sie keine anderen Verwandten. Ich habe den Eindruck, daß sie eine von euch zu ihrer Erbin machen will.«

»*Eine* von uns?« fragte Terel, einen schrägen Blick zu Nellie hinüberwerfend, die am entfernten Ende des Eßzimmertisches saß.

Wie gewöhnlich achtete Nellie nicht darauf, was Terel und ihr Vater sich erzählten. Nellie war noch nie ein Ausbund an Fröhlichkeit gewesen, aber in den letzten zwei Tagen, seit dieser Mann ins Haus gestürmt war, konnte man Nellie nur noch als Trauerkloß bezeichnen. »Warum nur *eine* von uns beiden?«

»Sie schreibt, daß sie ihr Vermögen nicht aufteilen will. Sie möchte, daß es nach ihrem Tod zusammenbleibt, und daraus schließe ich, daß sie vorhat, es nur einer von euch beiden zu vermachen.«

»Hmmm«, meinte Terel nachdenklich. »Ich wünschte, du hättest uns schon früher von ihrem Besuch unterrichtet — nicht erst am Tag ihrer Ankunft.«

»Es ist mir unbegreiflich, warum ich das nicht getan habe«, erwiderte Charles, ehrlich verwirrt. »Ich bin sicher, daß ich von ihrem Besuch gewußt habe; aber warum ich es keinem sagte, verstehe ich einfach nicht.«

»Nun gut«, sagte Terel, sich die Finger ableckend. »Ich werde mein möglichstes tun, sie bei guter Laune zu halten. Nellie, du bleibst am besten in der Küche und kochst. Deine wunderbaren Gerichte werden Tante Berni ganz sicher erfreuen.«

Nellie machte sich nicht die Mühe, ihr zu antworten. Sie schob ihr Essen auf dem Teller hin und her. Zum erstenmal in ihrem Leben hatte sie keinen Appetit. Wenn man Hunger hatte, war das ein Zeichen, daß man lebendig war. Und in diesem Augenblick fühlte Nellie sich nicht sehr lebendig.

Terel drehte sich Nellie zu und studierte sie. Ja, es würde viel besser sein, wenn man Nellie vor dieser reichen Verwandten versteckte. Terel hätte sich nicht so viel Sorgen gemacht, wenn Nellie noch so dick gewesen wäre wie früher. Aber diese neue Nellie — schlank, schön, von einer unbewußten Anmut —, brachte die Leute dazu, sich mindestens zweimal nach ihr zu erkundigen. Was Nellie an sich hatte, daß die Leute so viel Sympathie für sie empfanden, war ihr, Terel, absolut schleierhaft. Miss Emily, diese neugierige alte Hexe, fragte ständig nach Nellie. Und beim Gottesdienst erkundigten sich alle, ehe sie in ihren Bänken Platz nahmen, nach Nellies Gesundheit. Terel vermutete, daß das wohl mit der Großzügigkeit zusammenhing, mit der Nellie ständig ihr Essen an die Schmuddelkinder von Chandler verteilte. Nicht einer dachte jemals daran, sich bei ihrem Vater zu bedanken, daß er für dieses Essen bezahlte, noch kam jemand auf die Idee, Terel sein Mitgefühl auszusprechen, weil sie schließlich entbehren mußte, was Nellie vom Familienvermögen für andere Leute ausgab. Nein, jeder sah nur Nellies Rolle als edle Spenderin.

Nun sah Nellie aus wie die Heldin eines Trauerspiels

mit ihren großen Augen, in denen das Elend nistete. Jeder, der ihr in den letzten Tagen begegnet war, schien vor Mitleid für sie zu zerfließen. Aber warum? fragte sich Terel. Sie hätte beinahe einen sehr reichen Mann geheiratet — den Nellie ihrer Meinung nach gar nicht verdient hätte — und dann das Richtige getan, indem sie bei ihrer Familie blieb. Warum versuchte sie nun jeden mit ihrer Leidensmiene anzustecken? Terel wußte, daß Nellie sie nur mit ihrem Trübsinn bestrafen wollte, doch niemand schien das begreifen zu wollen. Diese dumme Kuh Mae Sullivan hatte doch gestern zu ihr gesagt, daß sie fast geneigt wäre, Nellie die Wahrheit über Mr. Montgomery zu erzählen, nämlich daß er gar keine andere Frau in Chandler geküßt hätte. »Mich ausgenommen«, hatte Terel gesagt, sich auf den Absätzen gedreht und war davongegangen.

Warum waren die Leute nur so dumm? wunderte sich Terel. Warum wollten sie nicht begreifen, daß Nellie bei ihrer Familie viel besser aufgehoben war? Wer wußte denn, was dieser Montgomery für ein Mann war? Vielleicht mißhandelte er eine Frau, wenn er mit ihr verheiratet war. Vielleicht trank er. Vielleicht war er ein Hochstapler, der gar kein Geld hatte. Vielleicht hatte Terel ihre Schwester vor einem Schicksal bewahrt, das schlimmer war als der Tod.

Sie sollte nun nicht länger ihren Geist mit diesem Montgomery befrachten, sondern lieber an Tante Berni denken. Terel war der Meinung, daß sie eine prächtige Erbin abgeben würde. Paris, Rom, San Francisco, dachte sie. Pelze, Juwelen, Häuser.

Sie sah wieder zu Nellie hin. Sie sollte lieber diese Erbtante von Nellie fernhalten, falls sie zu diesen Typen gehörte, die sich von Nellies Leidensmiene rühren ließen und dann die gute Fee spielen wollten. Terel hatte nicht die Absicht, auf ein Vermögen zu verzichten, nur weil

Nellie ein paar Tage lang mit einem unglücklichen Gesicht durchs Haus lief.

»Ich denke, ich werde ein paar Menüs zusammenstellen«, sagte Terel nachdenklich. »Wir dürfen nicht knausern, solange Tante Berni bei uns auf Besuch ist.« Sie lächelte Nellie zu und überlegte sich dabei die komplizierten Gerichte, die sie bei Nellie bestellen wollte. Nellie würde eine Woche lang die Küche nicht verlassen können, und da Tante Berni nur drei Tage bleiben wollte . . .

Nellie war in der Küche, als sie den Trubel hörte, den die Ankunft ihrer Tante im Haus auslöste. Sie ging nicht hinaus in die Halle, um die Tante zu begrüßen, weil sich schon ihr Vater und Terel um den Besuch bemühten. Sie hörte die erhobene Stimme ihres Vaters und das Keuchen von Männern, die schwere Koffer in den Oberstock trugen. Nach einer halben Stunde oder so bereitete Nellie ein Tablett vor mit einem Krug heißen Apfelweins und einem Teller voller Weihnachtsplätzchen, die sie ihrer Tante bringen wollte. Als sie gerade im Begriff war, die Küche zu verlassen, kam ihre Schwester hereingestürmt.

»Sie hat sechs Koffer voll Kleider mitgebracht«, sagte Terel im teils entsetzten, teils bewundernden Ton. »Und sie ist mindestens fünfzig, wenn nicht älter, aber sie hat nicht eine einzige Falte im Gesicht.«

»Das freut mich für sie.«

»Schon.« Terel nahm ein Plätzchen vom Teller und steckte es in den Mund. »Aber sie hat etwas an sich, das mich mißtrauisch macht. Es sind ihre Augen . . .«

»Vielleicht ist sie einsam? Hat Vater nicht gesagt, daß sie allein lebt?«

»Ich glaube nicht, daß sie unter Einsamkeit leidet. Aber da ist etwas in ihren Augen, was ich nicht verstehe.«

Nellie drückte die Küchentür auf. »Ich werde ihr das Tablett bringen und ihr kurz guten Tag sagen.«

Berni saß im Salon und zog ihren Samtrock straff. Ihr

gefielen diese prächtigen viktorianischen Kleider; keine synthetischen Fasern, eine Menge handgestickte Applikationen und raffinierte Details. Was ihr nicht gefiel, war Terel. Berni hatte nur wenige Sekunden gebraucht, um Terel zu durchschauen. Terel war nur darauf aus, so viel wie möglich für sich zu ergattern. Berni hatte sie angesehen und gelächelt. Ich kriege dich schon, du Biest, hatte sie bei sich gedacht, und dafür muß ich nicht einmal einen Zauberstab bemühen.

Als Nellie nun ins Zimmer kam, wurde Bernis Gesicht sofort weich, denn sie erkannte das gute Herz in Nellie. Alle Bilder, die sie von Nellies Kindheit gesehen hatte, zogen vor ihren Augen vorbei, und ehe sie bedachte, was sie tat, begrüßte sie Nellie mit einem strahlenden Lächeln.

Terel, die Nellie auf den Fersen folgte, sah dieses Lächeln und schwor sich, herauszufinden, was es bedeutete. Aber sie zeigte nicht die Spur von Mißtrauen, als sie nun Tante Berni die Plätzchen und den Apfelwein anbot, während Nellie das Tablett hielt. Eine Stunde später gelang es Terel dann, aus dem Haus zu schlüpfen und diesen schrecklichen Knaben aufzusuchen, der sich Duke nannte.

»Nun?« forschte Terel. Er wollte keinen Ton sagen, ehe sie ihm nicht einen Vierteldollar in die Hand gedrückt hatte. »Hast du das Hotel beobachtet, wie ich es dir angeschafft habe?«

»Klar, und heute morgen lag ein Billett in Montgomerys Postfach. Ich habe nicht gesehen, daß es jemand hineingetan hat. Es war einfach *da.*«

»Hast du es an dich nehmen können?« schnaubte Terel ungeduldig.

Er händigte ihr das Billett aus, und sie las es rasch durch. Es war eine Einladung zum Lunch in Graysons Haus und war von Nellie unterzeichnet. Aber Terel wußte, daß dieses Billett nicht von Nellie verfaßt worden war.

Schon die Wortwahl war untypisch für Nellie. Sie zerknüllte das Billett in der Hand. Es mußte von dieser ominösen Tante Berni geschrieben worden sein. Wie hatte sie herausgefunden, wie es um diesen Montgomery und Nellie stand?

»Sie ist genauso wie all die anderen«, murmelte Terel. »Sie denken alle nur an Nellie, und keiner denkt an mich.«

»Wie war das eben?« fragte der Junge.

»Das geht dich nichts an. Nun geh zum Hotel zurück und beobachte dort weiter.«

Der Junge maulte ein bißchen, steckte dann die Hände in die Hosentaschen und ging pfeifend davon.

Als sich Terel wieder auf den Heimweg begab, fing sie an, Pläne zu schmieden. Sie wußte nicht, warum diese Tante Berni hierhergekommen war oder was sie eigentlich von ihnen wollte, aber sie gedachte das herauszufinden.

Als Terel zu Hause ankam, befand sich Tante Berni im Gästezimmer, lag auf dem Bett, aß Pralinen und las einen von Terels Romanen. »Da bist du ja, meine Liebe«, sagte Berni. »Ich hoffte, du würdest rasch wieder heimkommen. Du wirst mir doch beim Auspacken helfen, nicht wahr?«

»Nellie wird das . . .« begann Terel und setzte dann ein strahlendes Lächeln auf. Besser, wenn sie die beiden so wenig wie möglich zusammenbrachte. »Aber mit dem größten Vergnügen.«

Zwei Stunden später kochte Terel innerlich vor Wut; aber es gelang ihr, das nicht zu zeigen. Sie hatte Berni nicht nur »geholfen« — sie hatte die Schrankkoffer hierhin und dorthin schleppen müssen, sie geöffnet, daraus kleine Schrankfächer gemacht und dann alles inspiziert, um sicherzugehen, daß nichts beschädigt war. Der Anblick von Bernis Garderobe genügte schon, daß Terel sich im stillen schwor, sie würde alles tun, um Tante Berni zu zwingen, sie, Terel, zu ihrer Erbin zu machen. Doch Tante Bernis Juwelen gaben Terel Rätsel auf. »Was ist denn das?« sagte sie und hielt ein langes Röhrchen in die Höhe, das aus grünem Glas zu bestehen schien.

»Das ist ein Zauberstab. Ein einziger, langer Smaragd«, sagte Berni.

Terel lächelte dünn, erbost darüber, daß Berni sich über sie lustig machen wollte. Da ist doch irgend etwas faul, dachte Terel bei sich.

Der Lunch wurde serviert, und Berni wunderte sich, weil Jace nicht zum Essen gekommen war. Er schien doch aufrichtig in Nellie verliebt gewesen zu sein. Warum nahm er also Nellies Einladung nicht an? Vielleicht war ein Billett nicht stark genug. Vielleicht mußte Jace Nellie erst in Fleisch und Blut vor sich sehen.

Nach dem Lunch schlug Berni Terel vor, sich doch ein Weilchen aufs Ohr zu legen. »Du hast heute schon hart genug gearbeitet, um mir zu helfen. Du hast einen Mittagsschlaf verdient.«

»Ich fühle mich auch schrecklich müde«, sagte Terel und gähnte. »Ich denke, ich werde deinen Rat befolgen und mich hinlegen.« Sie ging hinauf in den Oberstock, legte sich voll bekleidet ins Bett und zog die Steppdecke über sich, damit man nicht sehen konnte, daß sie angezogen war. Zehn Minuten später hörte sie, wie ihre Tür leise geöffnet wurde, und sie sah, daß Berni den Kopf durch den Türspalt steckte, sie ein paar Sekunden lang beobachtete und dann leise die Tür wieder schloß.

Dann begab sich Berni hinunter in die Küche, wo Nellie bereits wieder das Abendessen vorbereitete, und setzte sich am anderen Ende des Küchentisches auf einen Stuhl. »Wir beide hatten bisher wenig Gelegenheit miteinander zu reden, nicht wahr?«

»Ja«, erwiderte Nellie und versuchte zu lächeln; aber ihr war so gar nicht zum Lächeln zumute.

Berni litt nun abermals unter einem schlechten Gewissen. Es war ihre Schuld, daß Nellie nun an die Küche gefesselt war. Wenn Berni sich nicht eingemischt hätte, würde Nellie jetzt vermutlich ihre Flitterwochen verleben.

»Nellie, wenn du einen Wunsch auf der Welt frei hättest, was würdest du dir wünschen?«

Jace, dachte Nellie sofort; aber sie verdrängte gewaltsam den Gedanken an ihn. »Ich schätze, ich möchte, daß meine Familie glücklich ist.«

»Du meinst, daß sie im Leben bekommen, was sie verdienen?«

»Oh, nein«, rief Nellie und wurde sich dann erst bewußt, wie seltsam sich das anhören mußte. »Ich meine, ich möchte natürlich, daß sie bekommen, was sie verdienen; denn sie haben nur Gutes verdient. Ich will jedenfalls nicht, daß sie unglücklich werden.«

»Schön«, sagte Berni, »Dann ist es so beschlossen. Die beiden bekommen, was sie verdienen, und sie werden glücklich damit sein.«

Zum erstenmal seit langer Zeit mußte Nellie ehrlich lächeln. »Du bist eine sehr gutherzige Frau, nicht wahr?«

Berni blickte in eine Ecke der Küche. Bisher hatte sie noch nie jemand gutherzig genannt. Sie wandte Nellie wieder das Gesicht zu. »Ich möchte dich um einen Gefallen bitten. Ich habe ein paar Freunde, deren Sohn gerade in Chandler auf Besuch ist. Vielleicht hast du schon mal etwas von meiner Freundin gehört — von LaReina, der berühmten Operndiva.«

»Ja, natürlich kenne ich sie dem Namen nach. Aber ich habe sie noch nie als Sängerin erlebt.«

»Göttlich. Sie singt absolut göttlich. Nun zu ihrem Sohn. Er weilt gerade in Chandler, und ich hätte ihn gern zum Dinner gebeten, wenn dir das recht ist.«

»Natürlich kannst du ihn zum Dinner einladen.«

»Aber ich überlegte gerade, ob du ihm nicht die Einladung selbst überbringen solltest. Er ist ein bißchen scheu, verstehst du?«

»Wenn du meinst, werde ich die Aufgabe gerne übernehmen. Wo ist er denn abgestiegen?«

»Im Chandler-Hotel. Du brauchst dort nur nach Jace Montgomery zu fragen. Eh — Nellie, ist dir nicht gut?« Berni lief zum anderen Ende des Tisches und half Nellie zu einem Stuhl. »Habe ich etwas Verkehrtes gesagt? Wäre es dir lieber, wenn keine fremden Gäste zum Dinner kommen?«

»Das . . . das ist es nicht. Es . . . es ist . . . Mr. Montgomery und ich . . .«

»Oh, ihr beiden kennt euch also schon, nicht wahr? Das ist wunderbar.« Berni half Nellie wieder auf die Beine, nahm dann Nellies dicken Wollschal und Filzhut vom Haken neben der Tür, stülpte ihr den Hut über, wickelte ihr den Schal um den Hals und schob sie zur Hintertür. »Geh und bitte ihn hierher zum Dinner. Terel hält gerade einen Mittagsschlaf, also störst du nicht ihr Wohlbefinden, und dein Vater ist in seinem Kontor. Jeder ist versorgt. Du kannst ungeniert das Haus verlassen.«

»Ich kann ihn nicht zum Dinner einladen«, flüsterte Nellie.

»Nicht einmal für mich? Für deine liebe alte Tante?« sagte Berni in flehendem Ton.

Nellie holte tief Luft. Ihr Herz klopfte heftig. »Also gut. Für dich.«

Sie trat aus der Tür hinaus in die kalte Luft, in der ein paar Schneeflocken zu Boden rieselten, und machte sich auf den Weg zum Hotel.

Berni schloß hinter ihr die Tür und lächelte. Leicht, dachte sie. Fast zu leicht. Jace war vermutlich nicht zum Lunch gekommen, weil er die schriftliche Einladung nicht erhalten hatte, aber Berni wußte, daß Nellie eine verantwortungsbewußte Person war und sicherlich so lange im

Hotel warten würde, bis sie Jace die Einladung persönlich übermitteln konnte.

Berni setzte sich an den Küchentisch, begann die Plätzchen zu verzehren, die Nellie gebacken hatte, und schnippte mit den Fingern. Im gleichen Moment hielt sie die Weihnachtsausgabe des *Vogue* vom Jahre 1989 in der Hand.

Diese Gute-Fee-Masche hatte schon was für sich, dachte sie. Sie würde vermutlich spätestens um zehn Uhr abends Jace und Nellie miteinander verkuppelt haben. Vielleicht werden sie ihr erstes Kind nach mir nennen, dachte sie und lächelte dabei.

Auf der anderen Seite der Küchentür wurde Terels Mund zu einem dünnen Strich. Das ist es also, dachte sie. Ihre Tante war eine Freundin der Mutter von diesem Montgomery. *Deshalb* war Tante Berni so plötzlich und unerwartet zu Besuch gekommen. Das hatte nichts damit zu tun, daß sie eine von den beiden Grayson-Mädchen zu ihrer Erbin erküren wollte. Tante Berni wollte erreichen, daß der Sohn ihrer Freundin Nellie heiratete.

Und mich zurückläßt, dachte Terel. Nellie soll einen reichen Mann heiraten und wegziehen aus dieser schrecklichen Stadt. Während ich hierbleiben muß.

Auf Zehenspitzen ging Terel durchs Eßzimmer und durch die Vordertür aus dem Haus, ohne ein Geräusch zu machen. »Nellie!« rief sie, als sie im Freien war.

Langsam drehte sich Nellie zu ihrer Schwester um. »Ich dachte, du würdest einen Mittagsschlaf halten.«

»Wollte ich auch, aber ich hatte Angst, dich mit ihr alleinzulassen.«

»Mit Tante Berni?«

»Ja, mit Tante Berni. Ich sage dir, alle meine Instinkte warnen mich, daß wir uns vor ihr in acht nehmen sollen.«

»Aber sie scheint so nett zu sein. Ich glaube nicht . . .«

»Du wolltest ja auch nicht glauben, daß etwas mit diesem schrecklichen Mann nicht stimmen könne, den du zu lieben meintest, Nellie.«

Nellie blickte auf ihre Hände hinunter.

»Wo willst du denn hin?« fragte Terel.

»Zum . . . ah, Tante Berni bat mich . . .«

»Sie hat dich doch nicht etwa gebeten, *ihn* zu besuchen, oder? Oh, Nellie, sie ist grausam. Das ist unglaublich. Wie konnte sie so etwas nur ihrem eigenen Fleisch und Blut antun?«

»Ich glaube nicht, daß sie damit jemandem schaden wollte. Sie hatte nur den Wunsch, den Sohn ihrer Freundin beim Dinner begrüßen zu können.«

»Und du glaubst, das sei ein bloßer Zufall? Du glaubst, sie würde nicht jede unappetitliche Einzelheit deiner Affäre mit diesem Mann kennen?«

»Daran habe ich nun wirklich nicht gedacht. Sie bat mich, zu gehen, und . . .«

». . . und du hast ihr gehorcht. Oh, Nellie. Warum kannst du nie für dich selbst einstehen? Sag ihr, daß du dich nicht noch mehr erniedrigen willst, als du das bereits getan hast. Erzähle ihr die *Wahrheit* über diesen Mann.«

»Die Wahrheit?«

»Ja, daß er sich mit dir vergnügte, dann bei Nacht und Nebel aus der Stadt verschwand und dich sitzen ließ. Mehr noch — daß er es mit jeder Frau in dieser Stadt getrieben hat. Und daß er ein Lügner ist, weil er behauptet, er hätte dir während seiner Abwesenheit Briefe geschickt. Oh, Nellie, dieser Mann ist ein Schwindler, ein Schuft. Er hat das zum wiederholten Male bewiesen; aber du willst ihm jetzt nachlaufen wie damals auf dem Erntedankfestball.«

Nellie rang die Hände. Sie wußte, daß Terel solche Dinge nur sagte, weil sie um sie besorgt war; aber es wurde ihr ganz übel bei ihren Worten.

»Schön, Nellie, ich wollte es dir eigentlich nicht sagen«, fuhr Terel fort und seufzte. »Aber dein Mr. Montgomery ist in den letzten beiden Tagen mit Mae ausgegangen.« Sie legte eine Hand auf Nellies Arm. »Es tut mir ja so leid, daß er für dich eine Enttäuschung war. Ich weiß, daß du glaubtest, ihn zu lieben; aber du wirst ihn vergessen. Es lohnt nicht, ihm auch nur eine Träne nachzuweinen. Nun, wo du abgenommen hast und wir dich überall vorzeigen können, werden wir sicherlich auch einen Mann für dich finden. Ted Nelson brauchte eine Frau, und er ist ein sehr zuverlässiger Typ.«

Ted Nelson war mindestens fünfzehn Jahre älter als Nellie. Er besaß einen Mietstall am Rand der Stadt und zwei halberwachsene Söhne, denen man nachsagte, sie seien so dumm, daß die Pferde ihnen Lesen und Schreiben beibringen müßten. Niemand in Chandler wollte außerdem dem Gerücht widersprechen, daß die Nelsons noch nie in ihrem Leben gebadet hätten.

»Nun, du brauchst gar nicht so sehr die Nase zu rümpfen«, schnaubte Terel. »Jeder in der Stadt sagt, er hätte irgendwo in seinem Stall ein Vermögen vergraben. Aber wenn er dir nicht gefällt, finden wir eben einen anderen für dich. Vielleicht sollten wir uns mal in Denver umsehen. Da weiß niemand etwas von deiner üblen Affäre. Vielleicht . . .«

»Ich werde ihn nicht fragen«, sagte Nellie, sich mit beiden Händen die Ohren zuhaltend. »Ich werde Mr. Montgomery nicht zu uns zum Essen bitten. Bitte, hör auf damit.«

»Also gut«, erwiderte Terel spitz. »Ich weiß nicht, warum ich mir deinetwegen immer solche Sorgen mache. Manchmal benimmst du dich so, als wäre *ich* der Bösewicht.« Sie hakte sich bei Nellie ein. »Laß uns jetzt zum Bäcker gehen und etwas zum Tee besorgen. Du wirst mir tatsächlich ein wenig *zu* mager.«

In diesem Moment überkam Nellie ein so gewaltiger

Hunger, daß sie die ganze Bäckerei hätte aufessen können — samt Gehsteig, Dachpfannen und Ladenschild . . .

Berni wunderte sich sehr, als Jace Montgomery wieder nicht zum Essen erschien. Sie ließ ein langes, langweiliges Dinner über sich ergehen, aß die von Nellie köstlich zubereiteten Gerichte und hörte dem Geplapper von Terel zu. Sie beobachtete, wie Grayson seine jüngere Tochter lächelnd ansah, während er Nellie nur hin und wieder mit einem Stirnrunzeln bedachte.

Soweit sie das beurteilen konnte, hatte Nellies neuerworbene schlanke Figur keine Verbesserung ihrer Lebensumstände bewirkt. Charles und Terel hatten sie stets als eine Person betrachtet, die für sie die Dreckarbeit machen mußte, und die Tatsache, daß sie beträchtlich an Gewicht verloren hatte, schien für sie kein Grund zu sein, ihr Verhalten Nellie gegenüber zu ändern. Auch Nellie hatte sich nicht mit ihrer Figur verändert. Obwohl sie nun blendend aussah, hatte ihr Selbstvertrauen nicht im mindesten zugenommen. Sie ermunterte weder die jungen Männer, die ins Haus kamen, um sie zu besuchen, noch verlangte sie, daß ihre Familie sie respektvoller behandeln sollte.

Berni zuckte innerlich zusammen, wenn sie an diese Nellie dachte. Was für ein kläglicher Ersatz bin ich doch für eine gute Fee, dachte sie bei sich. Vielleicht hätte ich lieber »Dideri-daderi-dum« sagen und ein paar Kürbisse in Kutschen verwandeln sollen. Zwar hatte Nellie mit ihrem hübschen Prinzen den Ball besuchen können, aber nur, weil jemand anderer ihr in letzter Minute ein Ballkleid ins Haus geschickt hatte. Doch alles, was ihre Feen-Patentante bisher für sie unternommen hatte, war schiefgegangen.

Nach dem Dinner suchte Berni unter einem Vorwand ihr Zimmer auf. Dort nahm sie den Glasschirm von ihrer Nachttischlampe und stellte ihn auf den Tisch. »Es ist zwar keine Kristallkugel; aber besser als nichts«, sagte sie laut. »Nun wollen wir mal sehen, was hier eigentlich gespielt wird.«

Sie bewegte die Hände über dem Schirm, wie sie das bei zahllosen Wahrsagerinnen in zahllosen Filmen gesehen hatte, und zu ihrem Entzücken zeigte sich tatsächlich etwas im Glas. Es dauerte eine Sekunde, bis die Bilder scharf wurden; aber dann sah sie Terel mit diesem dicken Jungen, Duke, reden. Sie sah das Billett, das Berni in Jace' Postfach im Hotel gezaubert hatte, sah, wie Terel es nahm, durchlas und dann zerriß. Sie sah, wie Terel Nellie zur Rede stellte, als sie gerade ins Hotel gehen wollte, um Jace zum Dinner einzuladen.

Berni lehnte sich auf ihren Stuhl zurück, und zunächst konnte sie nur bewundern, was sie gesehen hatte. Terel war viel gerissener, als Berni sie eingeschätzt hatte. Irgendwie war sie dahintergekommen, daß Berni die Graysons nur besuchte, um Nellie zu helfen, und sie hatte sogar vorausgesehen, was »Tante« Berni unternehmen würde, und sodann Bernis Pläne durchkreuzt.

»Wenn das so weitergeht, ist Nellie bei meiner Abreise in zwei Tagen übler dran als je zuvor.«

Berni blickte auf die verblassenden Bilder im Glasschirm. Sie hätte zu gern Terel mit ihren eigenen Waffen geschlagen. Es wäre eine reizvolle Aufgabe gewesen, diese junge Dame aufs Kreuz zu legen; aber Berni wußte, daß dazu die Frist nicht ausreichte. Sie hatte nur drei Tage Zeit, ein Wunder für Nellie zu bewirken, und der erste Tag war bereits verstrichen.

Der erste Tag war also eine Niete geworden, dachte Berni bei sich. Wollen doch mal sehen, was wir aus den übrigen beiden machen können. Zuerst brauchte sie aber einen Plan.

Sie versuchte mit der Nase zu wackeln wie Samantha in »Bewitched«; aber das gelang ihr nicht, und so wackelte sie statt dessen mit den Ohren (zu ihren Lebzeiten auf der Erde hatte niemand gewußt, daß Berni mit den Ohren wackeln konnte).

Eine Schiefertafel erschien vor ihr, und ein Stück Kreide, das einsatzbereit über der Tafel schwebte. Berni lehnte sich auf ihrem Stuhl zurück.

Erstens, dachte sie, und die Kreide begann zu schreiben, glaubt Nellie, Jace habe sie verlassen und mit anderen Frauen geschäkert. Zweitens glaubt sie nicht, daß Jace ihr irgendwelche Briefe schickte.

Drittens ist Jace gekränkt, weil er nicht glaubt, daß Nellie seine Liebe erwidert. »Und der Himmel möge jeder Frau helfen, die in dieser Hinsicht die Gefühle eines Mannes verletzt. Er zieht sich grollend in einen Winkel zurück und brütet die nächsten hundert Jahre vor sich hin.« Die Kreide zögerte und schrieb dann mit fast unleserlichen, wütenden Häkchen und Schleifen »Gefühle verletzt«. Offensichtlich war die Zauberkreide männlichen Geschlechts.

»Gut. Was haben wir sonst noch?« Sie dachte an Terel und Charles, und so schrieb die Kreide die beiden Namen nebeneinander in eine Spalte. Und darüber schrieb sie: »Ihr Wohlbefinden kann nicht gestört werden.«

»Ah, ja, aber die beiden können bekommen, was sie verdienen, wenn sie damit glücklich sind. Charles will ein sauberes Haus, gutes Essen und so wenig wie möglich von seinem Einkommen abgeben.« Die Kreide schrieb das alles unter seinen Namen. »Terel wünscht sich jemand, der ihr alle Mühen und Sorgen abnimmt und ihr alles gibt, was sie will, ehe sie weiß, daß sie es will.«

Als das niedergeschrieben war, blickte Berni auf die Tafel. Die einfachste Lösung wäre gewesen, Nellie zu zeigen, wie wenig ihre Schwester und ihr Vater für sie übrig hatten. Aber da erinnerte sich Berni daran, wie weh ihr das damals getan hatte, als ihr eigener Vater sagte, sie wäre zu nichts nütze. »Sie denkt nur an Kleider und wieviel Geld sie mir aus der Tasche locken kann«, hatte Berni ihren Vater sagen hören, als sie eines Tages an der Tür lauschte. Nein, sie wollte niemandem einen solchen Schmerz zufügen — Nellie am allerwenigsten.

»Was kann ich also tun?« flüsterte Berni.

Sie lehnte sich abermals auf ihrem Stuhl zurück, schwang ihren Zauberstab und begann nach den Briefen zu suchen, die Jace Nellie geschrieben hatte. Es war so faszinierend, in die Häuser fremder Leute hineinzuschauen und das wahrhaft seltsame Treiben in manchen Zimmern zu beobachten, daß sie darüber fast den Zweck ihrer Handlung vergessen hätte. Doch endlich fand sie die Briefe, versteckt in einer Schublade im Haus einer armen Frau. Offensichtlich hatte Terel diese Frau dafür bezahlt, daß sie Jace' Briefe beantwortete.

Berni schwang wieder ihren Stab, und dann, über ihre eigene Gerissenheit lächelnd, zauberte sie die Briefe in die Schubladen einer verrückten alten Frau und pflanzte in deren Gedächtnis eine wilde Geschichte ein, wie sie in den Besitz dieser Briefe gekommen sei. Die alte Frau lebte bei ihrem Bruder und dessen kleiner Tochter, und es sah ganz danach aus, als habe das Kind ebenfalls eine gute Fee bitter nötig.

»Du bringst die Briefe zu Nellie, und wie ich Nellie kenne, wird sie sich deiner annehmen«, sagte Berni.

Sie lächelte und blickte auf die noch ungelösten Probleme, die auf der Tafel noch weiß umrandet waren. Was sie jetzt noch tun mußte, war, Jace mit Nellie an irgendeinem romantischen Ort zusammenzubringen.

Die Morgendämmerung brach schon herein, als Berni endlich ihren Plan fertig skizziert hatte. Etwas Gutes hatte ja das Tot-Sein, dachte sie: Man brauchte keinen Schlaf. Sie stand auf, streckte sich, wackelte mit den Ohren, und Tafel und Kreide verschwanden. Ihr Plan war fertig und befand sich bereits in der Ausführung. Sie brauchte jetzt nur noch zuzuschauen, wie ihr Plan in die Tat umgesetzt wurde.

Kapitel 11

Nellie erwachte davon, daß jemand Kieselsteine an ihr Fenster warf. Sie öffnete die Augen und sah das graue Licht der frühen Dämmerung am Horizont. Dann stieg sie aus dem Bett und trat ans Fenster. Eine junge Frau, kaum dem Mädchenalter entwachsen, stand unten und zitterte vor Kälte in der frischen Morgenluft. Nellie stieß die Fensterflügel auf.

»Sind Sie Nellie Grayson?«

»Ja«, antwortete Nellie. »Kann ich Ihnen irgendwie helfen?«

»Ich muß mit Ihnen reden. Könnten Sie zu mir herunterkommen?«

Nellie fragte sich kopfschüttelnd, was dieser frühe Besuch wohl bedeuten sollte, warf einen dicken Wollschal über ihr Nachthemd, fuhr mit den Füßen in ein Paar Pantoffel, eilte ins Erdgeschoß hinunter und sperrte die hintere Küchentür für das Mädchen auf. »In ein paar Minuten habe ich den Herd angeheizt und mache Ihnen einen Kaffee.«

»Nein, danke. Ich habe nur wenig Zeit.«

Nellie lächelte dem Mädchen ermunternd zu, als dieses sie anstarrte. »Sie wollten mich sprechen?«

»Oh, nun, ich wollte sie eigentlich nur betrachten. Das ist alles. Ich meine, ich wollte wissen, wie Sie aussehen. Wegen dieser Briefe.«

»Was für Briefe?«

»Diese da.« Das Mädchen zog ein dickes Bündel Briefe

unter seinem Schal hervor und gab es Nellie. Die Briefe stammten alle von Jace und waren an Nellie adressiert.

»Wo haben Sie die hier?« flüsterte Nellie.

»Ich wohne weit außerhalb der Stadt — ist nicht wichtig, wo — nur mein Pa und ich und seine närrische alte Schwester, was meine Tante Izzy ist. Mein Pa will nicht, daß irgend jemand weiß, daß seine Schwester nicht alle Tassen im Schrank hat, und deshalb tut er so, als wäre sie gar nicht verrückt. Natürlich wird ihr Kopf davon nicht besser, daß er so tut, als ob ihm nichts fehlte. Was nun diese Briefe angeht, so läßt mein Pa, wenn wir in die Stadt fahren, Tante Izzy immer unsere Post von der Poststelle abholen. Ich weiß nicht, wie sie das beim erstenmal angestellt hat — sie hat vermutlich gelogen; denn sie ist eine verdammt geschickte Lügnerin. Sie muß also diesem dummen Sohn des Postmeisters erzählt haben, daß sie Nellie Grayson wäre, denn sonst hätte der Junge meiner Tante Izzy ja nicht Ihre Briefe ausgehändigt. Ich glaube, sie hat ihm sogar erzählt, die Briefe wären geheim, und deshalb versteckte er sie immer vor seinem Pa und hob sie für Tante Izzy auf. Egal wie — sie bekam sie alle. Wenn ich gestern nicht ihr Zimmer aufgeräumt hätte, hätte nie jemand mehr etwas von diesen Briefen erfahren. Ich bat Pa gestern abend, daß er mich mit dem Wagen zu Ihnen bringen soll, damit ich Ihnen die Briefe geben kann, aber er verlangte, daß ich sie verbrenne. Ich habe ihn belogen und gesagt, ich hätte sie verbrannt. Doch heute morgen bin ich in aller Frühe losgezockelt, um Ihnen die Briefe zu bringen. Ich wollte nicht das ganze Haus aufwecken; habe aber trotzdem erst Ihr Dienstmädchen geweckt, damit sie mir sagen konnte, welches Ihr Zimmer ist.«

Nellie hörte sich diese Geschichte an, hielt die Briefe in der Hand und betrachtete sie.

Langsam begann sie zu begreifen, daß Jace sie *ihr* geschrieben hatte. Er hatte sie nicht verlassen, sondern ihr, solange er von Chandler weg war, fast täglich einen Brief geschickt.

»Diese Briefe sind wichtig, nicht wahr?« sagte das Mädchen leise.

»Ja.« Nellie suchte mit der linken Hand nach einem Stuhl und setzte sich. »Die Briefe sind sehr wichtig.«

Das Mädchen lächelte. »Das dachte ich mir. Also, ich muß jetzt wieder gehen.« Es bewegte sich auf die Hintertür zu.

»Warten Sie — haben Sie schon etwas gegessen? Was wird Ihr Vater mit Ihnen machen, wenn er herausfindet, daß Sie seine Anweisung nicht befolgt haben?«

Das Mädchen zuckte mit den Achseln. »Mich versohlen. Aber nicht schlimm. Er ist nicht so gemein wie manche.«

Nellie schluckte. »Wie heißen Sie denn?«

»Tildy. Für Matilda.«

»Tildy, wie wäre es, wenn du zu uns kommen und für uns arbeiten würdest?«

»In dieses schöne Haus?« sagte Tildy und machte große Augen.

»Ja, und ich kann dir versichern, daß dich hier niemand versohlen wird.«

Tildy konnte nur nicken, weil ihr vor Freude die Kehle wie zugeschnürt war.

»Dann kommst du gleich nach Weihnachten hierher, und ich werde« — Nellie schluckte — »ich werde bis dahin mit meinem Vater gesprochen haben.«

Das Mädchen schluckte und ging mit immer noch großen Augen zur Tür. »Vielen Dank«, brachte es noch einmal im Flüsterton über die Lippen, ehe Nellie die Hintertür schloß.

Nellie störte sich nicht daran, daß es eiskalt in der Küche war. Sie vergaß auch, daß sie das Frühstück für die Familie vorbereiten mußte. Sie öffnete die Briefe und begann zu lesen. Da stand es alles schwarz auf weiß — Jace' Liebe zu ihr, und ein täglicher Bericht, wie er alles verkaufte, was er besaß, damit er nach Colorado kommen und sich dort niederlassen konnte. Er sprach von ihrer gemeinsamen Zukunft. Er erzählte ihr von seiner Familie. Sie las, wie seine Mutter Arien probte und sein Vater als Geschäftsführer der Warbrooke-Reederei hart arbeiten mußte. Er schrieb von seinen Brüdern und seiner Taggert-Verwandtschaft in Maine. In einem Brief hatte er eine kleine Zeichnung von einer australischen Orchidee beigelegt, die seine Tante Gemma angefertigt hatte. Er schrieb von seinem Großvater Jeff, der eine Ranch in den Bergen Kaliforniens besaß, und er versprach, mit ihr in den Flitterwochen dorthin zu reisen.

Bei dem vierten Brief fing Nellie an zu weinen. Beim letzten Brief weinte sie so heftig, daß sie zuerst Mae Sullivan gar nicht erkannte, die plötzlich vor ihr stand.

»Mae«, sagte Nellie erschrocken. »Ich habe dein Klopfen gar nicht gehört.«

»Die Tür stand offen.«

»Das ist seltsam. Ich bin sicher, daß ich sie zugemacht habe.« Nellie versuchte, sich die Tränen mit dem Ärmel ihres Nachthemds abzutrocknen. Sie wollte vor Mae verbergen, daß sie geweint hatte.

»Oh, Nellie«, sagte Mae und begann ebenfalls zu weinen. »Ich konnte die ganze Nacht kein Auge zumachen. Ich glaube, ich werde nicht eher Ruhe finden, bis ich dir die Wahrheit gebeichtet habe.«

Nellie saß da und hörte verblüfft zu, als Mae vor ihr die ganze Geschichte ausbreitete. Daß alle Damen, junge und ältere, in Chandler mehr oder weniger heftig in Mr. Montgomery verliebt seien und daß sie teils aus Eifersucht, teils aus Wut Nellie weismachen wollten, er habe sich ihnen genähert und versucht, sie zu küssen.

»Es schien uns einfach nicht fair zu sein«, jammerte

Mae. »Er wollte die anderen Frauen in der Stadt nicht einmal *anschauen.* Du hast ihn dir geangelt, ehe wir auch nur eine *Chance* bekamen. Und obendrein warst du auch noch so dick, daß wir alle dachten, er müsse entweder verrückt sein, daß er dich haben will, oder er macht sich nur an dich heran, weil er es auf das Geschäft deines Vaters abgesehen hat. Wir wollten einfach nicht glauben, daß er dich *wirklich* liebt. Oh, Nellie, ich bereue ja so sehr, was wir zu dir gesagt haben. Mr. Montgomery hat niemals eine andere Frau in Chandler angeblickt. Er hatte nur Augen für dich.«

Nellie hielt Jace' Briefe an die Brust gedrückt und sah Mae mit offenem Mund an. Sie konnte immer nur daran denken, wie schrecklich, schrecklich unrecht sie Jace getan hatte.

»Ich sollte jetzt besser wieder gehen«, sagte Mae schniefend. »Ich hoffe, alles fügt sich jetzt zum Guten für dich. Ich hoffe, du heiratest ihn und wirst glücklich mit ihm bis an dein Lebensende.« Damit drehte sich Mae rasch um und verließ das Haus.

Nellie blieb auf ihrem Stuhl sitzen. Was sollte sie jetzt tun? Jace wollte heute die Stadt verlassen.

Ehe sie einen klaren Gedanken fassen konnte, kam Berni in die Küche. »Ich meinte doch Schritte im Flur gehört zu haben. Wie ich sehe, habe ich mich nicht getäuscht . . .« Sie blickte auf die Briefe, die Nellie in ihrem Schoß hielt. »Ist etwas passiert? Etwas, worüber du reden möchtest?«

»Ich . . . nein«, sagte Nellie. Sie war nicht gewöhnt, mit anderen über ihre Probleme zu sprechen. »Ich muß jetzt das Frühstück vorbereiten.«

»Im Nachthemd?«

»Oh, nein. Ich muß mich zuerst umziehen.« Sie hatte Mühe, ihre Gedanken zu ordnen.

»Nellie«, sagte Berni. »Erzähle mir, was dich bewegt.«

Im nächsten Moment saß Nellie wieder am Küchentisch und schüttete Berni ihr Herz aus. »Ich habe ihn völlig verkannt. Er war immer gut zu mir; aber ich traute ihm nur das Schlimmste zu. Wie konnte ich ihm nur so schrecklich weh tun?«

»Jeder bereitet dem Menschen, den er liebt, Schmerzen. Du mußt jetzt zu ihm gehen und ihm alles erzählen.«

»Das könnte ich nicht.«

»Man erniedrigt sich nicht, wenn man dem Menschen, den man liebt, auch gesteht, daß man ihn liebt. Die Hälfte der Liebe besteht daraus, daß man vor dem geliebten Menschen zu Kreuze kriecht. Du mußt . . .«

»Ich würde alles tun, ihm alles sagen, um ihn zurückzugewinnen; aber ich kann das Haus nicht verlassen. Ich muß das Frühstück vorbereiten, und mein Vater hat heute abend Geldgeber zum Dinner eingeladen. Ich muß . . .«

». . . sie bei guter Laune halten, wie?« schnaubte Berni.

»Ja, so könnte man es nennen. Es ergibt zwar keinen Sinn; aber ich kann die beiden einfach nicht verlassen.«

»Sie werden schlafen, solange du aus dem Haus bist.«

»Schlafen? Aber mein Vater schläft nie länger als bis sieben Uhr morgens.«

»Heute wird er länger schlafen. Vertraue mir.«

Nellie blickte ihre Tante an und wußte, daß sie die Wahrheit sagte. »Ich werde zu ihm gehen.«

»So ist es recht. Du bist ein braves Mädchen. Und nun geh und zieh dich an. Am besten das blaue Samtkleid.«

Nellie wollte Berni fragen, woher sie wisse, daß sie ein blaues Samtkleid hatte; aber sie wollte nun keine Zeit mehr verlieren. Sie wollte so früh wie möglich mit Jace sprechen.

Als Berni allein in der Küche war, schnippte sie mit den Fingern, und statt ihres Nachthemds trug sie nun ein herrliches Kostüm aus rostfarbenem feinem Seidentuch. Die Spitzen an ihrem Hals waren handgeklöppelt. Sie setzte sich an den Küchentisch, schnippte abermals mit den Fingern, und sogleich erschien ein Monatsvorrat des *People*-Magazins, ein Teller mit Blätterteighörnchen und ein Kännchen Mokka auf dem Tisch. Nun mußte sie nur noch warten. Sobald Jace Nellie in Fleisch und Blut vor sich sah, würde er ihr alles verzeihen, und bald würden die Hochzeitsglocken läuten. Sie hatte nur noch eine Kleinigkeit für Charles und Terel zu regeln, und dann konnte sie wieder in die Küche zurückkehren. Sie würde vielleicht doch noch den Phantasie-Raum aufsuchen. Aber wären ihr statt der Drachen nicht Cowboys lieber? Vielleicht war er ein Kundschafter und sie eine feurige junge Dame, die ihren Vater oder Bruder retten mußte, und der Kundschafter wollte sie nicht zu sich nehmen, weil er schon eine Frau hatte. Doch dann . . . Nun, egal, sie mußte es eben ausprobieren, wenn sie zurückkam in die Küche.

Mit bebender Hand klopfte Nellie an die Tür von Jace' Hotelzimmer. Das Herz klopfte ihr bis in den Hals hinauf, während sie überlegte, was sie ihm sagen wollte.

Er öffnete die Tür, und sein Gesicht war voller Trauer; aber als sein Blick auf sie fiel, verwandelte sich die Trauer in Zorn. »Sind Sie gekommen, um mir Lebewohl zu sagen?« fragte er und ging dann wieder ins Zimmer hinein. Er war gerade beim Kofferpacken.

»Ich bin gekommen, um mich zu entschuldigen«, sagte sie und trat ins Zimmer. »Sie hatten in allen Dingen recht. Ich habe mich schrecklich geirrt.«

»So?« sagte er und legte ein paar Hemden in den Koffer. »Geirrt in welcher Hinsicht?«

»Heute morgen brachte mir ein Mädchen die Briefe, die Sie an mich geschrieben haben. Offenbar hatte ihre Tante den Sohn des Postmeisters belogen, und statt mir die Briefe zuzustellen, wurden sie der Tante dieses Mädchens ausgehändigt.«

»Wie interessant«, sagte er; aber da war nicht ein

Hauch von Interesse aus seiner Stimme herauszuhören.

»Und heute morgen kam auch Mae zu mir, um mir zu sagen, daß sie und ihre Freundinnen mich belogen hatten. Sie versuchten nicht, sie . . . sie zu küssen.«

»Nein, das versuchte ich nicht«, sagte er und drehte sich einen Moment zu ihr um. Seine Augen sprühten vor Zorn.

Nellie holte tief Luft. »Ich bin gekommen, um mich für alles zu entschuldigen, was ich gesagt, und sogar für das, was ich gedacht habe.«

Er ging auf sie zu, und Nellie blieb fast das Herz stehen; aber er ging weiter zur Kommode, um dort sein Rasiermesser zu holen. »Was soll ich jetzt also tun? Sagen, daß alles in Ordnung wäre? Ihnen alles verzeihen und von vorn anfangen?«

»Ich weiß es nicht«, sagte sie leise. »Ich weiß nur, daß ich Sie liebe.«

Er hielt einen Moment still, die Hände auf das Tuch eines Anzugs gelegt. »Ich habe Sie ebenfalls geliebt, Nellie. Ich habe sie vom ersten Moment an geliebt, als ich Sie sah; aber ich bin nicht stark genug, um gegen Ihre Familie anzukämpfen. Sie glauben alles, was die beiden Ihnen sagen. Ich möchte nicht mein Leben damit verbringen, daß ich mich mit Ihrer Familie um ein Stück von Ihnen streiten muß.«

»Ich wußte es nicht«, sagte sie. »Ich wußte nichts von den Briefen.«

Er drehte sich wieder zu ihr um. »Und Sie wußten auch nichts von der Warbrooke-Reederei, wie? Sagen Sie mir mal — hat Ihr Vater Sie dazu angestiftet, hierherzukommen? Oder haben Sie eine Vereinbarung mit Ihrer raffgierigen kleinen Schwester getroffen? Wenn sie die Warbrooke-Reederei bekommen, geben Sie den beiden — was? Einhundert Kleider jährlich für Terel, neue Frachtwagen für Ihren Vater?«

Tante Berni hatte gesagt, man müsse vor einem geliebten Menschen zu Kreuze kriechen, aber Nellie konnte das nicht länger ertragen. »Meine Familie hat nur das Beste für mich gewollt. Sie wollte nicht, daß ich einen Mann heirate, der fortgeht, ohne eine Nachricht zu hinterlassen, oder einen, der neben mir noch anderen Frauen den Hof macht. Es gab keinen Beweis dafür, daß Sie mir Briefe geschickt oder daß Sie nicht . . .«

». . . alle Mädchen in Chandler geküßt habe?« sagte er wütend. »Es *gab* diesen Beweis. *Mein* Wort. Sie hätten *mir* glauben sollen. Sie hätten . . .«

»Ja, das hätte ich«, sagte Nellie, mit den Tränen kämpfend. »Aber das habe ich nicht getan. Ich bin keine Kämpfernatur, Mr. Montgomery. Ich wollte nur jedem der Beteiligten sein Recht zukommen lassen, und es sieht nun so aus, als hätte ich versagt. Ich bitte Sie um Entschuldigung, daß ich Sie gestört habe.«

»Ihre Entschuldigung ist angenommen«, sagte er mit gepreßter Stimme. »Und jetzt muß ich Sie bitten, wieder zu gehen. Ich versäume sonst meinen Zug.«

Da war plötzlich ein heißer Kloß in Nellies Kehle — ein Kloß, an dem sie zu ersticken drohte. Sie konnte nicht mehr sprechen. Sie nickte nur stumm und verließ das Zimmer, ging die Treppe hinunter und dann aus dem Hotel. Sie ging nach Hause, aber sie merkte nicht, daß sie einen Fuß vor den anderen setzte. So sicher, als hätte man sie umgebracht, wußte sie, daß ihr Leben zu Ende war.

Berni saß in der Küche und las noch immer die *People*-Magazine, als sie hörte, wie die Vordertür aufging. Sie erwartete nun, daß Nellie mit ihrem hübschen Helden am Arm in die Küche lief. Statt dessen hörte sie, wie Nellie mit schweren Schritten die Treppe zum Oberstock hinaufging.

»Was ist jetzt schon wieder?« murmelte sie. »Antonius

und Kleopatra hatten nicht so große Schwierigkeiten miteinander.« Sie schnippte die Magazine, den Mokka und die Schokoladenplätzchen weg und ging hinauf in Nellies Zimmer.

Nellie lag bäuchlings auf ihrem Bett. Sie schien nur zwei Zentimeter vom Selbstmord entfernt zu sein.

»Erzähle«, sagte Berni, sich die Schokolade von den Fingern ableckend.

Nellie gab ihr keine Antwort, also wackelte Berni mit den Ohren.

»Er sagte, ich hätte ihm glauben sollen«, flüsterte Nellie.

»Ah, ja, Männer mögen es, wenn man ihnen blind gehorcht. Nellie, laß dir einen kleinen Rat von jemandem geben, der in seinem Leben einige Männer gekannt hat. Ich weiß nicht, ob du schon mal davon gehört hast, daß der beste Freund eines Mannes ein Hund, und die besten Freundinnen eines Mädchens Diamanten sein sollen. Der beste Freund eines Mannes ist ein Hund, weil er sich wünscht, daß eine Frau sich genauso verhalten sollte — wie ein Hund eben. Er will eine hübsche kleine Frau haben, vorzugsweise blond, die alles tut, was er von ihr verlangt und wann er es von ihr verlangt. Er will zu ihr sagen können: ›Komm, vorwärts, wir gehen‹ und dann soll sie aufstehen, mit dem Schwanz wedeln und ihm folgen. Er möchte nicht, daß sie ihn zuerst fragt, wohin oder wann oder warum, und er möchte auch *nicht,* daß sie eine *eigene Meinung* hat.

Für Frauen sind Diamanten deshalb die besten Freundinnen, weil sie entdeckt haben, daß sie sich auf solche Sachen wie Diamanten verlassen können, da sie sich nachts nicht herumtreiben oder sie nicht ständig darauf aufmerksam machen wollen, wie sie sich verhalten *sollten.*«

Diese Worte schienen keinen Eindruck auf Nellie zu

machen. Und so fuhr Berni fort: »Verstehst du mich denn nicht? Du warst nicht sein bester Freund.«

»Ich habe noch andere Pflichten.«

»Ja, natürlich hast du die, aber du versuchst einem verliebten Mann mit Logik beizukommen. Daß er verliebt ist, findet ein Mann schon befremdlich genug; du darfst ihn dann nicht damit überfordern, daß du ihm mit logischen Argumenten kommst.« Berni blickte auf Nellie hinunter, die leise in ihr Kissen weinte, und erkannte, daß hier auch jede Logik verschwendet war. Wenn eine Frau sich zum erstenmal verliebte, war sie so voller Hoffnung, so voller Glauben, daß ihr ganzes Leben geregelt sei, wenn sie nur diesen Kerl bekam — daß sie sich nie mehr ärgern müsse oder einsam sein würde oder Akne bekäme. Die Liebe würde jedes Problem lösen. Berni wußte, daß es keinen Sinn hatte, Nellie jetzt ein paar Wahrheiten zu stecken. Die Wahrheit hatte mit der Liebe nichts zu schaffen.

»Schon gut«, sagte Berni seufzend. »Es tut mir leid, daß es nicht geklappt hat. Vielleicht solltest du ihn besser vergessen.«

»Ich werde ihn niemals vergessen können. Er ist so gut zu mir gewesen, und ich habe ihn so schrecklich schlecht behandelt. Nun haßt er mich, und ich habe seinen Haß verdient.«

Berni wollte Nellie etwas über Sex erzählen, wollte ihr sagen, daß sie ihre Schönheit und ihre erotische Anziehungskraft einsetzen sollte, um Jace einzufangen, aber sie wußte, daß Nellie sie niemals verstehen würde. Nellie hatte keine Ahnung, wie man es anstellen mußte, um sich zu *nehmen,* was man sich wünschte.

An diesem Morgen, als sie Nellie zu Jace schickte, hatte sie geglaubt, ihre Aufgabe erfolgreich gelöst zu haben; aber sie hatte Jace' Gekränktheit unterschätzt.

Es wurde Zeit für Plan zwei. Sie schloß die Augen, erledigte ein bißchen Wunschdenken und dirigierte ein paar Leute um.

»Nellie, was du jetzt brauchst, ist Ablenkung, damit du nicht ständig an diesen Mann denken mußt. Reverend Thomas kam eben hier vorbei und wollte dich bitten, einen Gang für ihn zu machen.«

»Das kann ich nicht«, sagte Nellie in ihr Kissen hinein. »Ich muß mich um meine Familie kümmern.«

»Oh, dein Vater und Terel haben das Haus bereits verlassen.«

Nellie drehte sich auf den Rücken und sah Berni an. »Das Haus verlassen? Aber heute abend erwarten wir doch Gäste. Ich muß das Dinner für sie vorbereiten.«

»Nicht heute. Sie werden den ganzen Tag fortbleiben. Du bist also nicht ans Haus gebunden.«

Nellie schniefte. Es war so gar nicht die Art ihrer Familie, so unerwartet das Haus zu verlassen. »Wo sind sie denn hingegangen?«

»Sie fuhren nach Denver. Dein Vater erhielt ein Telegramm, in dem stand, daß seine Geldgeber sich heute mit ihm in Denver treffen wollen, und deshalb ist er dorthin gefahren. Und Terel mit ihm.«

»Terel hat Vater auf einen Geschäftsbesuch begleitet?«

»Kaum zu glauben, nicht wahr? Aber genau das hat sie zu mir gesagt — daß sie deinen Vater bei seinen Verhandlungen mit seinen Geldgebern unterstützen will. Aber unter uns gesagt, glaube ich, daß *das* da etwas mit ihrer Reise nach Denver zu tun hat.« Berni holte hinter ihrem Rücken eine Zeitung aus Denver hervor. »Schlage mal Seite sechs auf.«

Nellie setzte sich schniefend auf, nahm die Zeitung entgegen und schlug sie auf. »Weihnachts-Sonderverkauf«, las sie. »Jedes Kleidungsstück in jedem Geschäft in Denver wird heute zum halben Preis verkauft — nur an diesem Tag.« Sie blickte Berni an. »*Jedes* Geschäft?«

»Alle Geschäfte. Ich schätze also, daß du deshalb diesen Tag frei hast. Wie wäre es, wenn du Mr. Montgomery noch einmal aufsuchen würdest?«

Die Tränen flossen erneut. »Ich könnte das nicht. Er . . . er will nichts mehr mit mir zu tun haben.«

Berni seufzte. »Unglücklicherweise scheinst du damit recht zu haben. Also solltest du vielleicht den Tag damit verbringen, den Auftrag zu übernehmen, den der Prediger dir erteilen wollte.«

»Ich glaube nicht, daß ich heute in der Lage bin, jemanden zu sehen. Ich denke, ich werde hier in meinem Zimmer bleiben.«

»Natürlich. Ich verstehe das. Gebrochene Herzen heilen nicht so schnell. Außerdem brauchen diese Kinder ja auch niemanden. Sie können gern bis nach Weihnachten warten. Vielleicht nimmt sich dann jemand ihrer an.« Berni stand auf. »Ich gehe jetzt wieder und laß dich allein.«

»Was für Kinder?«

»Was meinst du damit — welche Kinder?«

»Die Kinder, von denen du eben sagtest, daß sie jemanden brauchten.«

»Oh, die. Nichts Besonderes, nur ein paar Waisenkinder. Dieser gutaussehende Prediger sagte, sie wären irgendwo allein in einem Ort, der . . . warte mal, was sagte er gleich wieder? Journal?«

»Journada? In dieser alten, einsturzgefährdeten Geisterstadt?«

»Das war es. Er sagte, die Kinder wären dort draußen ohne Aufsicht und hätten Hunger, aber das spielt ja jetzt keine Rolle. Sie werden schon etwas zu essen finden, oder auch nicht. Das ist nicht dein Problem. Warum bleibst du nicht im Bett, und ich bringe dir ein Tablett mit etwas zu essen herauf? Ich bin gar keine so üble Köchin. Ich . . .«

»Die Kinder sind allein? Ohne etwas zu essen?«

»Das sagte ich doch schon eben. Wie wäre es mit einer Tasse heißer Schokolade? Oder vielleicht mit . . .«

»Ich gehe zu den Kindern«, sagte Nellie, von ihrem Bett heruntersteigend.

»Ich denke, das solltest du nicht tun. Schließlich ist das doch nur eine Horde von Kindern. Wen stört es schon, daß sie Hunger haben?«

»*Mich* stört das. Weißt du, wo sie sich in Journada aufhalten?«

»In einem dieser Schuppen dort. Nellie, du kannst dort unmöglich allein hingehen.«

»Ich *muß*. Die Kinder dürfen nicht ohne Betreuung bleiben. Ich schätze, daß Vater den Einspänner genommen hat. Ich werde mir also einen mieten müssen.«

Berni seufzte und versuchte ein Lächeln dahinter zu verstecken. »Wenn du unbedingt dorthin fahren willst, könnte ich dir ja meine Kutsche leihen.«

»Das würde dir nichts ausmachen?«

»Nein, natürlich nicht. Ich werde einen Korb mit Lebensmitteln für dich vorbereiten, während zu zum Stall hinübergehst und die Kutsche holst.«

Sobald Nellie aus dem Haus war, holte Berni ihren Smaragd-Zauberstab und schwang ihn über dem Bett hin und her. Ein großer Korb erschien. »Nun — was soll man da für Eßwaren hineintun?« überlegte sie laut und schwang abermals den Stab. Sogleich erschienen zwei große gebratene Cornish-Hühner, die mit Speckscheiben umwickelt und mit Brot und kandierten Früchten gefüllt waren.

Es machte Berni einen Riesenspaß, noch mehr Lebensmittel in den Korb hineinzuzaubern und diesen eine Flasche Wein hinzuzufügen. Dann füllte sie ihn noch mit einem weißen Damasttischtuch, Limoges-Porzellan und schweren Silberbestecken. Sich auf ihren Stuhl zurücklehnend, nippte sie an ihrem Irish-Coffee und betrachtete prüfend ihr Werk. Natürlich platzte der Korb fast aus den Nähten unter dieser Fülle, und so mußte sie noch einen kleinen Zauber über dem Korb sprechen, dann einen dritten, als sie merkte, daß der Korb mindestens einen Zentner schwer war.

»Sie werden es niemals merken«, sagte Berni zu sich. »Liebende glauben immer, daß alles Zauberwerk sei. Wenn eine Glocke läutet, meinen sie, das geschähe nur ihretwegen. Ein kleiner Korb enthält eine nie versagende Fülle von Lebensmitteln, und sie werden zweifellos glauben, das müßte eben so sein.«

Sie wies den Korb an, vor ihr her die Treppe hinunterzuschweben, und sie faßte seinen Henkel erst an, als Nellie in die Halle kam. Die Kutsche wartete draußen, bereit, sie zu den hungrigen Kindern zu bringen.

»Viel Glück«, rief Berni Nellie noch nach, als sie schon mit der Kutsche davonrollte. Berni kehrte in den Salon zurück, zog den Zauberstab aus der Tasche und schwang ihn. Das vordere Ende des Salons verschwand, und sie konnte den Bahnhof sehen. Jace Montgomery stand vor dem Fahrkartenschalter.

»Tut mir leid, Sir«, sagte der Schalterbeamte, »aber Sie haben den Zug versäumt.«

»Versäumt? Aber es ist doch noch eine Viertelstunde vor der fahrplanmäßigen Abfahrtszeit.«

Der Beamte blickte auf die Wanduhr hinter ihm, dann auf seine Taschenuhr. »Das stimmt.« Er runzelte die Stirn. »Ich glaube nicht, daß der Zug bisher schon einmal zu früh abgefahren wäre. Zu spät, ja, aber niemals zu früh.«

»Wann fährt der nächste Zug?« schnaubte Jace.

»Er geht um . . .« Der Beamte schüttelte den Kopf, als er den Fahrplan studierte. »Das ist aber komisch. In der Regel kommt hier jede halbe Stunde ein Zug durch, aber heute fährt der nächste Zug erst in vier Stunden.« Er blickte Jace an und zuckte mit den Achseln. »Vielleicht eine Sonderregelung, weil heute Weihnachtsabend ist.«

»Ein schöner Weihnachtsabend!« murmelte Jace. Er nahm seine Koffer und machte sich wieder auf den Weg zu seinem Hotel. Was er jetzt tun wollte, war, sich zu betrinken — so sehr zu betrinken, daß er vergessen würde, jemals in Chandler, Colorado, gewesen zu sein.

Berni schwang ihren Stab, und Jace verschwand. Ein neuer Schwenk, und sie sah Terel in einem Kaufhaus in Denver, wo sie mit einer resolut aussehenden Dame um eine Seidenbluse kämpfte. Die Verkäuferinnen schienen jeden Moment vor Erschöpfung ohnmächtig hinsinken zu wollen, während sie versuchten, Hunderte von schubsenden und drängelnden Frauen auf einmal zu bedienen.

»Vielleicht habe ich das mit dem Sonderverkauf ein bißchen übertrieben«, murmelte Berni und schwenkte trotzdem noch einmal ihren Stab, um die Straße vor dem Kaufhaus sehen zu können. »Nun, teure Terel, wen können wir denn jetzt für dich finden? Jemanden, den du verdienst, aber auch jemanden, der dich glücklich machen wird.« Sie spähte die Straße hinauf und hinunter, bis sie einen alten Kastenwagen sah. Hinten auf der Ladefläche befanden sich sechs Kinder, wovon drei auf dem Boden herumrollten und versuchten, sich gegenseitig umzubringen. Auf dem Kutschbock saß ein großer, schmutziger, aber gutaussehender Farmer, der sich keinen Deut darum scherte, was die Kinder hinter seinem Rücken trieben.

»Na, na, nun, wer bist du denn?« Sie griff in die Luft, um einen Computerausdruck herunterzuholen. »John Tyler«, las sie. »Zweiunddreißig Jahre alt, verwitwet, mit sechs lauten Kindern, die weder lesen noch schreiben können. Züchtet Schweine. Sehr arm, wird immer arm bleiben. Gutherzig. Sehr tüchtig im Bett.«

Berni blickte auf den Mann zurück, als er gerade vom

Kutschbock herunterstieg. »Nicht übel. Ganz und gar nicht übel.« Sie betrachtete die Kinder. Sie waren eine hübsche Horde, selbst wenn sie so schmutzig waren wie die Schweine, die sie züchteten. »Genau das, was Terel braucht. Jemanden, der sie davon abhält, nur immer an sich selbst zu denken. Ein paar Jahre am Kochherd, am Waschzuber und Beschäftigung mit Schrubber und Besen sollten ihr etwas Bescheidenheit beibringen können.« Sie schwang ihren Stab, und das Bild zerriß in der Mitte. Terel befand sich auf der einen Hälfte, John Tyler auf der anderen.

»Okay, Kinder«, sagte Berni und zauberte sich ein Stück Schokolade in den Mund. »Seht euch und verliebt euch. Aber nicht nur so ein bißchen, sondern leidenschaftlich, irrsinnig, *für immer*. Kapiert?«

Sie schwang abermals ihren Stab, und Terel ließ die Bluse fallen, die sie gerade betrachtete, und bewegte sich auf den Ausgang des Kaufhauses zu, während John Tyler sich von der Futterhandlung wegdrehte und auf Terel zuging. »Terel Tyler«, murmelte Berni. »Es hätte dich schlimmer treffen können.«

Sie schwenkte noch einmal ihren Stab, und diesmal gedachte sie Charles zu versorgen. Er war immer so ein Pfennigfuchser gewesen, so sehr darauf bedacht, nur ja kein Geld ausgeben zu müssen, daß er seine ältere Tochter buchstäblich zur Sklaverei gezwungen hatte.

Berni beobachtete Charles bei seinem Treffen mit seinen Geldgebern, sah, wie er genau aufpaßte, was sie sich zum Lunch bestellten. Sie konnte ihm ansehen, daß er die Rechnung fürchtete, die er bezahlen sollte. »Was er braucht, ist jemand, der ihm hilft, sein Geld auszugeben.«

Für Charles entdeckte Berni eine hübsche Witwe in den Vierzigern — eine Frau, die glaubte, es wäre unhöflich, über Geld zu reden, und die keine Ahnung hatte, daß da eine Verbindung zwischen ihren vielen teuren Kleidern und der Tatsache bestand, daß ihr Gatte gestorben war und ihr keinen Pfennig hinterlassen hatte.

»Verliebe dich, Charles«, sagte Berni und schwenkte ihren Stab.

»Damit sind die beiden versorgt. Nun wollen wir wieder nach Nellie sehen.« Sie schwenkte den Stab und sah Nellie, wie sie gerade in der alten Geisterstadt Journada eintraf. Sie mußte erst noch die Gebäude nach den Kindern absuchen; also wußte Berni, daß sie noch Zeit hatte.

Berni schwang den Stab über sich selbst, und sie trug plötzlich einen Hosenrock mit Jacke aus schwarzem Samt mit einem kecken Hütchen über dem linken Auge. Als sie die Vordertür des Graysonschen Hauses erreichte, schnippte sie mit den Fingern, und es begann zu regnen und zu donnern und ein Wind zu blasen, daß man bei diesem Wetter keinen Hund auf die Straße schicken mochte.

Berni trat vor die Tür und bekam eine volle Ladung Wasser ins Gesicht. »Das ist lächerlich«, murmelte sie, schnippte abermals mit den Fingern, und in dem Bereich über ihr hörte es nun auf zu regnen. Und so konnte sie sich in knochentrockener Kleidung zum Hotel begeben. Um sie herum hatten die Leute so hart mit dem Wind und dem Regen zu kämpfen, daß sie gar nicht bemerkten, wie Berni gleichsam unter einem windstillen, trockenen Glassturz zu wandeln schien. Ein paar Leute, die aus dem Fenster schauten, bemerkten, daß Berni im Trockenen ging: aber sie rieben sich die Augen und glaubten nicht, was sie sahen.

Berni langte im Hotel Chandler an, als Jace gerade seinen sechsten Whisky hinunterkippte. »Sind Sie Jocelyn Montgomery?« fragte Berni und blickte auf ihn hinunter. Er saß an einem Tisch in der Bar, und außer ihnen beiden befand sich niemand um diese Tageszeit in der Schankstube.

Obwohl er schon zu zwei Dritteln betrunken war, zuckte er dennoch zusammen bei diesem Namen. »Jace«, sagte er.

»Ihre Mutter sagte mir, daß Sie Jocelyn heißen.«

Er sah zu ihr hoch. »Sie kennen meine Mutter?«

»Sehr gut. Als ich sagte, ich käme hierher, um Verwandte zu besuchen, bat sie mich, ihnen hallo zu sagen. Ich hatte das bereits gestern vor, aber ich . . . ich . . .« Berni begann zu weinen, so daß sie nicht länger reden konnte.

Jace war sofort auf den Beinen und half ihr, sich an seinen Tisch zu setzen. »Das tut mir leid, Ma'am. Kann ich Ihnen irgendwie helfen?«

»Ich mache mir ja solche Sorgen«, sagte Berni, in ein wunderschönes Leinentaschentuch schluchzend. »Es ist meine Nichte. Sie ist bei diesem Gewitter losgefahren, um ein paar Waisenkindern etwas zu essen zu bringen, und bis jetzt nicht wieder nach Hause gekommen. Ich mache mir solche Sorgen um sie.«

»Ich werde den Sheriff für Sie holen, und er kann ein paar Männer ausschicken, die nach ihr suchen sollen. Wissen Sie, wohin sie gefahren ist?«

»Zu einem Ort namens Journada. Jetzt wird sie vermißt, und das ist ganz allein meine Schuld. Es sind dort nämlich gar keine Kinder. Die Kinder befinden sich in der Coronado-Mine. Ich habe die Namen durcheinander gebracht. Mein Spanisch ist noch nie sonderlich gut gewesen.«

Jace tätschelte ihre Schulter, und sie konnte den Whisky in seinem Atem riechen. Tatsächlich war das gar kein so übler Geruch. Sie hatte ein paar sehr interessante Zeiten mit Männern verbracht, die so rochen wie er. Sie blickte ihn über den Rand ihres Taschentuchs hinweg an.

Zu schade, daß ihr nur noch anderthalb Tage Zeit blieben. Zu schade, daß sie versuchte, sich von ihrer manierlichsten Seite zu zeigen. Jace Montgomery war ein *außerordentlich* attraktiver Mann.

»Der Sheriff wird sie ganz bestimmt finden. Ich werde jetzt zu ihm gehen.« Er ging durch den Raum. »Oh«, sagte er dann unter der Tür, »wie heißt eigentlich Ihre Nichte?«

»Nellie Grayson.«

Jace stand da und blinzelte ein paarmal überrascht. »Nellie ist ganz allein dort draußen in diesem Unwetter?« Seine Stimme wurde immer lauter. »Sie haben *Nellie* in diese alte, verfallene Geisterstadt geschickt?«

»Es war ein unglücklicher Zufall. Ich hatte lediglich die Namen verwechselt. Mein Spanisch ist nicht allzu . . .« Sie beendete den Satz nicht, weil Jace die Bar bereits verlassen hatte.

Berni lehnte sich auf ihrem Stuhl zurück, nahm das Glas Whisky, das Jace auf dem Tisch hatte stehen lassen, und leerte es.

Sie legte ihre Beine auf einen zweiten Stuhl, zog dann ihren Zauberstab aus ihrer kleinen Handtasche (der Zauberstab ließ sich bequemerweise zusammenschieben wie ein Knirps) und schwenkte ihn. Vor ihr erschien Jace, der in den Mietstall stürmte, einem mächtigen schwarzen Hengst einen Sattel auf den Rücken warf (Berni seufzte beim Anblick dieses Tieres: das passende Pferd für einen Helden) und dann aus dem Stall sprengte. Berni teilte den Schirm und sah, wie Nellie die Schuppen in Journada nach den Kindern durchsuchte.

Es dauerte nicht lange, bis Jace dort eintraf, und Berni seufzte in Erwartung der romantischen Szene, die sich nun anbahnen mußte. Aber die Szene fiel ins Wasser. Die beiden blieben unter einem leckenden Vordach stehen.

»Was, zum Teufel, machen Sie denn hier?« brüllte Jace.

»Ich bin hierhergekommen, um ein paar hungrige Kinder mit Essen zu versorgen«, brüllte Nellie zurück.

»Hier gibt es keine Kinder. Ihre etwas beschränkte Tante hat die Namen durcheinandergebracht. Sie müssen mit mir nach Chandler zurückkehren. Ihre Tante ist außer sich vor Sorge um Sie.«

Er drehte sich von ihr weg, als erwartete er, daß Nellie ihm folgte, sah dann aber noch einmal zurück und runzelte die Brauen, als sie dort stehenblieb, wo sie war. »Ich sagte Ihnen doch, daß Sie nach Chandler zurückkehren sollen.«

»Nein«, sagte Nellie, »ich gehe nicht.«

»Wie bitte?«

»Mit Ihnen gehe ich nirgendwohin.«

Jace (und Berni, die ihnen zuschaute) holten tief Luft. »*Jetzt* stellt sie sich plötzlich auf die Hinterbeine«, murmelte Berni ungläubig.

»Sie können bei diesem Unwetter nicht hierbleiben. Der Schuppen, wo Sie sich untergestellt haben, kann jeden Moment zusammenbrechen.«

»Was macht Ihnen das schon aus«, brüllte Nellie. »Ich bin ein Nichts für Sie.«

Jace war in einer Sekunde wieder auf der Veranda, packte sie bei den Schultern und blickte sie wütend an. »Sie hätten alles für mich sein können; aber Sie haben Ihre Familie mir vorgezogen.«

»Ich bin kein Hund, Mr. Montgomery, der Ihnen blindlings folgt. Ich liebe meine Familie, und natürlich glaubte ich ihr eher als Ihnen. Würden Sie nicht auch Ihrer Familie mehr glauben als einem fremden Mann?«

»Ich bin kein fremder Mann. Ich bin . . .« Er brach mitten im Satz ab.

»Sie sind was?«

»Nichts«, sagte er, nahm die Hände von ihren Schultern und wich einen Schritt zurück. »Sie müssen mit mir in die Stadt zurückkommen.«

»Das muß ich selbstverständlich nicht. Ich bin erwachsen. Ich bin alleine hierhergekommen und kann auch ohne Ihre Hilfe wieder zurückfahren.«

»Ich schätze, das können Sie«, sagte Jace mit hartem Gesicht. »Guten Tag, Miss Grayson. Vielleicht begegnen wir uns mal irgendwo.« Er drehte sich um und schickte sich an, zu seinem Pferd zu gehen.

»ANHALTEN!« rief Berni, und das Bild stand still. Nellie am einen Ende der Veranda, und Jace, mit dem Rücken zu ihr, am anderen Ende. »Ich bin in meinem ganzen Leben nicht zwei so dickköpfigen Menschen begegnet wie diesen beiden«, murmelte sie. »Ich weiß, daß der Kurs der wahren Liebe niemals gerade und eben verläuft; aber das ist ja geradezu lächerlich. Nun laßt mich mal überlegen.«

Sie betrachtete die beiden unter dem leckenden Vordach, während der Regen ununterbrochen herniederrauschte, und lächelte dann. »Was sagen die Leute immer an den erotischsten Stellen eines Liebesromans?« Sie fuhr mit tiefer Stimme fort: »Laß uns lieber diese nassen Sachen ausziehen. Es sieht so aus, als müßten wir die ganze Nacht hierbleiben.«

Berni grinste und schnippte dann mit den Fingern. Eine große Schüssel mit frischem Popcorn erschien auf dem Tisch. Sie lehnte sich auf ihrem Stuhl zurück. »Packt es, Kinder. Jetzt seid ihr auf euch allein gestellt. Wenn ihr damit nicht selbst fertigwerdet, *verdient* ihr beide eben kein Happy-End.«

Kapitel 12

Jace drehte sich bei Nellies Schrei wieder zu ihr um. Das Ende der Veranda, wo sie gestanden hatte, war verschwunden. Das Vordach war unter der Last des Regens zusammengebrochen, und Nellie war nirgends mehr zu sehen. Er war mit zwei Sätzen am anderen Ende der Veranda und erspähte dort Nellie unter sich in einem tiefen Wasserloch, in dem sie mit beiden Armen heftig ruderte. Ehe er überlegte, was er tat, war er ihr schon ins Wasser nachgesprungen.

»Nellie, sind Sie verletzt?«

»Nein«, rief sie zurück, spuckte einen Schwall Wasser aus und klammerte sich an ihn.

Das Loch war in der Tat sehr tief; aber nicht sehr breit, und so gelang es ihm, mit wenigen Schwimmzügen an den Rand dieses Loches zu kommen. Er faßte sie um die Taille, fand einen Halt für seine Stiefel an der Böschung unter Wasser und schob sie hinauf auf den schlammigen, aber festen Grund der Geisterstadt-Straße.

»Lassen Sie uns hier verschwinden«, rief er, als er sich ebenfalls aus dem Wasserloch herausgestemmt hatte. Der Regen trommelte ihm ins Gesicht. Er legte den Arm schützend um ihre Schultern, und sie begannen zu dem alten Stall zu rennen, wo sie ihren Einspänner und er sein Pferd untergestellt hatten. Doch in dem Moment, wo sie dieses Gebäude erreichten, zuckte ein greller Blitz hernieder, begleitet von einem schmetternden Donnerschlag.

Jace' Hengst bäumte sich auf, Nellies Pferd keilte hinten aus, und beide Pferde rissen sich von dem Balken los, wo sie angebunden gewesen waren. Jace zog Nellie rasch an sich, als die beiden Pferde an ihnen vorbeistürmten — hinaus in den Regen.

Jace stand einen Moment da und starrte den beiden Pferden nach. Er wußte, daß er sein Pferd nicht nur angebunden, sondern auch die Stalltür geschlossen und verriegelt hatte. Das Tor hatte nicht so verrottet ausgesehen, daß das Pferd es so rasch hätte niederbrechen können.

Ein Erschauern, das durch Nellies Körper lief, veranlaßte ihn, seine Aufmerksamkeit ihr zuzuwenden. Einen Arm noch immer um ihre Schultern gelegt, führte er sie die Straße hinunter zu einem halbverfallenen Haus, das an einer Seite schon eingeknickt war. Aber er konnte auf der anderen Seite einen Schornstein erkennen und hoffte, daß der Kamin noch heil war.

Im Haus fand er sogar noch einen Vorrat Feuerholz, und nachdem er sich davon überzeugt hatte, daß der Rauchfang noch in Ordnung war, legte er Holz auf den Rost und entzündete ein Feuer, indem er auf ein paar kleine Späne und trockenes Papier blies, bis kleine Flammen hochzüngelten. Dann drehte er sich zu Nellie um. Er wußte, daß sie fror und ihre Kleider naß waren, aber Nellies Lippen waren blau.

»Haben Sie denn nichts anderes anzuziehen?« fragte er. »Ist da etwas im Einspänner?«

»Ich . . . ich weiß nicht«, sagte Nellie mit klappernden Zähnen. »Der Einspänner gehört Tante Berni.«

»Ich werde mal nachsehen.« Jace ging hinaus in den Regen, rannte zu dem halb verfallenen Stall und suchte in der kleinen Kutsche. Er fand einen Picknick-Korb und eine kleine Schürze. Sich vorbeugend, um den Korb vor dem Regen zu schützen, rannte er in das alte Haus zurück. Nellie zitterte nun noch heftiger als vorher. Er kniete sich nieder, warf noch mehr Holz ins Feuer, öffnete den Henkelkorb und entnahm ihm die Tischdecke.

»Es sieht nicht so aus, als ob der Regen nachlassen würde, und ich kann vor morgen früh die Pferde unmöglich einfangen.« Er sah zu ihr hoch. »Sie sollten vielleicht besser Ihre nassen Sachen ausziehen. Sie können sich das da um den Leib wickeln.«

Schweigend nahm Nellie ihm das Tischtuch ab und ging an das entfernte Ende des Raumes. Ihre Hände waren so klamm, daß sie Mühe hatte, ihr Kleid aufzuknöpfen. Sie sah immer wieder zu ihm hin, auf seinen breiten Rücken, als er sich vor den Kamin hinkniete. Sie konnte gar nicht mehr verstehen, warum sie vorhin so wütend auf ihn gewesen war; aber sie wollte sich nicht von ihm sagen lassen, daß sie auch an sein Geld gedacht hatte, als sie ihre Neigung für ihn entdeckte. Das *letzte,* was sie an ihm reizte, war sein Vermögen. Wenn sie gewußt hätte, daß er sie wirklich liebte, hätte sie mit ihm auch in der armseligsten Hütte von Amerika gelebt.

Als sie sich bis auf ihr Hemd und ihre Unterhose ausgezogen hatte, zögerte sie, diese auch noch abzulegen; aber sie klebten kalt und naß auf ihrem Körper. Sie sah wieder zu Jace hin, und ihre Hände begannen noch heftiger zu zittern, doch diesmal nicht vor Kälte. Mit bebenden Fingern zog sie alle ihre Kleider aus und wickelte sich das Tischtuch um den bloßen Leib. Sie zog die Nadeln aus ihren nassen Haaren und ließ sie zum Trocknen über die Schultern hinunterfallen.

Sie ging zum Feuer zurück und beugte sich hinter seinem Rücken ein wenig nach vorn. »Sie sehen auch halb erfroren aus«, sagte sie leise.

»Mir macht Kälte nichts aus«, erwiderte er in feindseligem Ton.

Ihr fiel ein, daß Tante Berni ihr etwas über die Männer erzählt hatte, das sie nicht recht verstanden hatte oder nicht verstehen wollte in ihrer Verzweiflung heute morgen. Was hatte sie gesagt? Daß Jace nicht glaube, daß sie sein bester Freund sei oder so etwas Ähnliches. Er hatte recht: Sie war nicht sein Freund gewesen.

Sie setzte sich ganz nahe bei ihm auf den Boden. »Wie geht es Ihrem Bruder? Ist sein Fuß inzwischen verheilt?«

»Ja«, sagte Jace knapp, ohne sie anzusehen.

»Und hat Ihre Mutter ihre Grippe überstanden? Kann sie wieder singen?«

»Ja.« Er spuckte das Wort förmlich aus. »Allen meinen Leuten zu Hause geht es gut.« Und dann, sie wütend anfunkelnd: »Und sie werden sich freuen, wenn sie mich wiedersehen. Meine Leute vertrauen mir. Sie glauben nicht, daß ich ein Lügner bin.«

Sie konnte seinen zornigen Blick nicht ertragen. Sie sah auf das Feuer zurück. »Ich habe Ihnen unrecht getan«, flüsterte sie. »Ich sagte Ihnen das bereits. Ich versuchte Ihnen zu glauben; aber es war mir unbegreiflich, daß Sie so jemanden wie mich haben wollten.« Sie blickte ihn wieder an. »Ich kann es *immer noch nicht* glauben. Sie könnten doch jede Frau auf dieser Welt haben. Warum also ausgerechnet so eine alte Jungfer wie mich? Ich bin nicht aufregend, ich bin schon mit vierzehn von der Schule abgegangen. ich bin in keiner Hinsicht etwas Besonderes.«

»Ich fühlte mich bei Ihnen wohl«, sagte er leise und beugte sich etwas zu ihr, als ob er sie küssen wollte, wich dann aber wieder von ihr zurück. »Sie haben in mir dieses gute Gefühl geweckt. Ich dachte, daß Sie das gleiche fühlten wie ich, wenn Sie mit mir zusammen waren; aber da täuschte ich mich. Ich dachte, Sie glaubten mich zu lieben, obwohl ich in Ihren Augen nur ein vagabundierender Nichtsnutz war, der es lediglich auf das Geld Ihres Vaters abgesehen hatte.«

»Richtig«, sagte sie. »Das stimmt. Nach dem Erntedankfestball, als ich so viele schreckliche Dinge über Sie hörte, ging ich dennoch in das Kontor meines Vaters, um Sie zu sehen. Obwohl ich das Schlimmste über Sie dachte, liebte ich Sie dennoch. Es war eine Freude für mich, zu entdecken, daß ich in einen guten Mann verliebt war.«

Einen Moment schien er weich werden zu wollen; zog sich dann aber zum zweitenmal von ihr zurück. »Einen reichen Mann, wolltest du wohl sagen. Sag mir — hat dein Vater irgendwelche Verträge ausgearbeitet, die etwas mit der Warbrooke-Reederei zu tun haben? Hast du deshalb so sehr abgenommen? Hast du und deine Familie gedacht, man könnte einen reichen Fisch besser mit einem mageren Wurm fangen?«

»Wie kannst du es wagen, so etwas zu behaupten«, erwiderte Nellie im Flüsterton. »Ich habe überhaupt nichts von deinem Reichtum gewußt bis zu dem Tag, an dem du plötzlich wieder in Chandler aufgetaucht bist.«

»Wieder aufgetaucht? Ich hatte dich nicht verlassen!« Er stand jetzt auf und blickte zornig auf sie hinunter. »Ich bekam ein Telegramm, in dem stand, daß mein Vater schwer krank sei. Ich vermute, daß deine hinterhältige kleine Schwester es mir schickte.«

Nellie erhob sich nun ebenfalls vom Boden. »Laß meine Schwester aus dem Spiel. Terel ist ein großer Trost für mich gewesen. In all den Monaten, wo du fort gewesen bist und ich nichts von dir hörte, ist sie . . .«

»Nichts hörte? Ich schrieb dir. Ich schrieb dir alles, was ich unternahm — daß ich jedes Möbelstück, jeden Grashalm, der mir gehörte, verkaufte, damit ich nach Chandler kommen und bei dir sein konnte. Und dann sagtest du zu mir, ich solle dein Haus verlassen.«

»Und du sagtest zu mir, daß ich drei Tage Zeit hätte; aber als ich zu dir kam, hast du mich hinausgeworfen«, gab sie ihm nun mit ebenso lauter Stimme zur Antwort. »Vielleicht hätte eine von deinen anderen Frauen ihre Familie binnen drei Tagen verlassen; aber ich konnte das nicht . . . Ich wäre dir überallhin gefolgt.«

»Ha! Du kannst ja deine teure Schwester nicht mal einen Tag lang verlassen. Du könntest ebensogut eine Gefangene in deinem Haus sein. Du kochst für die beiden, putzt ihnen den Dreck weg, himmelst sie an. Und für was? Was geben Sie dir dafür? Sie wollen nicht, daß du heiratest und sie verläßt, denn wo sollen sie wieder eine so billige und gute Arbeitskraft hernehmen, wie du das bist?«

Seine Worte kamen der Wahrheit zu nahe. Sie drehte sich von ihm weg, und Tränen schwammen in ihren Augen.

Er rückte einen Schritt auf sie zu, faßte sie aber nicht an. Das Tischtuch war ihr von den Schultern gerutscht, und er konnte sehen, wie sie zuckten, als sie einen Weinkrampf bekam. »Nellie, es tut mir leid«, sagte er leise. »Es tat mehr weh, als ich sagen kann, entdecken zu müssen, daß meine Liebe nicht erwidert wurde. Vielleicht bin ich in dieser Hinsicht verwöhnt gewesen, ich weiß es nicht. Ich war nur einmal so verliebt gewesen in meinem Leben — in Julie —, und sie hat mich ebenso geliebt wie ich sie. Da gab es gar keinen Zweifel, daß wir uns beide liebten. Julie vertraute mir. Sie . . .«

»Und ihre Familie kannte deine Familie?«

»Natürlich. Wir sind zusammen aufgewachsen.«

»Meine Familie kannte dich nicht. Du warst für uns ein Fremder, und du . . . du hast dich um eine Frau bemüht, die bisher kein Mann in der Stadt auch nur anschauen wollte, geschweige denn lieben. Du . . .«

»Das ist das allerseltsamste an dieser Geschichte«, unterbrach Jace sie, die Stimme erhebend. »Was ist nur mit dieser Stadt los? Ich war so froh, daß die Männer dich für mich aufgespart haben; aber sie müssen ja alle mit Blindheit und Dummheit geschlagen sein. Du bist bei weitem das hübscheste Mädchen in Chandler. Du bist klug, du bist witzig, und du bist die begehrenswerteste Frau, die ich seit vielen Jahren gesehen habe.«

Nellie drehte sich um und sah ihn an. »Du bist derjenige, der mit Blindheit geschlagen ist. Ich bin die fette alte Nellie Grayson, die nur zum Kochen und Bügeln taugt und . . .«

Er zog sie in seine Arme und küßte sie. »Du bist dazu erschaffen, zu lieben und geliebt zu werden. Warum konnten sie das nicht sehen?«

»Ich bin froh, daß sie das nicht bemerkt haben«, flüsterte sie an seinem Mund. »Wenn ich einen anderen geheiratet hätte, wäre ich dir nie begegnet.«

Er hielt sie an seiner Brust, und seine Hände glitten über ihren Körper hin, bis Nellie glaubte, sie könne nicht mehr atmen. Dann ließ er sie abrupt los. »Paß auf — äh — das wird eine lange Nacht werden. Vielleicht sollten wir etwas essen und dann ein wenig schlafen.«

Nellie sah ihn an und wußte, was sie jetzt tun wollte. Sie wollte, daß er sie in seine Arme nahm und liebte. Vielleicht hatte sie durch ihre eigene Dummheit die einzige Chance verspielt, heiraten und ein eigenes Heim haben zu können. Aber sie würde sich niemals diese Gelegenheit entgehen lassen, die Nacht mit dem Mann zu verbringen, den sie liebte. Stolz oder Konventionen sollten sie nicht daran hindern, sich diesem geliebten Mann hinzugeben.

Sie lächelte ihm zu und schob den Korb näher ans Feuer heran. Während sie in den Korb hineinsah, sagte sie eher beiläufig, als verbinde sie keine Absichten damit: »Du wirst dir in diesen nassen Kleidern den Tod holen. Du solltest sie besser ausziehen. Du kannst dir ja diese Schürze umbinden.« Er sagte nichts, und sie blickte ihn auch nicht an; aber sie hörte, wie er sich umdrehte und in die entfernte Ecke des Raumes ging.

Nellies Hände zitterten, als sie ein Lebensmittelpäckchen nach dem anderen dem Korb entnahm. Einige von den eingepackten Speisen waren ihr vollkommen fremd. Am Boden des Korbes fand sie drei Flaschen Wein, eine Flasche Champagner und wunderschöne Kristallgläser. Sie wunderte sich, daß die Gläser nicht zu Bruch gegangen waren, als ihr Blick auf Jace' nackten Fuß in ihrer Nähe fiel.

Langsam wanderte ihr Blick in die Höhe, über die muskulösen Waden hinauf zu den dicken Schenkeln, dann zu dem Schurz um seine Lenden.

Sie hatte noch nie einen nackten Mann gesehen, und beim Anblick von Jace' breiter Brust mit den kräftigen Muskeln, die wie gemeißelt wirkten, wurde ihr der Mund trocken.

Sie setzte sich mit einem Plumps auf den Boden. »O je«, flüsterte sie. »Mein Gott!«

Zu seiner nicht geringen Verlegenheit merkte Jace, wie er heftig errötete. »Ich . . . äh . . . ist da etwas Gutes zu essen dabei?«

Nellie sah ihn immer noch an und schluckte ein paarmal. Sie hatte ja nicht geahnt, daß ein unbekleideter Mann so blendend, so unglaublich schön aussehen konnte.

»Champagner«, sagte er und bückte sich, um die Flasche hochzuheben. Er entfernte rasch den Korken, kauerte sich nieder, füllte zwei Kristallgläser mit Champagner und reichte eines davon Nellie zu. »Worauf sollen wir trinken?« fragte er.

»Auf die Liebe«, flüsterte sie, während ihre Augen über seinen Körper hinwanderten.

»Oh, Gott, Nellie«, sagte er mit einem leisen Stöhnen, schob dann rasch den Korb beiseite und war über ihr. »Ich kann nicht bis zu unserer Hochzeitsnacht warten. Ich habe dich vom ersten Augenblick an begehrt.« Er küßte ihren Hals. »Ich bin immer so brav gewesen, habe mich stets beherrscht. Aber nun kann ich diese Tortur nicht länger ertragen. Bitte«, flüsterte er.

»Sei mein Lehrmeister«, flüsterte sie, als er ihr Ohr küßte. »Bring mir alles bei.«

Er antwortete nicht und küßte ihren Hals, während seine Hand die Tischdecke von ihrer Schulter streifte. Als er ihr das Tuch zur Hälfte vom Leib gewickelt hatte, konnte sie seine Haut auf der ihren spüren, diese behaarte Rauheit auf ihren weichen Rundungen. Sein Körper war so mager und hart, so voller Kanten und Ebenen. Sie strich mit der Hand über den Rand seines Brustkorbes hin. Er hatte seinen Lendenschurz verloren, und sie berührte sein strammes Gesäß.

»Nellie«, flüsterte er, ehe sich sein Mund zu ihren Brüsten hinuntersenkte.

Es gab keine Worte oder Gedanken, mit denen sie das Gefühl hätte beschreiben oder erfassen können, das sein Mund in ihr auslöste. Daß dieser Mann, der ihr so viel beigebracht, der ihr seine Liebe gegeben hatte — das größte Geschenk, das man einem anderen machen kann —, ihr auch noch diese wundervolle, himmlische körperliche Wonne bescherte, war fast mehr, als sie ertragen konnte.

Instinktiv wölbte sie ihm ihren Leib entgegen, während seine Zunge um ihre Brüste kreiste. Seine Hände liefen über ihren Körper hin, liebkosten ihn, streichelten ihre Haut. Er schob seine Hand zwischen ihre Schenkel, streichelte, knetete, rief Empfindungen in ihr wach, von deren Existenz sie nicht einmal geträumt hatte.

Er rollte sich auf ihre andere Seite hinüber, streifte nur sacht über ihren Körper hin. Nellie blickte ihn im Licht des Kaminfeuers an. Seine Augen waren halb geschlossen vor Lust. Seine Lippen waren voll und leicht geöffnet. Sie berührte seinen Mund, fuhr mit den Fingerspitzen leicht darüber hin, betastete dann seinen Hals, seine Brust, seine Hüften und seine Schenkel, so weit ihre Hand reichen konnte.

Sie schloß die Augen und legte die Arme um ihn, und nun schob er sich gänzlich über ihren Leib. Nellie wußte nicht, was sie tat; aber Instinkt, Verlangen und Liebe leiteten sie, veranlaßten sie, ihm ihre Hüften entgegenzuheben.

Als er zum erstenmal in sie eindrang, stöhnte sie leise vor Schmerz; aber als er sich wieder aus ihr zurückziehen wollte, hielt sie ihn mit beiden Armen fest.

»Verlaß mich nicht«, flüsterte sie.

»Niemals.«

Er ging sehr behutsam mit ihr um, hielt hin und wieder inne, wartete, damit sie sich diesen neuen Empfindungen anpassen konnte. »Nellie, ich . . .« sagte er, und war auf einmal wie geblendet von seiner Leidenschaft. Nellies Augen weiteten sich. Er tat ihr weh, richtig; aber diese Gewalt, die sich in ihm aufbaute, diese überwältigende, alles verzehrende Leidenschaft, die sie in ihm spürte, rührte an einen tief in ihr verborgenen weiblichen Kern, und sie hob ihm ihre Hüften noch mehr entgegen, um ihn zu empfangen.

Bei seinem letzten Stoß schlang sie ihre Beine um ihn und zog ihn noch fester und inniger an sich. Sie wollte alles von ihm, das sie bekommen konnte.

Jace lag einen Moment auf ihr. Sein Körper war mit einem dünnen Schweißfilm bedeckt.

»Nein«, sagte sie, was nur zur Hälfte gelogen war.

»Nellie, ich wollte warten. Ich wollte auf ein Bett warten und eine prächtige Hotel-Suite und . . .«

Sie legte ihm die Fingerspitzen auf die Lippen. »Ich bin überglücklich. Wenn ich nie mehr hätte als diese Hütte, würde es mir genügen. Ich werde mich mein Leben lang an diese Nacht erinnern. Wenn ich wieder allein bin und zu Hause, werde ich . . .«

»Allein?« Er hob sich von ihr weg. »Zu Hause? Was soll das sein? Erpressung? Willst du mir damit andeuten, daß dir die beiden noch *immer* wichtiger sind als ich?«

»Ich dachte, du wolltest nach Maine zurückkehren. Du hast doch erst heute morgen deine Koffer gepackt und . . .«

Es dauerte einen Moment; aber dann entspannte er sich wieder, legte sich an ihre Seite und zog sie fest an sich. »Ich denke, ich würde es bis Chicago geschafft haben, ehe ich wieder umgekehrt und nach Chandler zurückgefahren wäre. Ich bin nicht sicher, ob ich ohne dich leben könnte. Meine ganze Familie — Tanten, Onkel, Vettern, Nichten, alle — lachten mich aus, weil ich zu Hause so liebeskrank gewesen bin. Ich wollte nichts anderes als bei dir sein.«

Sie kuschelte sich an ihn und schmiegte ihre Wange an seine Brust. »Ich aß. Ich fühlte mich so elend, als du weg warst, daß ich ununterbrochen essen mußte. Pfundweise Fleisch, Brot, ganze Kuchen und Torten.«

Er strich mit der Hand sacht über ihren Körper hin, über ihre flache Magengrube, ihre schlanken Schenkel und runzelte die Stirn. »Was ist mit dir passiert? Du bist ja nur noch die Hälfte von damals.«

»Nicht ganz. Ich weiß es nicht. Ich wurde von Tag zu Tag magerer — trotz des vielen Essens. Gefällt dir meine neue Figur nicht?«

»Ich schätze, ich werde mich daran gewöhnen; aber wenn du wieder zunehmen willst, habe ich wirklich nichts dagegen.«

Sie lächelte ihn an. »Jeder andere Mann hielt mich früher für fett. Sie . . .«

»Fett? Du hast großartig ausgesehen. Nicht daß du jetzt nicht ebenso großartig aussehen würdest, aber . . . Nellie, ich liebe dich, ganz gleich, mit welcher Figur. Du darfst nur nicht zu diesen Frauen gehören, die nur in ihrem Essen herumstochern und ständig eine neue Diät ausprobieren wollen. Das kann ich nicht vertragen. Frauen sollten lachen, essen, singen und sich ihres Lebens freuen.« Er lächelte auf sie hinunter. »Sie sollten so sein wie du, als du bei den Everetts und deren vielen Kindern warst.«

»Erzähle mir von den Frauen, die du kennst — die lachen, essen und singen.«

Er zog sie eng an sich und erzählte ihr, wie er in einem alten riesigen Haus in Maine aufgewachsen war, das stets gefüllt war mit glücklichen, betriebsamen Frauen, die zu Besuch kamen, um mit seiner Mutter zu singen.

Er erinnerte sich an die Mahlzeiten, wo so viele Gerichte auf dem Tisch standen, daß sich die Tischplatte durchbog, und an die Frauen, die stundenlang aßen und sich Geschichten erzählten, wer mit wem schlief, und dann sangen. Sie stritten sich anschließend regelmäßig darum, wie eine Arie vorzutragen sei, und Jace' Vater, der am Kopfende der Tafel saß, wurde dann zum Richter bestimmt. Er pflegte die Frauen die Arie immer wieder singen zu lassen und sodann den Frauen zu sagen, daß jede die Arie perfekt vorgetragen habe. Die Frauen taten darauf immer so, als wären sie mit diesem Urteil nicht einverstanden; aber insgeheim freuten sie sich, daß sie so einen hübschen Mann als einen sie verehrenden Zuhörer hatten.

»Und gehörtest du auch zu ihren begeisterten Zuhörern?«

»Ich liebte sie alle. Ich liebte ihre Stimmen, ihr Temperament, ihre Wünsche, ihr Begehren. Ich liebte ihre großen Brüste und breiten Hüften. Ich liebte ihre Lebenslust. Sie aßen, tranken, liebten und zankten sich heftig, wenn es sein mußte.«

»Ich bin mir nicht sicher, ob ich . . . ich so leidenschaftlich bin wie diese Frauen.«

»Du hast deine Familie so sehr geliebt, daß du bereit warst, *mich* ihretwegen aufzugeben.«

Sie wußte, daß er nicht verstand, wie eitel er sich anhörte. »Das war kein großes Opfer. Du warst ein mittelloser Angestellter im Kontor meines Vaters.«

»Ich habe den Job nur angenommen, um in deiner Nähe sein zu können. Ich wollte mich nie irgendwo einsperren lassen, aber ein Mann, der liebt, tut eine Menge törichter Dinge.«

Sie schmiegte sich in seinen Armen noch fester an seine Brust. »Du bist meinetwegen zurückgekommen. Ich hatte daran Zweifel, und das bedaure ich jetzt. Ich werde nie mehr an deinen Worten zweifeln.«

»Und wirst du jetzt mit mir gehen?«

»Ich werde dir überallhin folgen. Ich werde so treu sein wie ein . . . ein Hund.«

Darüber mußte er lachen. »Aber was geschieht, wenn deine kleine Schwester dir erzählt, ich hätte die Sonntagsschule entführt?«

»Ich würde ihr eventuell glauben, wenn du angeblich den Kirchenchor entführt hättest; aber nicht die Sonntagsschule.«

Er drückte sie sacht. »Nellie, antworte mir. Es ist mein ganzes zukünftiges Leben, mit dem du spielst.«

Etwas in Nellie hatte nun Angst. In letzter Zeit war da etwas Zwingendes im Zusammenhang mit ihrer Familie gewesen — etwas so Zwingendes, daß sie das Gefühl hatte, sie *könnte* sie nicht verlassen. Nicht, solange ihre Familie sie brauchte.

»Nellie«, sagte Jace in einem Ton, als wollte er sie warnen.

»Terel braucht mich.« Sie konnte spüren, wie er zornig wurde. »Vielleicht könnten wir einen Mann für sie finden. Wie viele Brüder hast du?«

Er entspannte sich wieder bei diesem Scherz. »Nicht so

viele, daß sie deiner kleinen Schwester reichten. Sie könnte . . .«

Nellie drehte sich in seinen Armen und küßte ihn. »Das Feuer geht aus, und ich habe Hunger. Vielleicht könnten wir etwas essen und das dann wiederholen. Ist das möglich?«

Er biß sie sanft ins Ohrläppchen. »Es könnte sein, daß ich das zuwege bringe.« Er rollte sich von ihr weg und sah dann zu, wie sie sich wieder in ihr Tischtuch einwickelte. »Du hast wirklich nichts dagegen, daß wir unsere Hochzeitsnacht vorziehen?«

»Wird es denn eine Hochzeit geben?« fragte sie ihn leise.

»So rasch, wie ich das einrichten kann. Das heißt, wenn du damit einverstanden bist — und wenn du berücksichtigst, durch was für eine Hölle du mich gejagt hast, solltest du, verdammt noch mal, damit einverstanden sein.«

»Ja«, sagte sie, und ihr Herz sprach aus ihren Augen. »Ja, ich will dich heiraten, mit dir leben, deine Kinder auf die Welt bringen und dich für immer lieben.«

Er küßte ihr die Hand. »Das ist alles, was ich von dir verlange: deinen Körper, deine Seele, deinen Verstand. Ich will alles von dir haben.«

»Und was bekomme ich dafür?«

»Meine ganze Liebe. Im Gegensatz zu der Meinung, die in Chandler vorzuherrschen scheint, liebe ich immer nur eine Frau und nicht mehrere gleichzeitig.«

»Du bist so treu wie ein Diamant?« fragte sie augenzwinkernd.

Er lächelte, streckte sich dann und langte nach seinem nassen Jackett. Er blickte in die Brusttasche und holte eine kleine Schatulle hervor. »Da wir gerade von Diamanten reden . . .« Er öffnete die Schatulle und zeigte ihr den Ring mit dem großen gelben Diamanten. »Für dich«, sagte er leise. »Wenn du mich haben willst. Mich, mein Temperament und meine Eifersucht.«

»Ich will dich haben — mit oder ohne Ring, mit oder ohne Geld.« Sie blickte ihn mit liebevollen Augen an. »Mir ist dein Geld wirklich gleichgültig. Du bist es, den ich liebe.«

»Ich weiß es. Gib mir deine Hand.«

Er schob den Ring auf ihren Ringfinger und küßte sie sanft. »Und jetzt zu der Hochzeitsnacht«, sagte er und drückte sie hinunter auf den Boden.

Sie liebten sich, stärkten sich dann mit den Eßwaren aus dem Korb, liebten sich abermals, erlabten sich wieder an den Köstlichkeiten, die sie im Korb fanden. Erst bei Einbruch der Morgendämmerung schliefen sie ein. Beine und Arme ineinander verwickelt, erschöpft, aber glücklich.

Ein kräftiger Sonnenstrahl kam durch ein geborstenes Fenster und weckte Nellie. Sie setzte sich mit einem Ruck auf.

Jace, der immer noch im Halbschlaf lag, griff nach ihr, um sie wieder an seine Seite auf den Boden zu ziehen.

»Ich muß jetzt gehen«, sagte Nellie und versuchte, das Tischtuch unter Jace hervorzuziehen, damit sie ihre Blöße damit bedecken konnte, aber er war zu schwer für sie.

»Nellie«, sagte er, und wie er ihren Namen aussprach, war das eine große Versuchung, sich wieder von ihm in die Arme nehmen zu lassen.

Sie rollte sich von ihm weg und ging in die Ecke des Raumes, wo ihre Kleider lagen. Sie waren noch immer feucht und kalt; aber sie schlüpfte so rasch sie konnte in sie hinein.

Jace wälzte sich auf den Bauch und blickte zu ihr hinauf. »Sind die Flitterwochen schon vorbei?«

Sie blieb einen Moment stehen und sah auf ihn hinunter, auf diesen sechs Fuß langen ausgestreckten Körper mit der bronzefarbenen Haut auf weißem Damast, und da hätte sie fast ihre Kleider wieder ausgezogen und wäre zu ihm gerannt. Sie riß sich zusammen. »Ich muß zurück zu meiner Familie. Sie wird schon halbtot sein vor Sorge um mich.«

»Vermutlich eher um ihr Frühstück, würde ich meinen«, murmelte Jace, aber nicht so laut, daß Nellie es hören konnte. Etwas, das sie in der letzten Nacht zu ihm gesagt hatte, hatte ihn nachdenklich gestimmt. Sie hatte ihn gefragt, ob er einem Fremden mehr glauben würde als einem Montgomery. Was Nellies Vater und Schwester auch immer darstellten: die beiden waren ihre Familie, und deshalb war es nur recht und billig, daß sie ihnen glaubte.

»Ich werde die Pferde suchen gehen«, sagte Jace, erhob sich widerwillig vom Boden und begann sich anzukleiden. »Glaubst du, daß da noch eine Kleinigkeit zu essen im Korb übrig geblieben ist?« fragte er und hob den Deckel ab. Da befanden sich noch so viele Vorräte im Korb, daß es aussah, als hätten sie keinen Bissen davon gegessen. »Das Ding scheint unerschöpflich zu sein.«

»Tatsächlich«, pflichtete ihm Nellie bei, die ihm über die Schulter schaute. Er zog sie an sich. »Vielleicht liegt das nur an mir; denn alles sieht heute für mich viel schöner aus als je zuvor in meinem Leben.«

»Mir geht es ebenso«, sagte er, sie küssend.

Nellie war es, die ihn zuerst von sich wegzuschieben versuchte. »Ich muß jetzt nach Hause.«

Jace seufzte und ließ sie los. »*Wenn* ich die Pferde wiederfinden kann.«

In diesem Moment hörte er ein leises Wiehern, und als Jace die Tür öffnete, sah er die beiden Pferde im Matsch stehen, als hätten sie nur darauf gewartet, wieder nach Hause traben zu können. »Mein Glück verläßt mich«, sagte Jace seufzend und brachte damit Nellie zum Kichern.

Binnen weniger Minuten hatte er ihr Pferd vor den Einspänner gespannt und sein Pferd an der Kutsche angebunden. Sobald sie in die Kutsche stiegen, schien die Euphorie, die sie eben noch empfunden hatten, sie wieder zu verlassen. Sie sprachen kein Wort. Beide hatten Angst vor dem, was sie im Haus der Graysons in Chandler erwarten würde.

Berni begrüßte sie an der Tür. Zuerst war sie besorgt über die langen Gesichter, die die beiden zogen. Sie fürchtete, die beiden hatten ihre Differenzen immer noch nicht ausgeräumt. (Berni hatte aufgehört, den beiden zuzusehen, sobald sie in dieses halbverfallene Haus in der Geisterstadt gegangen waren, und hatte statt dessen ihren Zauberstab benutzt, ihren früheren Freunden aus dem zwanzigsten Jahrhundert nachzuspionieren). Doch dann sah sie ihre beiden ineinander verschlungenen Hände und wußte, daß ihre traurigen Gesichter sich auf Terel und Charles bezogen. Sie hatten Angst vor dem Strafgericht der Familie.

»Endlich«, rief Berni. »Nellie, das Unglaubliche ist eingetreten!«

»Geht es Terel und Vater gut?« fragte Nellie lustlos, sich an Jace' Hand klammernd.

»Mehr als gut. Schau dir nur dieses Telegramm von deinem Vater an.«

Nellie las es zweimal durch, ehe sie aufsah. »Terel ist durchgebrannt?«

»Es scheint so, als hätte sie sich in irgendeinen Farmer verliebt und den noch am gleichen Abend geheiratet. Sie will nicht einmal hierher zurückkommen, um ihre Kleider zu holen. Sie möchte, daß man sie ihr nachschickt. Und dein Vater heiratet ebenfalls. Er möchte bis zur Trauung in Denver bleiben.«

Nellie stand nur da und gaffte Berni sprachlos an.

»Du bist frei, Nellie — frei!« sagte Berni.

Jace runzelte die Stirn.

»Da gehen ein paar seltsame Dinge vor, würde ich meinen. Gestern war da ein tiefes Wasserloch — so breit wie ein Teich —, in das Nellie gefallen ist, und heute morgen war es plötzlich verschwunden. Und die Pferde rannten weg, obwohl ich sie in den Stall eingesperrt und dort angebunden hatte. Und da war dieser Eßkorb, der keinen Boden zu haben schien. Und jetzt das. Ich denke . . .«

Berni blickte ihn mit schmalen Augen an. »Haben Sie noch nie von diesem Sprichwort gehört, daß man einem geschenkten Gaul nicht ins Maul schauen soll? Nellie ist von ihren Verpflichtungen gegenüber ihrer Familie befreit. Sie ist frei, um Sie heiraten zu können. Bezweifeln Sie das etwa?«

»Nein, ich hatte nur . . .« Jace hielt mitten im Satz inne und lächelte. »Sie haben recht. Ich werde nichts in Zweifel ziehen. Nun, Nellie, wie wäre es, wenn wir nächste Woche heiraten würden?«

»Ja«, sagte Nellie leise, die erst jetzt zu begreifen begann, daß sie wirklich frei war. »Oh, ja, ich werde dich heiraten.« Sie wandte sich Berni zu. »Du wirst doch noch zu meiner Hochzeit dableiben, nicht wahr?«

»Ich kann nicht. Meine Arbeit ist getan, und ich habe eine Verabredung.« Sie lächelte. »Eine Verabredung mit dem Himmel.«

»Du reist ab?«

»Auf der Stelle.«

»Aber das kannst du doch nicht! Du mußt . . .«

»Ich werde euch jetzt verlassen, und schon fünf Minuten später werdet ihr euch nicht mehr an mich erinnern. Nein, keine Widerrede. Ihr zwei habt euch jetzt. Da könnt ihr keine neugierige alte Tante mehr in eurer Nähe gebrauchen.«

Nellie küßte Berni auf die Wange. »Ich werde dich immer brauchen. Du bist eine so herzensgute Person.« Sie lehnte sich zu Bernis Ohr und flüsterte: »Ich weiß nicht, was du getan hast— aber ich weiß, daß die vergangene Nacht dein Werk war. Vielen Dank. Ich werde dir mein ganzes Leben lang dankbar sein für dein großmütiges Herz.«

Diese Worte bedeuteten Berni viel. Niemand hatte sie bisher eine großmütige oder herzensgute Person genannt, aber diese Titel hatte sie bisher auch nicht verdient. »Vielen Dank«, flüsterte sie und richtete sich dann gerade auf. »Ich muß gehen.« Sie blickte Nellie an. »Noch irgendwelche Wünsche für die Zukunft?«

»Ich habe alles, was ich mir wünschen kann«, sagte Nellie und trat wieder an Jace' Seite.

»Ich habe einen Wunsch.« Jace blickte auf Nellie hinunter, und er erinnerte sich daran, wie seine erste Frau bei der Geburt ihres ersten Kindes gestorben war. »Ich hoffe, wir bekommen ein Dutzend gesunder Kinder, und daß ihre Geburt für ihre Mutter leicht verläuft und sie keinen Schaden dabei nimmt.«

»Ist gewährt«, sagte Berni, stellte sich dann auf die Zehenspitzen und küßte Jace auf die Wange. »Du wirst alle deine Kinder bekommen, und ihre Geburt wird leicht und gefahrlos sein für Mutter und Kind.« Sie drehte sich um und ging dann die Treppe in den Oberstock hinauf. Am Kopfende der Treppe blieb sie noch einmal stehen und blickte auf die beiden hinunter — Liebende, die in sich selbst vertieft waren. Berni hatte in ihrem Leben nie etwas getan, das bei ihr ein so gutes Gefühl ausgelöst hätte wie jetzt, wo sie die beiden zusammengebracht hatte.

Sie schniefte ein wenig, wischte sich eine Träne aus den Augen und sagte: »Beame mich hoch, Scotty«, und in diesem Moment war sie aus dem Haus der Graysons und aus der Erinnerung der Grayson-Familie verschwunden.

Pauline stand zur Begrüßung von Berni bereit, und sie lächelte. Berni, die abermals den Anzug trug, in dem sie beerdigt worden war, brauchte einen Moment, bis sie sich wieder an diese nebelverhangene Küche gewöhnte, nachdem sie Jace und Nellie verlassen hatte. »Ich habe den Auftrag gut erledigt, nicht wahr?« sagte sie und tat so, als hätte sie auch nicht eine Träne beim Abschied vergossen. »Du hast gemeint, ich könnte es nicht schaffen; aber es ist mir dennoch gelungen.«

»Du hast deine Aufgabe sehr gut gelöst«, erwiderte Pauline und lächelte noch breiter. »Du hast dich besonders gut verhalten, als du dich dagegen entschieden hast, daß Nellie ihre Familie hassen soll. Du hättest ihr ja zeigen können, wie selbstsüchtig ihre Familie wirklich ist.«

Berni war ein bißchen verlegen über dieses Lob, das Pauline ihr zollte, obwohl sie sich dabei sehr gut fühlte. »Da gab es schon genug Haß und Eifersucht in der Familie. Da mußte ich nicht noch mehr Zwietracht säen«, murmelte sie.

»Du hast dich in der Tat sehr gut bewährt. Sollen wir jetzt hinaufgehen auf die Zweite Ebene?«

Bernis Gedanken weilten noch bei Nellie. »Ich schätze, das sollten wir.« Sie setzte sich in Bewegung, um Pauline zu folgen, blieb dann aber wieder stehen. »Könnte ich sehen, wie es Nellie inzwischen ergangen ist? Ich möchte zu gern sicher sein, daß sie nun okay ist.«

Pauline nickte kurz und führte sie dann in das Betrachtungszimmer. Sobald sie sich beide auf der Polsterbank niedergelassen hatten, begann der Schirm vor ihnen klar zu werden.

»Es ist jetzt Weihnachten 1897«, sagte Pauline, »auf den Tag genau ein Jahr nach deiner Abreise, und Jace und Nellie sind inzwischen ein Jahr verheiratet.«

Der Nebel lichtete sich, und Berni konnte das Grayson-Haus sehen, das geschmückt war für das Weihnachtsfest und voller Menschen. »Was sind das für Leute?«

»Jace' Verwandte sind bis aus Maine hierhergekommen, und Terel kam mit ihrem Mann, desgleichen Charles mit seiner zweiten Frau. Und dann sind da noch die Taggerts aus Chandler.« Pauline lächelte. »Nellie weiß es zwar noch nicht, aber sie ist bereits mit ihrem zweiten Kind schwanger. Sie . . .«

»Pst«, sagte Berni. »Ich möchte das alles aus erster Hand erleben.«

Chandler, Colorado

Weihnachten 1897

»Wann wird das neue Haus fertig sein?« fragte Ring Montgomery, Jace' Vater, Charles Grayson, der am anderen Ende der Couch saß. Während er sprach, streckte er den Arm aus und fing einen von den Tyler-Jungen ein, die im vollen Galopp durch das Haus preschten, sah ihn warnend an und ließ ihn dann wieder los.

»In drei Monaten«, brüllte Charles, um sich bei dem Lärm, der im Haus herrschte, Gehör zu verschaffen. Er wohnte mit seiner Frau in Denver, bis das alte Fenton-Haus nach dem Geschmack seiner Frau umgebaut und eingerichtet war. Es kostete ihn jeden Penny, den er besaß, aber das lohnte sich auch, wenn sie mit dem neuen Haus glücklich war. Ihm war es gleichgültig, wieviel er dafür ausgeben mußte. »Gefällt es dir hier in Chandler?« brüllte er dann.

»Sehr.« Ring schien im Unterschied zu Charles der Lärm, den elf Kinder und vierzehn Erwachsene verursachten, nicht im mindesten zu stören. In einer Ecke des

Raumes spielte Pamela Taggert laut auf dem Piano, während Jace und seine Mutter ein Weihnachtsduett für die Kirche einübten, das sie heute abend singen sollten. »Du singst diese Note eine Idee zu tief, mein Sohn«, sagte Ring über die Köpfe von vier Kindern mit schmutzigen Gesichtern hinweg.

Wie er das bei diesem Lärm hatte hören können, war Charles unbegreiflich. Vor einer Stunde hatte sich Charles' reizende neue Gattin entschuldigt und war nach oben gegangen, um sich hinzulegen. Charles wünschte, er könnte ihrem Beispiel folgen.

»Sollten diese Kinder denn so etwas essen?« fragte Charles.

Ring blickte zu den drei Wickelkindern in einer Ecke des Raumes hin, von denen zwei Kane Taggert und eines dem Schweinebauern gehörten. »Ein bißchen Schmutz kann keinem Kind etwas schaden, soweit ich das beurteilen kann. Aber Hank«, sagte er zu seinem zwölf Jahre alten Neffen, »schau mal nach, was die Knirpse dort essen.«

Hank zog einen Flunsch, weil er sich einen Moment von seinen beiden Vettern, dem achtzehn Jahre alten Zachary und dem fast erwachsenen einundzwanzigjährigen Ian Taggert, trennen mußte. Hank war in einem Alter, wo er noch nicht recht erwachsen, aber auch kein Kind mehr war. Gehorsam entfernte Hank drei Käfer aus den Händen der Wickelkinder, und alle drei Kinder fingen sogleich zu plärren an.

»Bring sie nach draußen«, sagte Ring, wobei Hank zu stöhnen begann.

»Worüber lacht ihr beiden denn?« wollte Kane von seinem Sohn Zachary und seinem Neffen Ian wissen. »Geht nach draußen und spielt dort mit den Kindern.«

Die beiden hörten auf, Hank auszulachen, nahmen jeder ein Kind und gingen mit ihm ins Freie.

»Also was hast du mir da eben gesagt?« fragte Ring, an Charles gewandt.

»Das Haus sollte in drei Monaten fertig sein, aber . . .« Er verstummte, als Kane und Rafe Taggert und John Tyler, die am Fuß der Treppe beisammenstanden, in ein schallendes Gelächter ausbrachen.

»Johnny, Honey«, sagte Terel von einer anderen Ecke des Raumes her, wo sie sich in einem Lehnstuhl räkelte, »ich glaube, ich habe Durst. Hol mir doch ein Glas Limonade.«

Charles beobachtete, wie John Tyler und drei seiner schmutzigen Kinder fast übereinander stolperten, als sie sich bemühten, in die Küche zu gelangen und Terel zu besorgen, was sie sich wünschte. Daß Terel einen mittellosen Schweinebauern heiraten würde, hatte Charles nicht in den Kopf gehen wollen, bis er diese Leute selbst erlebte. Die armen Tylers, die weder lesen noch schreiben konnten, hatten sich geehrt und privilegiert gefühlt, daß sie Terel in ihre Familie aufnehmen durften, und behandelten sie wie eine königliche Hoheit. Sie saß herum und pflegte sich, aß, was die Tylers für sie kochten, zog an, was die Tylers sich mit ihrem Verdienst leisten konnten, und schenkte ihnen dafür hin und wieder ein strahlendes Lächeln. Das schien genug zu sein, um sie alle zufriedenzustellen. John und die Kinder hatten offenbar nichts dagegen, in alten abgelegten Kleidern herumzulaufen, während Terel sich nur mit Seidengewändern zufriedengab. Charles hatte gesehen, wie Terel ein Kind damit belohnte, daß es ihren Rock berühren durfte. Das ergab für ihn keinen Sinn, aber die Tyler-Familie machte einen recht glücklichen Eindruck.

Charles schickte Ring ein kleines Lächeln zu, um anzudeuten, daß ein weiteres Gespräch unmöglich sei.

»Wie war das?« rief Jace seinem Vater zu, als er wieder ein Lied gesungen hatte.

»Immer noch eine Winzigkeit zu tief im vierten Takt; aber schon besser«, sagte Ring. Er blickte seine Frau, wie immer, mit liebevollen Augen an. »Du, mein Schatz, warst perfekt.«

Maddie warf ihm eine Kußhand zu und legte dann ihr Notenbuch auf das Piano zurück. »Ich glaube, mein Enkel weint«, sagte sie zu ihrem großen, hübschen Sohn und deutete mit dem Kopf auf die Krippe, in dem zwei Babies lagen, beide erst wenige Monate alt.

»Das ist einer von meinen«, sagte Kane, hob eines der beiden Babies aus der Krippe und setzte es auf seine Schulter.

»Ich glaube, das Baby, das du dir genommen hast, gehört mir«, sagte Jace, als er das andere, das ebenfalls zu schreien angefangen hatte, aus der Krippe nahm.

Kane zog das Baby von der Schulter herunter und schaute vorn in die Windel hinein. Sein drittes Kind war ein Mädchen, und dieses war ein Junge. Er tauschte mit Jace die Babies aus.

Maddie lachte, bedankte sich bei Pam für die Klavierbegleitung und ging in die Küche. Nellie, Houston und ein junges Mädchen namens Tildy waren dort dabei, einen Teig auszuwalken und die Füllung für den Truthahnbraten vorzubereiten.

»Willst du uns helfen?« fragte Houston und lächelte der Frau des Onkels ihres Mannes zu.

»Du meine Güte, nein«, sagte Maddie mit einem leichten Schaudern. Maddie hatte schon so lange das Bild einer Primadonna kultiviert, daß man fast glauben mochte, sie habe niemals eine Küche von ihnen gesehen.

Nellie, die so strahlend glücklich aussah, wie sie sich fühlte, sagte: »Dann mußt du dir das Abendbrot mit Singen verdienen.«

Maddie lachte. Sie hatte nur Minuten dazu gebraucht, sich in ihre Schwiegertochter zu verlieben. »In Ordnung.

Was soll es sein? ›Stille Nacht‹? Oder vielleicht etwas, das nicht zum Repertoire der Weihnachtslieder gehört?« Sie nahm ein Plätzchen aus einem Korb und aß es.

Nellie und Houston sahen sich gegenseitig mit feuchten Augen an.

Eine Frau, die zu den größten Sängerinnen aller Zeiten gehörte, bot sich an, nur für sie zu singen. Alles, was sie sich wünschten.

Houston holte tief Luft. »Die Glockenarie aus *Lakmé*«, flüsterte sie, wohl wissend, daß Maddies exquisite Stimme in dieser schönen Arie von Delibes besonders zur Geltung kommen mußte.

Maddie lächelte Houston zu und rief dann: »Jocelyn, ich brauche dich!«

Jace steckte den Kopf durch die Küchentür und blickte seine Mutter mit hochgezogenen Brauen fragend an.

»Houston und deine Frau möchten gern die ›Glockenarie‹ hören.«

Jace lächelte. »Eine gute Wahl.« Er blickte seine Mutter an. »Wo ist sie?«

»In meiner Reisetasche.«

Jace reichte seinen Sohn an seinen Vater weiter und kehrte in wenigen Minuten mit einer Flöte zurück. Nellie sah ihm staunend zu, weil sie jetzt ihren Gatten von einer ganz neuen Seite kennenlernte — einen Mann sah, der sein Leben lang von Musik umgeben gewesen war. Jace setzte das Instrument an die Lippen und begann, den Gesang seiner Mutter mit der Flöte zu begleiten.

Die »Glockenarie« war ein virtuoses Stück — für eine Koloratursopran-Stimme komponiert, damit sie mit ihrem Umfang und ihrer Vielseitigkeit brillieren konnte. Sie begann getragen — ohne Worte, nur Stimme; aber eine Stimme von einer solchen Lieblichkeit, daß man ihr nur ergriffen lauschen konnte. Maddies Stimme spielte mit den Noten, trillerte sie, liebkoste sie förmlich, als sie diese

Arie sang, die Glocken nachahmend und die hohen Flötentöne von Jace als Echo wiederholend.

Nellie und Houston hörten auf zu kochen, und das Mädchen Tildy, das in seinem Leben noch nie so eine Stimme gehört hatte, stand wie verzaubert da.

Im anderen Zimmer wurde es still, und selbst die Babies schienen so beeindruckt, daß sie nicht mehr plärren mochten.

Als Maddie geendet hatte, hätte man eine Stecknadel zu Boden fallen hören können, bis eines von den schmutzigen Tyler-Kindern, das am Hinterausgang stand, sagte: »Verdammt, so gut können die hier nicht mal in der Kirche singen.«

Worauf alles in ein Gelächter ausbrach, sich die Erwachsenen, die Kinder auf den Schultern, bei den Händen nahmen und in die Küche strömten.

»Vorzüglich«, sagte Ring, seine Frau an seine Brust ziehend. »Besser kann man nicht mehr singen.«

»Das ist die Macht der Liebe, die in diesem Haus herrscht«, flüsterte sie an seinen Lippen.

Sie standen nun alle um den Tisch herum, der mit Speisen fast überladen war, und jeder Mann hielt seine Frau im Arm.

»Ist es das, was dich so glücklich macht?« fragte Jace Nellie, sie mit einem Arm an sich ziehend, während er auf dem anderen seinen kleinen Sohn hielt. »All die Liebe in diesem Haus?«

»Ja«, sagte Nellie, die Tränen in den Augen hatte. »Ich hatte nie gedacht, daß ich einmal so viel Liebe erfahren oder so glücklich sein würde. Ich wußte gar nicht, daß es ein so großes Glück gibt.«

Jace küßte sie.

»Moment!« rief Kane. »Wenn wir alle so glücklich sind, wie das behauptet wird, warum sehe ich da nur tränenfeuchte Gesichter? Maddie, kennst du auch ein paar *echte* Lieder? Wie wäre es mit ›Half a Penny, Half a Bushel‹? Oder ›Ring Tailed Ringating‹?«

»Kane«, sagte Houston energisch, »ich bezweifle sehr, daß jemand von Maddies Kaliber solche Sachen . . .« Sie brach ab, als Maddie einen Gassenhauer anstimmte, mit dem sie in jedem Salon die Gäste begeistert hätte. Lachend sangen sie alle den Refrain mit.

»Sie hat wirklich keine üble Stimme«, sagte Kane zu seiner Frau.

Nellie blickte, während wie in den Refrain einstimmte, ihren Gatten an, der ihr Kind auf der Schulter hielt, dann auf die anderen Gäste um sie her. Es war für sie noch immer ein kleiner Schock, mitanzusehen, wie sich ihre makellos gekleidete und gepflegte Schwester an ihren stets schmutzigen Ehemann schmiegte, doch Terel schien ihn zu verehren und auch seine Kinder zu mögen.

Sie blickte ihren Vater an, der den Arm um seine vollschlanke Frau gelegt hatte, die soeben aus dem Oberstock heruntergekommen war. An ihren Ohren funkelte der Diamantschmuck, den er ihr zu Weihnachten geschenkt hatte, und Nellie wußte, daß ihre Kleiderrechnung für diesen Monat allein alles, was Terel früher für ihre Garderobe ausgegeben hatte, wie ein Almosen aussehen ließ. Dennoch hatte sie ihren Vater noch nie so glücklich erlebt wie jetzt.

Nellie drückte Jace' Hand und rückte noch näher an seine Seite. »Ich bin der glücklichste Mensch der Welt«, sagte sie leise, und er küßte sie abermals.

Die Küche

Berni schniefte und blickte dann Pauline etwas verlegen an. »Ich freue mich sehr für sie. Sie hat es verdient, daß ihr endlich etwas Gutes widerfährt.«

»Du hast jeden glücklich gemacht«, sagte Pauline, stand auf und verließ den Raum.

»Es scheint so«, sagte Berni stolz, als sie Pauline aus dem Zimmer folgte. »Obwohl ich eigentlich beabsichtigt hatte, Terel ein bißchen Demut beizubringen.«

»Du hast doch nicht etwa im Ernst daran geglaubt, daß sie waschen und bügeln würde, oder doch? Würdest *du* das getan haben?«

»Wo denkst du hin!«

Die beiden sahen sich an und lachten.

»Okay«, sagte Berni, »und jetzt komme ich in den Himmel, richtig?«

»Nicht ganz.«

»Aber ich dachte . . .«

»Du hast noch nicht deine Schulden abbezahlt.«

»Was für Schulden?«

»Die Schulden für dein vollkommen egoistisches Leben, das du auf der Erde geführt hast.«

»Ich habe Nellie geholfen.«

»Ja, das hast du. Das war die erste Stufe, und die hast du sehr, sehr gut genommen; aber du mußt noch einiges von dem durchmachen, was andere Frauen in ihrem irdischen Leben durchgemacht haben.«

»Was zum Beispiel?« fragte Berni mißtrauisch. »Ich muß doch nicht etwa zu einer von diesen athletischen Frauen werden, oder? Zu einer Langstreckenläuferin, Bergsteigerin oder gar zu einer Kugelstoßerin, wie?«

»Nein, nichts dergleichen. Nur ganz gewöhnliche Sachen, die Frauen eben so erleben.«

Berni war sich nicht sicher, was sie damit meinte. Es schien ihr so, als habe sie alles auf Erden erlebt, was eine Frau dort überhaupt erleben kann. Was gab es denn da noch? »Wovon redest du eigentlich?«

Pauline blieb stehen und blickte sie mit ernster Miene an. »Da ist etwas, das ich dir besser erklären sollte. Es gibt verschiedene Stufen in der Küche. Einige von ihnen sind angenehm, andere jedoch wieder nicht . . . so angenehm. Die erste Ebene, auf der du dich bisher befunden hast, sollte dich mit der Küche vertraut machen und den Schlag mildern, den der Tod für jeden bedeutet. Stufe zwei ist . . .«

»Ist was?« fragte Berni.

»Stufe zwei macht dich sehr besorgt, daß du deinen Job auch gut erledigst — deinen irdischen Job, meine ich.«

»Willst du damit sagen, daß ich abermals die gute Fee für jemanden spielen soll?« Sie dachte einen Moment nach. »Das war gar nicht so übel. Es hatte mir sogar Spaß gemacht.«

»Ich bin froh, daß du so darüber denkst, weil du das wieder machen mußt — nur diesmal mit größerer Dringlichkeit.«

»Du meinst, es gibt da eine Zeitbeschränkung?«

»Nein, das eigentlich nicht. Es ist nur so, daß die meisten es doch sehr eilig haben, die Zweite Ebene wieder zu verlassen.«

Der Nebel vor ihnen lichtete sich, und Berni konnte eine Tafel mit einer Inschrift erkennen. »Es ist so wie auf der Ersten Stufe«, sagte Pauline. »Du mußt dir einen Saal aussuchen, in dem du die Wartezeit verbringst.«

Als sie sich wieder in Bewegung setzten, konnte Berni die Inschrift auf der Tafel entziffern. »Nein«, flüsterte sie, sich abrupt wegdrehend.

Pauline hielt sie am Arm fest. »Du mußt wählen.«

»Ich kann nicht.« Berni begrub das Gesicht in den Händen. »Das ist zu schrecklich, könnte ich nicht einfach in die Hölle gehen und dort in aller Ewigkeit im Feuer schmoren?«

»Ich fürchte, das wäre ein zu bequemer Ausweg. Du hast mit deinem irdischen Leben den Himmel nicht verdient, also mußt du nun leiden, wie andere Frauen gelitten haben.« Pauline schwenkte Berni herum, daß sie die Inschriften auf den Tafeln im Blickfeld hatte. »Du mußt wählen.«

Berni zwang sich dazu, die Augen zu öffnen und sich die Inschriften noch einmal anzusehen:

1. Eine Reise quer durch Amerika in einem Sportwagen mit drei Kindern und einem Hund.

2. Rucksackwandern und in einem Zelt mit deinen Stiefkindern schlafen.

3. Vor einem Fenster sitzen, der den ganzen Tag nur Reklame sendet und zu Spenden aufruft.

4. Kleider einkaufen mit einem Mann.

»Kleider einkaufen mit einem Mann?« flüsterte Berni entsetzt.

»Das ist noch viel schlimmer, als du es jetzt für möglich hältst«, sagte Pauline. »Ehe du das Haus verläßt, mußt du ihm ganz genau sagen, was du einkaufen möchtest, in was für einer Farbe, in welchem Stil und aus was für einem Material. Im Laden verschränkt er dann die Arme vor der Brust, schickt dir wütende Blicke zu und schaut ständig auf seine Armbanduhr. Manchmal mußt du ihn auf einem Einkaufsbummel begleiten, wenn er für sich selbst Sachen besorgen möchte. Du suchst mit ihm zweihundertundeinundsiebzig Läden nach einem Paar Schuhe ab, das er unbedingt haben will, und wenn du es endlich gefunden hast, sagt er zu dir, daß die Nähte auf der Schuhkappe zwei Millimeter zu groß wären.«

Berni wurde ganz blaß, als sie wieder auf die Inschriften zurücksah.

5. Diät halten, während du drei Töchter im Backfischalter aufpäppelst.

6. Zu Hause bleiben bei acht kranken Kindern — oder einem kranken Ehemann.

7. Einen Wagen lenken mit einem männlichen Fahrgast

im Beifahrersitz, der dauernd schreit, jammert, stöhnt oder wimmert.

8. Mit dem Fahrstuhl steckenbleiben — zusammen mit der Exfrau deines Gatten.

9. Mit einem Ehemann leben, der gerade in Pension geht und verlangt, daß du jede Minute mit ihm verbringen sollst.

10. Unter einem Boss arbeiten, der dir dauernd unanständige Anträge macht.

»Nein«, flüsterte Berni immer wieder; aber sie wußte, daß ihr gar keine andere Wahl blieb, als sich für etwas zu entscheiden. Sie hob eine zitternde Hand und wies auf eine Tafel. »Und hole mich nur so schnell wie möglich wieder hier heraus«, sagte sie zu Pauline, ehe sich der Nebel von der Schreckensszene hob, die sie sich ausgesucht hatte.